QUI EST LOU SCIORTINO ?

Ottavio CAPPELLANI

QUI EST LOU SCIORTINO ?

Proposé et traduit de l'italien (Sicile)
par Serge Quadruppani

Éditions Métailié
5, rue de Savoie, 75006 Paris
www.editions-metailie.com
2007

Titre original : *Chi è Lou Sciortino ?*

ISBN : 978-2-86424-597-1
ISSN : 1264-5834

Avant-propos du traducteur

Dans la dédicace qui accompagnait l'envoi à Andrea Camilleri de la version originale de ce livre, Cappellani a écrit : "Lis-moi, papa !" Rédigée sur le mode moqueur qui est sa marque, cette reconnaissance d'une filiation de la part de l'auteur à l'égard du maître de Porto Empedocle (Vigàta pour ses innombrables lecteurs) donne déjà une idée de la manière dont le traducteur va tenter de restituer la langue de *Chi è Lou Sciortino ?*. Comme chez Camilleri, le registre le plus souvent employé par Cappellani est celui de l'italo-sicilien, ici dans sa version catanaise : une langue qui, sans être du dialecte pur, comporte un lexique propre très étendu et une syntaxe particulière. Or, comme le savent les lecteurs des avant-propos du traducteur, il n'y a pas en français de langue régionale vivante qui pourrait offrir une équivalence. Le traducteur a donc choisi les mêmes solutions, que connaissent les lecteurs de ses traductions de Camilleri : prendre parfois le parti de la littéralité, pour restituer la savoureuse syntaxe sicilienne, et chercher des termes de la vie quotidienne dans le répertoire du Sud français. Pour les deux autres niveaux de langue, l'italien et le dialecte, les choses sont plus simples. Quand intervient du dialecte pur, on le recopie, accompagné immédiatement après de sa traduction. Et quand surgit une pincée d'italien canonique, on la traduit en français courant. Mais aux défis habituels de la traduction de Camilleri s'ajoute ceux d'un quatrième registre, celui des termes américains, et américains "sicilianisés". On a supposé que le lecteur disposait d'une connaissance scolaire minimale de l'anglais, et laissé apparaître les *english words* comme dans le texte italien, sans explication particulière (sauf quelques cas de termes moins courants, où interviennent des notes). Quant aux mots, anglais ou italiens, dont l'auteur restitue la prononciation dans les bouches catanaises, on a essayé de la transposer dans la phonétique française. Et maintenant, après ce discours d'introduction, aussi indispensable que tous ceux qui obligent les convives à patienter en lorgnant le buffet, place à la fête du langage et de la vitalité sicilienne : tous au *babbequiou*!

S.Q.

Prologue

Il était assis à côté du gros poêle de fonte, dans le vieux fauteuil qui avait pris sa forme, et il tripotait son canif à greffer les arbres. Pauvre brave couillon sans espérances, pensas-tu un moment, vu qu'avec cette lame maigrelette, il n'aurait pas pu poignarder un chien. Mais le grand-père aurait pu éplucher un homme comme une patate et le laisser là, écorché et vif, à réfléchir sur ses péchés !

Il était en train de te dire : "Mieux vaut garder un innocent dedans qu'un coupable dehors." Le grand-père avait été au trou pas mal de fois et il ne s'en était jamais plaint, avec son air élégant il murmurait : "Mieux vaut que je dise que c'est moi le coupable parce que si je dis que c'est les autres..."

T'étais encore minot, alors, quand t'as compris que personne ne pouvait être innocent sans avoir été en taule, qu'il n'était pas juste de se plaindre de la prison et que si tu te trompais et que tu cassais la gueule à un type qu'avait rien à voir, eh beh... c'était pas si grave, après tout.

Le poêle de fonte t'attendait chaque jour pour te réchauffer tes vêtements sur toi, avec l'humidité du blouson qui s'en allait en fumée. Et le vieux qui te flattait en te criant : tu devais te gagner le respect mais sans en jouir, tu devais recourir à la force mais comme si tu étais obligé : "C'est ça qui fait la différence entre un homme et un *backslapper*, Lou."

Alors, tu te trimballais avec un regard triste et fataliste et tu t'adressais aux autres avec une tête qui disait : "Un jour, je serai obligé de te faire très mal, même si au fond t'es un brave gars." Et les gars du quartier commencèrent à croire à ce regard.

Jusqu'à ce que les circonstances de la vie, le destin ou le hasard, t'obligent à agir pour de bon.

C'était une chose de te gagner le respect d'un quelconque *homey*, comme ce gros tas de Goldstein, qui te payait pour jouer dans sa salle, une autre d'affronter les chefs de bande pour le contrôle.

En réalité, il n'y avait encore rien à contrôler, et pourtant tu savais que le contrôle était ce que tu devais obtenir, même si alors tu ne savais même pas, putain, ce que ça voulait dire le contrôle. Il s'agissait, entre jeunes mecs, de prendre possession d'un bar ou d'une salle de billard, et d'édicter les lois : qui devait entrer dans cet endroit et qui ne devait pas. De temps en temps, il fallait casser la gueule à quelqu'un, juste pour montrer que t'étais capable de le faire.

Mais un jour, on te cassa la gueule à toi… pour une sandwicherie de merde, là, à Downtown ! Tu rentras chez toi le sang caillé sur les lèvres et le vieux, en riant, te dit :

– Beh, cette tête de nœud, ce foutu *dickbrain* (c'était une répétition, mais le grand-père aimait les répétitions), maintenant, tu dois vraiment le tuer.

Puis il gagna son fauteuil comme un prêtre l'autel :

– C'est pas que tu doives le tuer… En fait, tu devrais le tuer, mais ça vaut pas le coup, les temps changent. Tu vois, Lou, ça c'est un monde où on s'égorge, et puis ils ont inventé un truc très bien, et ce truc s'appelle *money*.

Il s'assit :

– Quand ils l'ont inventé, ils ont pensé que grâce à ce truc, les gens pourraient se mettre d'accord. Maintenant, le monde est divisé entre ceux qui réussissent à se mettre d'accord et ceux qui n'y arrivent pas. Ce monde-ci est le monde où on n'y arrive pas. Ce fils de pute est pas venu te proposer un accord, il est venu et il t'a cassé la gueule. Bien sûr, c'est pas un truc agréable : celui-là, tu dois le tuer avec un regard triste, dans un lieu public, en t'arrangeant pour que tout le monde voie ton regard triste. T'as compris ?

Une quinte de toux t'échappa.

– Merde, tu me laisses finir de parler avant de foutre du vomi dans toute la maison ?

Avec sur le visage l'air *deadpan* des occasions importantes, le vieux t'expliqua la signification du contrôle. Parce qu'il n'y en avait qu'une : ne pas payer le racket mais se le faire payer.

– Tu vois, Lou, si je le demande pas moi, l'impôt du racket, et si quelqu'un d'autre le demande, ça va finir qu'il va me le demander à moi aussi et moi, ça, je le supporterais pas : je serais obligé de me balader dans le quartier pour tuer tous les foutus *ass kiss* qui veulent que je raque. Alors, pour tuer le moins possible de gens, je suis obligé de faire payer. Compris ?

Ainsi le grand-père tuait seulement ceux qui empêchaient le contrôle. Puis il réinvestissait le pognon, les affaires prospéraient pour tout le monde et dans le quartier tout le monde était content. Tu le comprenais, Lou, mais le FBI et ces foutus *ass bandits* de flics, non : cet argent provenant du contrôle était considéré comme sale, et le grand-père ne pouvait créer un nouveau bonheur dans le quartier sans le laver avant, cet argent.

Maintenant, à Los Angeles, ils avaient inventé un nouveau truc : le *movie*. Et autour du *movie*, il y avait un tas de fric qui tournait. Le grand-père avait pensé que ça pouvait être une bonne idée pour faire un autre bon nettoyage.

– Laisse tomber les sandwicheries de Downtown, Lou, envoie-le se faire enculer, ce *banana head* qui t'a déshonoré, et va-t'en à Los Angeles, à la *movie's school* de nos amis, hein ? Si tu te mets à bien étudier, après y'a pas besoin que tu tues personne. Ok ?

T'as fait tes valises comme avait dit le grand-père. Le matin du départ, alors que tu essayais de dire au revoir à ta mère qui pleurait à la cuisine, ton grand-père était arrivé, apportant la bonne nouvelle :

– Tu sais, celui qui t'a cassé la gueule, Lou ? Ils l'ont soulevé avec une grue sur une trentaine de mètres et ils l'ont laissé tomber sur le sol d'un salon carrelé en céramique de Caltagirone… dans cette maison, ils devaient encore faire le toit, c'est pour ça qu'il y avait la grue. Maintenant, dit-il en souriant, ils n'arrivent pas à gratter le sang parce que le type s'est fondu dans le décor.

Tu as toussé de nouveau.

Ton grand-père a dit à ta mère :

– Tu lui as donné du lait, pas vrai ? Il faut pas lui donner du lait le matin. Ça fait mal à l'estomac.

Puis, en se tournant de nouveau vers toi, il dit :

– Lou, Lou, attention que ça a pas été nous, ce type c'était une tête dure, il t'a cogné sans même se renseigner avant sur comment tu t'appelais, tôt ou tard il devait finir sur la céramique de Caltagirone, si on le faisait pas nous, quelqu'un d'autre l'aurait fait…

Ton grand-père regarda ta mère comme pour obtenir une approbation, ta mère faisait "non" de la tête comme pour dire *dit comme ça, ça tient pas.* A quoi ton grand-père rétorqua :

– C'est-à-dire… si quelqu'un d'autre ne le faisait pas… nous le faisions, nous… ça va comme ça ?

Ta mère faisait avec la tête : "On n'y est pas encore." Ton grand-père réfléchit :

– Et putain, merde, bref, c'est pas nous, tu les as faites, tes valises ?

Movie's school, mon cul ! A Los Angeles, ils t'ont mis tout de suite en main les livres de comptes et ils t'ont enseigné comment on blanchissait l'argent.

La manière la plus sûre était d'acheter ou de construire de petits cinémas de banlieue dispersés à travers l'Amérique, des centaines de petits cinémas ; ils coûtaient très peu parce qu'il suffisait d'un garage ou d'un entrepôt préfabriqué, quelquefois même pas, tu achetais un bout de terrain, tu l'entourais d'une palissade, t'y mettais une grande toile, un projecteur, une caisse et tu écrivais au pinceau sur une planche de bois DRIVE IN. Tu produisais quelques films, tu les projetais dans ces cinémas et, même si personne y allait, on y envoyait un courrier avec une mallette pleine de fric qui achetait tous les billets pour une semaine, sur ces rentrées, on payait régulièrement les taxes, le courrier retournait la semaine suivante et les "foutus *bacons*" – comme les appelait celui-là, là, qui t'expliquait le bizeness – ils y peuvent que dalle, bordel, parce que quand tu vas au cinéma, on te demande pas ta carte d'identité... C'est de l'argent propre de gens bien.

"De l'argent propre de gens bien" : la même phrase que te dit Leonard Trent en te tombant dessus au bureau un jour, quelques années plus tard.

Leonard Trent... ce cinglé de réalisateur à la con qui travaillait pour la Starship Movies ("C'est mieux que Sciortino's Movies", avait dit le grand-père, avec une modestie admirable), ce couillon qui avait découvert comment la famille recyclait l'argent parce qu'il avait une cousine vieille fille en Pennsylvanie et une histoire avec une comptable !

Sa cousine était allée voir son film sept jours sur sept parce qu'elle considérait que c'était un devoir moral, encore plus du fait que le cinéma était toujours vide...

– Mais, disait-elle en essayant de rassurer son cousin réalisateur, c'est la faute de ces merdeux de la Pennsylvanie : des gens de province qui se foutent de l'art.

Leonard s'en était plaint auprès de Molly, une des comptables, pendant qu'elle lui massait une cheville, et Molly lui avait dit : "Impossible, tes films marchent très bien en Pennsylvanie et même, ils marchent très bien partout."

– Alors moi, je me suis dit : ou bien c'est ma cousine qui me ment pour me faire bisquer, ou bien avec mes films, ils recyclent l'argent...

Quand Trent te tomba dessus, tu pensas que c'était vraiment une chance pour lui de t'avoir trouvé derrière le bureau, parce que s'il y avait eu ton grand-père à ta place, il aurait pris un pistolet dans le tiroir du milieu et lui aurait tiré dans le front pour être entré sans frapper. Toi, tu voulais faire le biznessman, ce type voulait probablement faire du chantage et c'était la première fois qu'il t'arrivait une chose pareille, alors tu étais curieux de voir où voulait en venir cette tête de nœud, de toute façon, t'avais tout ton temps pour lui tirer dessus.

– Continue, je t'écoute.

– Oui… maintenant… toi, tu la connais pas ma cousine, celle-là, elle m'adore, tu comprends ? Elle est vieille fille, elle habite un bled dans le trou du cul de la Pennsylvanie parce qu'elle a rien d'autre à faire dans la vie, et moi je suis son cousin qui fait des films, tu comprends ? Si ma cousine, au téléphone, après que j'ai refusé de la prendre vingt fois (je le fais pour l'image), me dit d'une voix cassée par la fureur et par l'indignation que le cinéma était vide sept jours sur sept, eh beh, tu peux être certain qu'elle me dit la putain de vérité, tu me comprends ?

– Plus ou moins.

– Bien, maintenant, avant de prendre le calibre 22 dans le tiroir du milieu du bureau et de me tirer dessus (parce que si tu dois me tirer dessus au bureau, tu dois le faire avec un petit 22, comme ça quand je meurs, je fais pas trop d'éclaboussures partout et toi tu te salis pas ta veste), reste un peu à m'écouter quelques foutues minutes, ok ? J'En-Ai-Rien-A-Foutre d'où vient l'argent ou comment vous vous démerdez pour le recycler, tu comprends ? Moi, je fais des films et je veux que mes films soient produits et toutes ces belles choses-là : je veux mon beau pourcentage sur les bénéfices, et j'en ai rien à branler de comment ou de qui est le fric. Je veux dire, bien sûr, merde, maintenant je le sais que c'est de l'argent sale et que mes films servent à le recycler, et alors ? Moi, qu'est-ce que j'en ai à branler ? Parce que je dis : ailleurs, je pourrais toujours trouver du fric à recycler sans même le savoir, pas vrai ? Et en fait, je le sais, là, il y a du putain de fric recyclé, et alors ? Je dois peut-être me mettre à chercher du fric propre ? "Eh là, l'ami, ça existe, l'argent propre ?" dit un type en tricot de corps blanc et veste de cuir dans un de mes films. Bien sûr que ça existe, je dis, moi, mais je n'ai pas le temps, merde, de le chercher, moi je dois faire mes films maintenant et pour l'instant, je n'ai pas le temps de chercher de l'argent propre. Et tu crois que j'en ai quelque chose à foutre, l'ami ? Eh ben, j'en ai rien à branler. Moi, je suis un type propre, toi, sans offense, tu n'es pas un type propre et l'argent qui circule dans cette baraque n'est pas propre et moi, je sais pas si je te l'ai déjà dit, j'en ai rien à branler. Donc, maintenant, toi, moi et ce foutu fric, on se met là et on apure bien tout ça. Qu'est-ce que t'en dis ?

– Rien, j'écoute.

– Ça me paraît correct. Alors, maintenant je veux faire un film avec tous les putains d'effets spéciaux, on embauche quelques-uns de ces petits jeunes qui sont forts en ordinateur, qui font les effets spéciaux, et on leur donne un salaire, et puis combien la société donne aux clients, c'est pas leurs oignons, pas vrai ? Eux, c'est des salariés. Bien, la société des effets spéciaux, c'est la tienne, leurs clients, c'est toi, tu la gères comme tu veux, tu te recycles encore un peu de fric, tu comprends ? On achète tous les ordinateurs et tous ces beaux machins modernes et moi je me fais mon putain de film avec les effets spéciaux, le gratte-ciel qui explose avec les effets spéciaux, mais le gratte-ciel qui explose, j'en veux un vrai, pas fait à l'ordinateur, tu me suis ?

Tu hochas la tête.

– Maintenant, je t'explique ce truc du gratte-ciel. Le point de départ, c'est : eux ils veulent une putain de *romance*, et moi je vais la leur donner, tu vas voir, merde, que je vais la leur donner. Écoute. Lui, beau, riche et paternel, elle, pauvre, malheureuse et vilaine, mais seulement parce qu'elle s'est négligée. Tous les deux, ils se rencontrent et ils tombent amoureux. Pas tout de suite, tout de suite, disons au bout d'une vingtaine de minutes. Ok? Puis, il faut la fracture...

– La fracture?

– Bien sûr. Eux deux, ils se rencontrent, d'abord on lui fait un peu retenir son souffle, au public, non? Ils tombent amoureux ou ils tombent pas amoureux? Mais bien sûr qu'ils tombent amoureux, tu comprends? Une tension légère, juste pour tirer un petit peu sur les nerfs du public, tu comprends? Tu les remues un petit peu, comme ça ils s'amollissent un peu. Bref, ils se rencontrent, ils tombent amoureux et le public fait "aaaahhh", un soupir de soulagement: tant mieux, va, ils sont tombés amoureux, je le savais, moi, qu'ils allaient tomber amoureux. Puis, à ce point, les règles imposent quelque chose de dramatique. Genre qu'elle s'enfuit avec son meilleur ami à lui, un magicien de la chirurgie esthétique qui a une clinique en Amérique du Sud. Tu diras: "Quelle pute", et en fait, non: elle l'aime pas, le chirurgien. Tu diras: "Encore plus pute", et en fait non, je t'explique: le chirurgien est envieux de son meilleur ami depuis qu'ils sont petits: dans une de ces *primary school* pour petits cons, tu sais, les gamines offraient toujours le ketchup à son ami et jamais à lui. Et son ami se faisait cette collection de bouteilles de ketchup offertes par les minettes, alors que lui, il devait se démerder avec la collec de timbres, tu comprends? Alors, il veut se taper la fille. La fille, de son côté, elle est ingénue, pratiquement elle comprend que dalle, qu'est-ce qu'elle en sait, elle, de la haute société et des trucs de ce genre, elle, il lui viendrait jamais à l'esprit qu'un magicien de la chirurgie esthétique puisse avoir ses défauts et envier les collections de bouteilles de ketchup, tu comprends? Elle le regarde du bas vers le haut. Alors le chirurgien, perfide, lui dit que pour mettre définitivement le grappin sur son ami, qui serait son fiancé à elle, elle devrait se faire retoucher quelque chose.

Lui, évidemment, il connaît les goûts de son ami et il saurait comment l'aider. C'est comme ça qu'il l'emmène en Amérique du Sud, où il y a la clinique équipée. Dans la clinique équipée, évidemment, le chirurgien la drague mais elle s'en fout, elle ne fait que penser à son amour, elle se rend même pas compte que le chirurgien perfide la drague, tu comprends la frustration? Lui, il la drague et elle, elle s'en rend même pas compte. Bien. Le chirurgien perfide décide de se venger, il l'opère et après l'avoir opérée, tente de la violenter pour infliger un affront. La violence éclate chez lui quand il lui retire les pansements et qu'elle dit: "Pétard! Mais ça m'a drôlement réussi. Je suis impatiente de partir pour retrouver mon amour." Et elle commence à préparer sa valise. Lui tente de la violer et elle s'échappe dans les rues de la ville sud-américaine parce qu'elle a compris qu'elle est tombée entre de mauvaises mains. Mais entre-temps, son bien-aimé est désespéré, parce qu'elle ne le lui a pas dit, qu'elle allait en Amérique du Sud pour se faire refaire. Elle l'a caché parce que le chirurgien perfide lui a dit que son ami aime les surprises et elle l'a cru, elle lui a répondu: "Super, super, les surprises!" en battant des mains et en se mettant à sautiller, t'as compris le genre? Pendant la période où les deux, là, ils sont en Amérique du Sud, lui, il s'est désespéré; il pense qu'ils se sont enfuis ensemble, etc. Il boit, putain qu'est-ce qu'il boit. Et, détail fondamental, il se rase pas et ne change pas de chemise. Barbe longue et col de chemise sale. Et il traîne dans les rues de la ville, bouteille à la main. Et les amis qui le rencontrent dans les rues de ce quartier luxueux lui disent: "Eh là... eh là..." Quel nom on lui donne à celui-là? Il me faut quelque chose de raffiné. Ernest. Ernest, un beau nom pour un connard de merde! Alors, les amis le rencontrent dans la rue et lui font: "Ernest... eh là... Ernest..." Ils ont du mal à le reconnaître, tu comprends? Et lui, il les regarde comme s'ils n'existaient pas et il poursuit son triste chemin. Et puis, pour renforcer cette histoire de l'apathie, tu sais, ce truc que le monde te glisse dessus, j'y mets un bel attentat-massacre, genre qu'il passe dans la rue et qu'une bombe fait sauter une boutique d'animaux domestiques avec tous les clients dedans. Et il y a lui qui marche sur ces petits bouts de caniches explosés sans même y faire attention. De temps en temps, il boit un gorgeon à la bouteille. Puis il décide d'en finir. Il va dans le gratte-ciel, parce qu'il possède un gratte-ciel, il se dirige vers le dernier étage... sauf que juste au moment où il va se jeter, il voit arriver un taxi et la voit des-cendre du taxi... Ernest, en plus d'être riche, beau, intelligent et puissant, a aussi un cœur d'or, non? Et c'est pour ça qu'il s'est emmené des jumelles, pour éviter d'écraser quelqu'un en se jetant dessus.

"Je fais un plan sur elle qui traverse en courant l'immense hall du gratte-ciel, avec ses talons qui font clic-clac sur le marbre très brillant, elle se dirige vers l'ascenseur. Elle est bouleversée, dans l'âme et dans le corps. Elle a les lèvres comme une bouée, le nez qu'on dirait un toboggan et les nichons au bord de l'explosion. Dans l'âme, elle est bouleversée par les trucs qu'elle a vus en Amérique du Sud, la perfidie du chirurgien, les méchancetés des infirmières et aussi un massacre dans les rues où meurent cinq personnes, rien que des braves gens. Alors, elle est impatiente de se faire embrasser par son amant et de se faire consoler. Et alors qu'elle est toute bouleversée, elle oublie pas quand même de se donner un petit coup d'œil dans le miroir de l'ascenseur, tu comprends, un truc à briser le cœur, elle est bouleversée à cause de ce qu'elle a vu mais elle a encore en elle la peur de ne pas plaire à son amour...

"Plan sur le chirurgien : le chirurgien couve. Il couve sa colère qu'elle se soit échappée après avoir refusé ses *avances**. Quand ils étaient arrivés en Amérique du Sud, le chirurgien était complètement solaire, gentil avec les standardistes et les employées de la clinique, si gentil qu'elle pensait : "Mais

---

* En français dans le texte, comme tous les mots en italique suivis d'un astérique. *(Toutes les notes sont du traducteur.)*

regarde-moi ça, quel brave bonhomme", et en fait, après qu'elle s'est échappée, il s'est transformé, il est devenu odieux avec les standardistes et il couve sa colère. N'oublie pas que quand il l'opère, il a ce regard tellement sinistre dans les yeux. Il a un regard tellement sinistre que les spectatrices ont peur qu'il la tue avec son bistouri ou bien qu'il lui taillade le visage, je sais pas, qu'il lui mette le nez à la place de la bouche et vice-versa. Et en fait, lui, il a seulement ce regard sinistre dans les yeux mais quand il lui ôte les pansements et qu'elle est bien réussie, avec tous ses petits trucs au bon endroit, les spectatrices poussent un soupir de soulagement... aaaahhhh. Sauf qu'il y a un certain doute qui traîne. Mais pourquoi le chirurgien avait-il ce regard sinistre dans les yeux si après, il l'a pas tailladée. Bah... hum... peut-être que... mais entre-temps, le film continue, tu me suis ?

– Continue.

– Bien. Elle est dans l'ascenseur et il y a un plan sur le chirurgien qui couve. Et après qu'il a couvé, tu sais ce qu'il fait ? Il ricane. Voilà ce qu'il fait, le chirurgien : il ricane.

"Plan sur l'ascenseur. Il y a cette petite musique en arrière-fond, très calme et relaxante. Tralalère tralala.

"Plan sur le chirurgien qui ricane et regarde une radiographie. La caméra zoome et on voit que le chirurgien a en main une télécommande.

"Plan sur la porte de l'ascenseur qui s'ouvre. Les regards des amoureux se croisent. Ils se précipitent l'un vers l'autre, s'étreignent et s'embrassent. Puis il la regarde dans les yeux, note ses transformations et lui dit sur le ton du paradis retrouvé : "Ma chérie, j'ai toujours aimé les surprises."

"Plan sur le méchant chirurgien qui ricane et appuie sur le bouton de la télécommande.

"Plan extérieur, cadrage sur le gratte-ciel, on voit la pointe du gratte-ciel qui explose.

"Plan sur la radiographie : le méchant chirurgien a rempli les nichons d'explosif, de plastic. Le bâtard !

– C'est un film à la con !

– Je m'en branle de ton jugement, Lou ! T'es peut-être un de ces putains de *ass kiss* du *New Yorker* ? Non, t'es juste un brave gars qui me fera construire un gratte-ciel ! Et tu sais pourquoi ?

– Pourquoi ?

– Parce que moi, cinéaste, je fais exploser la pointe du gratte-ciel et je le filme et vous ensuite, vous revendez ce gratte-ciel détruit à une autre société, et vous le vendez pour une poignée de dollars parce que le gratte-ciel n'a plus de pointe et que les gratte-ciel sans pointe n'ont pas de valeur marchande, puis il suffit de lui refaire la pointe et de vendre des appartements, la société a fait officiellement une mauvaise affaire parce qu'elle a vendu à bas prix un gratte-ciel qui, même sans pointe, était bon. Et comme ça un autre petit paquet d'argent, vous l'avez recyclé et moi je me suis fait mon putain de *Plastic Love*... Il te plaît, le titre ?

– C'est un titre à la con... mais l'idée n'est pas mal..., tu dis.

C'est comme ça que cette histoire avait commencé.

L'idée tordue de ce cinglé de Trent plut beaucoup au grand-père. *Movies*, immobilier et *fuck off* à tout le monde !

Les affaires commencèrent à marcher tellement bien... tellement bien... qu'un jour, une bombe explosa dans le couloir des scénaristes. Des bouts de scénaristes partout, qu'on n'y comprenait plus rien.

Pour tenir à l'écart ces enculés du FBI, il s'agissait officiellement d'un incendie. Ceux qui avaient entendu l'explosion furent élégamment réduits au silence.

Le grand-père ne s'y attendait pas. Il dit que maintenant il s'agissait de savoir quelle famille de merde avait fait cet affront et puis de se mettre d'accord.

Tu dis :

– T'es en train de me dire que maintenant, je dois m'asseoir à une table avec des gens qui m'ont mis une bombe sous le cul ?

Ton grand-père te regarda comme si tu ne comprenais pas, puis il dit :

– Écoute, Lou, tu as une société qui te rapporte bien, et même très bien... ce truc des contrats de travaux publics sans impôts avec l'excuse des films, ça a vraiment été une très belle idée... Alors, t'as fait un tas de fric, *guy*, et tout à coup il t'arrive quelqu'un et, avec une tronche de putain de pédale, il te dit : "Maintenant, tu sais quoi, on va partager." Toi, qu'est-ce que tu fais ? Tu lui dis oui ? Allez, réponds, je viens, moi, et je te dis : "Maintenant on va se mettre en société et on partage", toi, qu'est-ce que tu me dis ?

Tu te taisais.

– Tu vois qu'ils ont bien fait de te mettre une bombe !

Il se toucha les pieds, en murmurant :

– Maudits *barking dogs* ! Puis il ajouta : écoute, Lou, moi je voudrais te voir devenu une personne bien sous tous rapports... comme un de ces types... je sais pas, ces putains de La Bruna de Manhattan... avant de... m'en aller...

– T'en aller où, grand-père ?

– Ok, ok, fais comme si j'avais rien dit... ok ? Bref, reprit-il brusquement, tu te souviens de Sal Scali ?

– Qui ? Celui qui fait de la pâte d'amande en Sicile ?

– Exact. C'est un type qui a de la *famigghia*, de la famille, et qui comprend. Comme ça, maintenant tu t'en vas un petit moment en Sicile, Sal Scali te reçoit.

Tu ouvris la bouche pour dire quelque chose.

Le vieux se dépêcha de conclure :

– Je ne veux pas qu'ils te fassent du mal. Ça te suffit comme motif ?

Ça te suffisait. Tu es arrivé à Catane et t'as été accueilli par une espèce de Joe Pesci tout juste sorti d'un tailleur de la Fifth Avenue : Sal Scali, un type qui se la joue vraiment.

Pesci-Scali t'a expliqué la Grande Genèse de la Pâte d'Amande... comment les émigrants en Amérique en étaient dingues, comment au début on l'a exportée en petits pains, comment ces "abrutis de nègres" ont été placés aux coins des rues pour vendre les petits pains enroulés dans du papier d'aluminium, comment ensuite l'entreprise a grossi ("comme une bite devant *Charônestône*", il a dit), et comment grâce à ton grand-père la PÂTE D'AMANDE SCALI a maintenant un siège élégant à New York...

Il t'a dévoilé la Nouvelle Grande Idée: lancer sur le marché la PÂTE D'AMANDE SCALI avec des phrases d'amour... "que quand un type y se mange la pâte, après il se lit la phrase d'amour à sa maîtresse."

Il t'a murmuré:

– Maintenant, pour toute la Sicile, et même pour tout le continent, tu es... comment vous dites, vous... un *copirailltèr*, tu es mon *copirailltèr* américain! On dit aux amis que Sal Scali t'a fait venir d'Amérique pour les écrire, les phrases, hein?

Il t'a fait un clin d'oeil et il t'est venu l'envie de lui manquer de respect...

Mais maintenant, merde, où tu te trouves, Lou? Qu'est-ce que c'est que cette espèce de paquet de coton trempé que tu sens bouger dans la tête, même directement dans ton cerveau? Et cette lumière de merde... de néon faiblard, comme ceux qu'on voit dans les cages d'escalier à Harlem? Et cette sensation glacée dans les mains? Et cette puanteur, qui ressemble tellement à celle qu'il y avait chez l'oncle Alph, le jour de ses funérailles?

C'est l'aube d'un jour d'octobre à l'Hôpital public de Catane. Le jeune homme vient juste d'ouvrir les yeux et peut découvrir son image déformée sur le métal du lit sur lequel il gît. Il bouge les pieds pour vérifier qu'il vit. Un vieux édenté, un bol à la main, un pyjama pourri, le regarde en riant.

– *'s happened?* grogne le jeune homme en s'arrachant à sa torpeur.

– Hè?

– *What has happened?*

Le vieux continue à sourire.

– Merde, manquait plus que *l'anglisi*, il dit.

– *Vidi ca 'u sicilianu 'u parru megghiu di tia*, attention que le sicilien je le parle mieux que toi, murmure le jeune homme.

Le vieux n'arrête pas de sourire, il est content.

– Tè! dit-il en montrant le bol. Dans les yeux, l'expression de quelqu'un qui n'a jamais bu de thé, à la maison.

– Depuis quand je suis là? demande le jeune homme.

Le vieux ne répond pas. *Pourquoi je devrais te le dire?* semble-t-il penser.

Le jeune homme le fixe, le vieux soutient son regard en buvant une gorgée de thé.

Le jeune homme secoue la tête, puis il dit: "Je ne me rappelle pas depuis combien de temps je suis dans cet hôpital, mais je sais une chose. Moi, j'ai l'habitude de porter un pistolet, quelquefois je me le mets dans l'étui de poitrine, tu vois ce que c'est, non? Celui qui se met sous l'aisselle, sur la poitrine, comme son nom l'indique, celui qui leur fait monter le sang à la tête, aux pistolets. Des fois je le porte plutôt dans l'étui de ceinture... tu sais, celui qui est un peu en arrière, il est dessiné exprès pour que la crosse du pistolet s'enfonce dans le creux des reins, comme ça tu peux aussi te mettre des vestes serrées, les boutonner, et personne voit que t'as le pistolet. Beh, vraiment personne, non, parce que si tu as l'œil exercé, alors tu le comprends si un type a ce genre d'étui à la ceinture. Et toi, tu l'as pas, l'œil exercé, vieux. Et puis, il y a les étuis de cheville: tu sais ce que je vais te dire? Que l'étui de cheville, c'est une grosse connerie, ils sont très malcommodes, tu marches comme si tu boitais, tu peux plus croiser les jambes quand tu t'assois, bref: une vraie merde. Tu sais, vieux, ça me fait du bien de parler avec toi. C'est sûr que de temps en temps, il faut parler avec quelqu'un… En tout cas, je te disais, moi, je sais pas comment je me suis retrouvé ici, je sais pas qui m'a déshabillé, je sais même pas si j'étais habillé quand on m'a amené dans cet endroit, mais… et là, fais attention… moi, *d'habitude*, je porte sur moi un pistolet. Tu me suis ?

Le vieux se tait. Il pense que le jeune homme délire.

– Maintenant : il est possible aussi que quand on t'emmène dans un hôpital et qu'on te déshabille, on t'enlève le pistolet, je sais pas, je suis jamais arrivé évanoui dans un hôpital avant, c'est la première fois et moi, je connais pas le règlement des hôpitaux. Mais il y a une lointaine possibilité que dans cette armoire, *'u vidi*, tu vois, cette armoire, il y ait mes habits et qu'avec mes habits, il y ait aussi mon pistolet. Bien sûr, c'est improbable, c'est pas un truc sûr. Mais, *mais*, qu'est-ce que t'en sais ? Tu en es sûr, peut-être ? Bref : on sait pas. C'est ça la question : on sait pas. Maintenant, on va faire une chose : moi, je me lève, j'ouvre l'armoire et je vois s'il y a mon pistolet. Si mon pistolet n'y est pas, tant pis : moi, je me remets au lit et je trouverai quelqu'un d'autre à qui demander. Mais si mon pistolet est là, je jure sur mon honneur que je le prends et que je te tire dans un genou si tu ne me dis pas immédiatement quand on m'a amené ici. Ça te va de courir le risque ?

– Hier après-midi.

– Hier après-midi. Bien.

Nick rentre à la maison

Nick rentre à la maison. Avec le visage et le blouson tachés de sang, le pas rapide et prudent, le pantalon qui lui tombe sur les flancs, l'ourlet écrasé sous le talon des mocassins.

Il tient à la main un étui de guitare. Il a froid et il vient juste d'arriver dans sa rue : une rue faite de petites villas toutes semblables qui donnent sur une voie rapide. De l'autre côté de la chaussée, des touffes d'herbe jaunies par le soleil entre les masses obscures des dalles de lave.

Le quartier n'est pas central, ce n'est pas une zone résidentielle, ce n'est pas la banlieue : c'est tout ça en même temps suivant l'état de l'éclairage public. En ce moment, l'éclairage n'est pas terrible, mais il y a un immense panneau publicitaire d'une société qui fabrique des robes de mariée et le jardin de son voisin, Tony, est illuminé comme pour une fête...

Nick presse le pas. Il boite. Il s'est fait une entorse quelque part. Il espère qu'on le remarquera pas. Il accélère encore l'allure.

Tony, un immense bifteck au bout d'une grande fourchette, le voit.

– Nick ! crie-t-il, son visage s'éclairant. Nick, *'o* babbequiou ! Putain de babbequiou de mes couilles !

Tony a un visage à la peau tendue et brillante comme celle d'un bébé ("C'est un don du Seigneur", dit-il à ses clients. "C'est un tracassin", dit au contraire l'oncle Sal, pour qui "un homme doit avoir une tête d'homme"). Un jour, il a commencé à porter des chemises de soie aux cols pelle à tarte, qui s'ouvrent sur de souples foulards assortis, et des brailles trop serrées même pour un type avec sa tête. Au bout d'un certain temps, on a découvert la raison, il avait ouvert un salon de coiffure dans le quartier : Tony's, une espèce de catacombe meublée comme un bordel d'autrefois ("Ça serait mieux à San Berillo, au milieu des radasses", avait commenté l'oncle Sal). A part tripoter les cheveux des dames du quartier, Tony ne fait rien d'autre que des barbecues dans le jardin de chez lui, tous les jours où le climat le permet. En octobre, même quand le climat le permet pas : il a devant lui au moins quatre mois d'abstinence et le jardin, merde, il faut l'exploiter.

Tony s'est pris de sympathie pour Nick dès le premier instant.

Quelques mois auparavant, il s'inquiétait de cette maison vide, vu que le dernier occupant, M. Pulvirenti, s'en était allé après la dernière des innombrables disputes à cause du barbecue. Tony ne voulait pas se retrouver avec un nouveau M. Pulvirenti comme voisin.

La question s'était résolue un soir quand, après la énième dispute, M. Pulvirenti avait brandi le tuyau d'arrosage et douché les convives du barbecue. Ce que M. Pulvirenti ignorait, c'était que, parmi les invités, il y avait aussi l'oncle Sal qui, ce soir-là, portait un costume à fines rayures d'un bleu délicat que venait juste de lui livrer Pavone, *'u custurieri*, le tailleur napolitain chez qui l'oncle Sal se sert depuis des années.

L'oncle Sal aime s'accorder "quelques faiblesses" comme il dit à ses amis : les complets sur mesure, les idées extravagantes (*schiticchiose*, "titillantes", précise-t-il) et sa nièce Valentina qui fait des études de stylisme à l'école d'apprentis, ou au lycée professionnel de quelque chose, comme on dit maintenant. Quand le jet de la pompe de M. Pulvirenti brouilla les minces rayures du costard de l'oncle Sal, un silence sinistre tomba sur le barbecue.

De l'autre côté de la haie, ignorant de tout, M. Pulvirenti continuait à brailler.

L'oncle Sal, ruisselant, s'était contenté d'écarter les bras et avait souri comme un pape qui dit : "Non, pour ça, la grâce je te l'accorde pas, que la volonté de Dieu soit faite."

En scandant bien chaque mot, il avait dit : "Habit neuf trempé, habit neuf fortuné", puis il avait quitté le barbecue et, sur le trottoir, le chauffeur lui avait ouvert la porte de la Mercedes noire en gardant la tête rigoureusement penchée.

Le lendemain, l'oncle Sal était allé rendre visite au susdit et le susdit avait déménagé l'après-midi même.

Quand Tony s'aperçut que la maison avait été louée par Nick, il tenta poliment les premières approches de voisinage civilisé.

Il découvrit que le voisin venait de Porto Empedocle, qu'il était inscrit à la faculté d'agronomie, qu'il s'appelait Nick. Un soir, il frappa à sa porte et lui posa la Question :

– Nick, ça te dérange... les babbequiou ? Tu vois... la fumée, l'odeur... comment vous dites, vous autres étudiants... bref, ça te dérange ?

Nick le regarda, fixant la chemise jaune, le foulard orange, la tête de bébé, et lui répondit :

– Non !

Quand Tony rentra chez lui, il dit à sa femme :

– C'est un brave gars, éduqué... et en plus beau garçon !

Ce fut ce soir-là que Valentina, qui était venue trouver son cousin Tony, commença à penser à Nick avec un intérêt nouveau, jamais éprouvé auparavant.

Ce fut ce soir-là que Nick devint invité permanent des barbecues de Tony.

– Nick ! Nick ! crie encore Tony. Viens ! Viens !

Nick espère que les invités ne remarquent rien, il tourne la tête et, espérant que l'éclairage soit de son côté, il presse le pas et dit :

– Oui, Tony, je vois, je vois, *i' babbecù*. Mais je peux pas… je dois passer un coup de fil urgent, *urgent*.

Tony reste déçu, la grande fourchette à la main.

C'est la première fois que Nick décline une invitation.

Vraiment, la première fois.

C'est pas son genre.

L'oncle Sal regarde Nick, regarde Tony et hoche la tête, l'air sérieux.

Quand l'oncle Sal hoche la tête, ça se voit, il ne pense à rien de bon.

– Il est trop éduqué, le jeune… Je vous l'avais dit (il ne l'avait jamais dit)… c'est un snob, tranche-t-il.

Des paroles en l'air, une simple opinion, presque un lieu commun en bavardant entre parents. Mais *snob*, pour l'oncle Sal, a un sens particulier. Snob, c'est un manque de respect et le mépris des traditions… une vexation, de la superbe consciente, un péché d'orgueil que personne, pas même l'*Agnus Dei*, ne peut effacer du monde. Snob, pour l'oncle Sal, veut dire *le Contraire*: le Contraire de tout ce qui vaut la peine qu'on naisse et qu'on meure. Le Contraire, en somme, de la *Famigghia*.

Valentina pâlit, Tony marmonne des paroles incompréhensibles.

L'oncle Sal a un bref instant d'hésitation, comme si un doute menaçait de quelque part l'édifice de ses pensées, puis la fureur revient se coaguler, plus compacte encore qu'auparavant.

– SNOB, dit-il encore.

Nick arrive devant la porte de sa maison.

– Merde, dit-il, merdemerdemerde.

Il a du mal à trouver les clés, ne sait pas comment glisser les mains dans les poches de son pantalon, parce que les mains aussi sont tachées de sang, puis il dit encore “merde”, s'en fout et glisse ses mains sales dans ses poches.

La serrure cède d'un coup.

Nick se précipite à l'intérieur en claquant la porte dans son dos, sans même allumer la lumière il commence à se déshabiller, en sautant, une jambe encore prise dans le pantalon, il arrive à la machine à laver et fourre tout à l'intérieur.

Puis il tourne frénétiquement le bouton de la température.

La via Etnea coupe perpendiculairement la ville : une entaille qui conduit directement au volcan. En montant, sur la droite, à peu près à mi-longueur, s'ouvre une ruelle. La ruelle est sombre. Elle relie la via Etnea à la place Carlo Alberto qui, le matin, est une place de foire, un marché ambulant ; le soir, en revanche, elle est vide et déserte, à peine éclairée par une lumière rose et spectrale. La vie nocturne des pubs qui se déroule jusqu'à quelques centaines de mètres plus bas n'arrive pas jusque-là. Quelques étudiants soûls qui rentrent chez eux, de temps en temps. Quelques beuglements soudains qui résonnent et s'éteignent aussitôt, rien de plus. La lumière électrique se glisse dans la ruelle par réflexion, rebondissant sur les trottoirs trempés et sur les ruisselets laissés par l'orage d'octobre. C'est la période où, le soir, on enfile avec plaisir les premiers chandails de laine.

Un bar est encore ouvert. Assises autour d'une table de plastique, quatre personnes, dans ce bar, sont suspendues aux lèvres du père Mimmo.

Le père Mimmo a un bazar dans le quartier. On l'appelle le père Mimmo depuis toujours. Personne ne se rappelle plus pourquoi.

– Puuuuutain, dit Nuccio, et il ne peut s'empêcher de rire. Merde, j'en ai vu des gens assassinés, mais assassinés *à ce point-là*, jamais !

Tuccio conduit une Mercedes accidentée à toute vitesse.

– Qu'esse-tu fais, bordel, tu ris ? dit Tuccio à Nuccio.

– Qui ? Moi ? Mais qu'est-ce que tu racontes ! répond Nuccio indigné. Merde, mais t'as vu comment la tête lui a explosé ? Comment il l'avait, celui-là, la tête ? Gonflée à l'air comprimé ?

Et il rit.

Tuccio le regarde.

Sérieux.

Au bar, après qu'on a déjà tant causé et alors que tous attendent que Cosimo dise en dialecte "Nous autres, on s'en va", le père Mimmo, de but en blanc, dit :

– Si je lui avais parlé de l'arbalète, peut-être que le brigadier serait encore parmi nous.

Il le dit comme pour exprimer quelque chose qui le brûle à l'intérieur et ne le laisse pas en paix.

– L'arbalète ? demande quelqu'un, surpris.

– Quelle arbalète ? demande un autre.

La conversation se ranime.

Le père Mimmo, dans son bazar, vend des savonnettes et du dentifrice, des balais et des serpillières, du cirage et des éponges, de la mousse à raser et des lames de rasoir, de la javel et du déodorant pour les waters, plusieurs genres de détersif du commerce. Il vend aussi quelques marques d'eau de Cologne et d'après-rasage et, naturellement, du DDT et du Fly-Tox.

Turi, le barman du bar de Cosimo, dit que les mouches du bazar du père Mimmo sont très résistantes parce que, nées au milieu de tous ces produits chimiques, elles sont devenues immortelles.

Le bazar est large d'un peu moins de deux mètres et long d'un peu plus de deux. A cause des rayonnages métalliques, s'il y a deux clients, on ne peut pas passer, il faut se mettre de côté et les produits tombent toujours par terre. Pour éviter d'avoir à se lever chaque fois pour tout remettre en place, s'il y a déjà quelqu'un à l'intérieur et qu'arrive un deuxième client, le père Mimmo dit :

– S'il vous plaît, attendez dehors que je vous sers après.

La zone des assouplissants liquides est le séjour des mouches. Elles forment une colonne compacte noire collée à la barre portante des étagères métalliques. Elles s'appuient l'une à l'autre, l'une sur l'autre. Trente centimètres de pâte vivante et mobile de mouches. Quand le père Mimmo se lève pour contrôler, elles se dispersent en un instant comme si elles n'avaient jamais existé. Si un client passe, en revanche, elles restent sans bouger, immobiles et fondues dans l'obscurité.

Jamais aucun client ne s'est aperçu de leur présence.

Elles attendent qu'il n'y ait personne dans le bazar, puis elles se lèvent en escadrilles, bien qu'elles donnent l'impression d'être toujours *une* mouche seulement, *la même* mouche. Si le père Mimmo en tue une avec son journal, une autre se détache du coin et prend la place de celle qui est tombée en imitant à la perfection son vol et son bourdonnement.

Pour ne pas se faire avoir, le père Mimmo doit tenir le compte des cadavres.

– Si ça m'avait pris de parler avec le brigadier de l'arbalète, continue le père Mimmo, le malfrat, en voyant que le brigadier était en train de barjaquer avec moi à la caisse, il serait peut-être même pas entré. J'avais une arbalète sous la caisse.

– T'avais une arbalète sous la caisse? demande un troisième.

Le père Mimmo lève les yeux, lentement.

– Cet après-midi, après déjeuner, j'ai débarrassé la table. Après avoir débarrassé, je me suis mis dans le fauteuil, comme tous les après-midi, devant la télévision, pour dormir un couple d'heures. Vous le savez, non? L'après-midi, je me mets sur le fauteuil, avec la couverture sur les jambes si j'ai froid, j'allume la télévision et je m'endors.

Les auditeurs hochent la tête, impatients.

– Pour mieux dormir, vous le savez, non? continue le père Mimmo, je mets le programme de l'après-midi d'Antenna Sicilia, celui avec Salvo La Rosa. De temps en temps, il y a le comique, celui qui est fort, cet après-midi, il n'y était pas, il y avait le Commandeur Fragalà.

– Celui de l'armurerie ?

– *Chiddu ca canta ?* Celui qui chante ?

– Exact, lui précisément. Avant, il a chanté un air tiré de l'*Elisir d'amore,* puis Salvo La Rosa l'a fait s'asseoir sur le sofa des invités et l'a interviewé sur les derniers modèles de fusils à pompe qui viennent d'arriver dans son armurerie. Le Commandeur, il a dit comme ça qu'en Amérique, c'est très très bien, tu peux rentrer dans un magasin, te mettre à te promener un peu entre les étagères et les vitrines, puis tu t'adresses à un vendeur et tu lui dis : "Vous m'empaquetez ce fusil à pompe, s'il vous plaît", et l'autre, il te l'empaquette.

– C'est vrai, dit Pietro, retraité. Moi, je l'ai vu dans un film.

Le père Mimmo fait un geste avec les mains comme pour dire : *qu'est-ce que je vous disais ?* Puis il opine, pensif :

– Le Commandeur s'est plaint à La Rosa qu'en Italie, c'était pas si facile.

– Sûr que c'est pas facile, dit Cosimo, mais si t'entres dans certains milieux, tu peux t'acheter même une mitraillette. De celles avec un nom russe.

– Exact, dit le père Mimmo, mais qui c'est qu'y est dans ces putains de milieux !

Tous arborent une expression résignée, qui avec les mains, qui avec la tête, qui avec les jambes.

– Moi, j'y ai pensé à ça, dit Tano, retraité lui aussi qui de temps en temps donne un coup de main au bar. *Secunnu mia,* selon moi, ils viennent pas vous demander les sous du racket et vous offrir leur protection parce que ça fait une éternité que vous êtes dans le quartier et tout le monde vous connaît. Peut-être qu'ils se sont pris d'affection et que ça leur paraît une dégueulasserie de venir vous demander les sous à vous en particulier.

– Oui, réplique Cosimo, et eux ils pensent qu'ils nous font une faveur. En fait, on voit comme ça finit.

– Exactement, dit le père Mimmo, comme ça on est obligés de penser soi-même à l'autodéfense. Mais comment tu fais, si le port d'armes, tu l'as pas ?

– Exact, dit Cosimo, indigné.

– En somme, je pensais justement à ça, cet après-midi, quand j'ai décidé que je devais absolument me procurer quelque chose… je sais pas : un couteau, un marteau… quelque chose, quoi, parce qu'on sait jamais, pendant un braquage… bien sûr, je dis pas que si un type entre avec une mitraillette, toi, tu vas prendre un marteau, parce que l'autre il se met à rire, mais mettons qu'il ait une distraction… voilà… mettons qu'il ait une distraction… en somme, qu'est-ce que t'en sais, toi, ce qui peut se passer pendant un braquage, mettons qu'un de ces trucs te soit utile… qu'est-ce que tu peux en savoir ?

– Il fait frisquet, dit Tano, je baisse le rideau ?

Et sans attendre la réponse, il se lève de sa chaise.

Il marche, courbé et le pas incertain, sur la sciure que Turi, le barman, a répandu par terre ; plus utile que le paillasson sur lequel les clients ne s'essuient jamais les pieds quand ils entrent et plus commode parce que quand il arrête de pleuvoir, Tano balaie et tout redevient propre. Le bruit du rideau qui s'abaisse résonne dans tout le quartier.

– Puuuutain, dit encore Nuccio.

Les lumières du soir courent encore plus vite sur le pare-brise.

Tuccio conduit en silence, de temps en temps il regarde le rétroviseur et hoche la tête pour lui-même.

Tano s'essuie les mains sur ses brailles déchirées, roulées par-dessus la ceinture, montrant le blanc jauni de la doublure. Il passe derrière le bar. Prend une bouteille de Punt & Mes sur l'étagère et, lentement, revient à table.

– Alors, j'ai décidé d'aller chez le Commandeur pour voir s'il y avait des armes sans obligation de port d'armes, reprend le père Mimmo après que Tano a rejoint sa place. Arrivé à l'armurerie, je suis allé à la vendeuse et je lui ai expliqué ma situation. Elle, elle a pris une boîte, elle l'a posée sur le comptoir en souriant et vous savez ce qu'y avait dedans ? Un pistolet d'alarme ! dit-il, l'air dégoûté.

– Et alors, tu devrais donner l'alarme, maintenant ? dit Cosimo tout aussi dégoûté.

– Exactement ce que je lui ai dit, moi ! Et puis, maintenant, les pistolets d'alarme, ils les font avec un machin rouge autour du bout du canon que plus personne y croit.

– Ils le font parce que c'est la loi, dit Tano. Comme ça, on fait plus les braquages avec les faux pistolets.

– Oui, dit Cosimo. Belle loi de mon cul, comme ça maintenant, les braquages, ils les font plus qu'avec des vrais pistolets.

– Exactement, réplique le père Mimmo. Bref, j'ai dû lui réexpliquer depuis le début que j'avais besoin d'une arme qui soit pas une arme, mais qui soit suffisamment une arme, quelque chose qui faisait mal mais pas trop, une arme sans port d'armes, en somme. Et elle, elle a pris une autre boîte, l'a mise sur le comptoir et dedans il y avait des pistolets neufs de tous les genres, sur quoi je lui ai dit : "Merde, mademoiselle, encore les pistolets d'alarme ?" Et elle, elle m'a expliqué que non, que c'était des *soft plein... sost eir... sportair...* bref des pistolets à air comprimé. Et putain, t'as qu'à dire pistolet à air comprimé, non ?

– Et qu'est-ce que t'étais, un minot le jour des Morts*, qu'y faut qu'on t'offre un pistolet à air comprimé maintenant ? dit Cosimo.

– Exactement ce que je lui ai dit, moi. Mais elle, elle m'a expliqué que ça, ça tire pas des petits bouchons rouges de

* En Sicile, par une tradition qui s'est presque effacée au profit du Noël américain, le jour des Morts (2 novembre) était celui des cadeaux aux enfants.

caoutchouc coloré. Maintenant, ça tire des petites boules très dures et ce sont des reproductions parfaites des armes dans le commerce. Si tu veux, tu peux t'acheter des boules avec l'âme de métal, mais ça coûte plus cher. Elle dit que à dix mètres, ça fait un bleu comme ça. Alors, je lui ai demandé : "Et si je les achète avec l'âme de métal ?" Là-dessus s'est approché le Commandeur, qui avait fini de servir une autre personne, il a écarté la vendeuse et m'a dit : "Alors, le bleu dure plus longtemps. Mais, merde, qu'est-ce que vous êtes en train d'acheter, père Mimmo !"

– Ce type, il est habitué à manipuler des armes, pas des couillonneries, dit Cosimo.

– Exactement. Alors, j'ai expliqué encore une fois ma situation au Commandeur et lui, qui est une personne qui s'y connaît, il hochait la tête. Alors, il m'a dit que j'avais raison, moi, et que quelque chose qui me tire d'embarras, il devait me le trouver.

– Ça oui, que c'est une personne sérieuse, dit encore Cosimo.

– Comme ça, il a réfléchi un petit peu là-dessus, il a regardé autour de lui et il m'a dit qu'à moi, il me fallait une belle fronde. Maintenant, ils les font avec tout un truc qu'on met autour du bras pour donner une puissance explosive, ça tire des billes de verre coloré très précises et à dix mètres, ça te fait autre chose que des bleus.

– Putain, dit Tano.

– Attends. Quand le Commandeur s'est tourné pour prendre la fronde sur l'étagère des frondes, moi j'ai vu un rat colorié avec des dents gigantesques qui souriait, dessiné sur une boîte de carton. Alors, je lui ai demandé : "Et là-dedans, qu'est-ce qu'y a ?" Et le Commandeur a souri et m'a dit : "Putain, père Mimmo, maintenant que vous m'y faites penser..." C'était une arbalète, dit le père Mimmo en écartant les bras. Le Commandeur, il m'a dit comme ça que ces arbalètes servent officiellement à tuer les rats. Même si en fait, c'est pas très crédible, parce que pour tuer les rats, tu dois d'abord les coincer dans un coin et c'est justement ce qui est difficile avec les rats. A moins que, a dit encore le Commandeur, il y ait des gens qui s'amusent à utiliser les rats comme des cibles après les avoir chopés avec la colle !

– Mais c'est dégueu ! s'exclame Turi.

– Tais-toi, toi, dit Cosimo, que t'y connais rien, au tir sur cible. Et donc ?

– Et donc, je m'en suis allé ouvrir la boutique avec cette belle arbalète empaquetée sous le bras, je me suis mis à la caisse, je me suis lu les instructions du prospectus et je l'ai mise bien bien chargée, avec l'élastique tendu, sous le comptoir.

– Comme une belle bite qui bande, dit Turi pour retrouver du crédit et en effet, tout le monde sourit, excepté le père Mimmo, qui est devenu soudain sérieux.

– Y'a pas de quoi galéjer, dit le père Mimmo. Vous voyez, quand le brigadier est entré, moi je voulais lui parler de l'arbalète. Comme ça, quoi, juste pour me vanter un peu, pour en parler avec quelqu'un qui s'y connaît en armes. Sauf que je me le suis vu, le brigadier, qui me disait : "Humm... faites-moi voir cette arbalète, père Mimmo... humm... pas besoin de port d'armes, hein ?" et puis il me la saisissait et il se l'emmenait au laboratoire pour la faire analyser et puis après quelques mois, il sortait dans le journal qu'ils avaient fait une loi sur ces arbalètes qu'on pouvait plus les acheter sans port d'armes. Qu'est-ce que je pouvais en savoir, moi ? Bref, je me suis dit : *mieux vaut que je me mêle de mes affaires.* Alors, au brigadier, je lui ai dit : "Bonsoir", et rien de plus. Lui, il m'a salué et puis il est allé au fond à gauche, rayon articles de toilette pour homme. Quand j'y pense, mon Dieu, quand j'y pense, peut-être, si je lui parlais de l'arbalète, le braqueur, en le voyant parler avec moi, à la caisse, il serait même pas entré, le braquage il l'aurait renvoyé et le brigadier serait encore parmi nous.

Le père Mimmo baisse la tête en la secouant, avec un regard douloureux qui se reflète dans le Punt & Mes.

Cosimo dit :

– Quand on parle du destin.

– Putain, m'y faites pas penser, dit Tano. Il y avait deux bouts de cervelle du brigadier qui coulaient de l'étagère des déodorants et qui lui retombaient sur le front.

– Bon, beh, dit Cosimo. Bon, beh, en se frottant les mains sur les brailles, il se fait tard, nous autres on s'en va.

Quelques heures auparavant, le père Mimmo avait allumé la lumière au moment précis où l'obscurité au-dehors devenait vraiment obscure. (Pour éclairer le bazar, il a deux ampoules nues qui, par un étrange phénomène qu'il n'a jamais réussi à comprendre, n'éclairent pas du tout au coucher du soleil.) A cette heure, comme toujours, le brigadier était entré et, dans le bazar, le bourdonnement des mouches avait soudain cessé. Le père Mimmo avait salué le brigadier et le brigadier lui avait rendu son salut d'un air pensif en se dirigeant, comme toujours, vers le rayon articles de toilette pour hommes.

Le père Mimmo avait poussé du genou l'arbalète encore plus au fond de l'étagère sous le comptoir. Le tabouret sur lequel il était assis s'était relevé dangereusement sur deux pieds. Le père Mimmo avait senti le bois dur de l'étagère contre le genou, signe qu'il ne pouvait pousser davantage, et il s'était laissé retomber.

Le tabouret avait fait un bruit sec contre les carreaux.

Le brigadier, pensif, avait entendu le bruit. Il avait déjà mis ses lunettes pour lire l'étiquette d'un flacon d'après-rasage et il était perplexe. Peut-être voulait-il changer d'après-rasage ? Il avait poussé juqu'au coin des mouches, en gardant l'après-rasage en main, puis il avait disparu.

Le père Mimmo s'était détendu.

Puis, le grincement de la porte et l'habituel coup de vent qui, le père Mimmo le sait, continue même quand la porte s'est refermée et que le client est entré.

– S'il vous plaît, attendez dehors, que je vous sers après, avait-il réussi à dire avant de se tourner et de se retrouver avec quelque chose de dur et de froid sous le nez et, devant les yeux, un visage indéchiffrable pour un presbyte comme lui. Le visage avait murmuré quelque chose. Le père Mimmo n'avait pas compris. Le visage avait hurlé :

– Le fric, vieux !

Le père Mimmo avait pensé : *merde, un braquage !*

Il ne lui était jamais arrivé d'être braqué. Et la panique l'avait pris par surprise. Il avait pensé à l'arbalète, au brigadier, puis à rien... Le braqueur avait appuyé de la main droite la touche qui libère la caisse. La caisse avait fait *ding* et puis *ta-tang*, en faisant trembler tout le comptoir. Le brigadier, tenant dans une main l'après-rasage, avait entendu *ta-tang*. Il avait levé la tête, puis avait tourné de nouveau le coin des mouches. Il avait vu. Ça n'avait duré qu'un instant. Il avait pivoté de cent soixante degrés sur lui-même tout en extrayant en même temps l'arme en dotation, en l'empoignant à deux mains et en s'écartant de la ligne de feu. Il avait rapproché le pistolet de son nez et de ses lunettes, pointé vers le haut, les coudes pliés, détendus mais prêts à la décharge, le dos au mur, ou plutôt aux étagères du rayon articles de toilette pour homme. Une bombe de mousse à raser était tombée par terre avec un bruit sec et sourd, sans rebondir.

Le père Mimmo avait entendu, dans l'ordre : le brigadier crier quelque chose mais trop fort pour comprendre quoi ; une détonation incroyable qui lui avait explosé dans l'oreille gauche et aussitôt un grondement qui s'était propagé dans toute sa tête. Il avait écarquillé les yeux. Les éclaboussures de cervelle du brigadier lui arrivaient sur le visage.

Le père Mimmo, comme plus ou moins tout le monde, avait vu à la télé le film de l'attentat contre JFK, avec tous les petits bouts de cerveau qui roulaient sur le coffre de la décapotable comme la mousse de savon du lavage automatique. En cet instant, dans le bazar, il avait eu absurdement devant les yeux cette scène et, tout aussi absurdement, il avait pensé que le président des États-Unis d'Amérique, c'était évident, ne pouvait pas mourir avec un petit cercle rouge sur le front comme ceux que se font tatouer les femmes indiennes. Et en fait, à ce qu'il semblait, même un brigadier napolitain (mais est-ce qu'il était vraiment napolitain ?) avec des lunettes mourait comme ça : en projetant tout autour de lui de la matière cérébrale, comme s'il était le président.

Le type qui avait tiré avait dû penser un truc de ce genre, parce que le père Mimmo l'avait entendu dire : "Puuuuuutain !" Puis il l'avait vu s'enfuir avec l'étui du fusil à la main et il s'était demandé comment il était possible de remettre le fusil dans l'étui en si peu de temps, d'avoir tant de... lucidité !

– Putain, un fusil, c'était, pas un pistolet, voilà pourquoi ça a giclé ! avait dit le père Mimmo à haute voix avant de s'effondrer sur le tabouret.

– Et s'il y avait pas eu cette explosion, putain, oui que j'aurais pu le reconnaître, *a quel figghiu di iarruso*, ce fils de pédé : mais, putain, là, il avait la tête qu'on aurait dit qu'il se l'était collée dans un plat de pâtes au four ! dit maintenant le père Mimmo dans la rue, en relevant le col de sa veste et en prenant congé de ses amis.

Mais où tu l'as prise, cette viande, Tony?

– Mais où tu l'as prise, cette viande, Tony? (Au babbequiou de Tony, l'oncle Sal cherche à détendre l'atmosphère à sa manière.) J'ai failli m'étouffer! Je t'ai dit mille fois que tu dois aller à la *chianca*, la boucherie de Tano qui a des parents en Argentine.

– C'était fermé, oncle Sal, répond Tony avec trop de gaieté. Mais tu m'as donné une idée, tu sais. Au prochain babbequiou, je te proposerai un bel *asado*!

L'oncle Sal sourit, content de lui.

Au babbequiou, toute la famille est présente.

Avant tout, Cettina – la femme de Tony en habit de satin d'un vert époustouflant – et les trois sœurs de Sal: Agata, mère veuve de Tony et de Rosy; Carmela, vieille fille; Rosaria, mère d'Alessia, Mindy, Cinzia et Valentina, veuve au bénéfice du doute, en ce sens que, de son mari disparu, on n'a jamais retrouvé le cadavre. Les rares fois où elle parle de Lullo Caruso, le disparu, Rosaria ne manque pas de dire: "Ce très grand cornard!" Appréciation qui suscite le légitime soupçon que Sal Scali soit en quelque manière impliqué dans sa disparition.

Puis, tous les demi-parents apparentés en quelque manière, fils de cousins immigrés, neveux d'oncles morts, maris des cousines des frères, grands-mères de quelqu'un, grands-mères noires et enchâlées disposées au hasard dans le public du barbecue comme des taches sur le poil d'un dalmatien… Et enfin, Alessia, Mindy, Cinzia et Valentina Caruso.

Rosy, la sœur cadette de Tony (une vingtaine ou une quinzaine d'années en moins, on dirait, si on connaissait l'âge exact de Tony), assise sur un divan d'osier que "putain, c est un attentat contre mes bas autofixants", regarde autour d'elle, inquiète.

– Merde, dit-elle à Cinzia. Espérons que Steve ne va pas passer.

– Pourquoi tu l'as pas invité ? demande Cinzia en essayant d'installer une énorme assiette de viande sur ses genoux.

– Mais t'es conne ou quoi ? Ce soir, Steve, il doit aller à l'inauguration d'un pub et moi, à cause de ce putain de babbequiou, j'ai dû lui dire que j'avais la grippe. Tu crois que je pouvais lui dire : non, je peux pas venir parce que je dois aller au babbequiou de mon frère coiffeur ?

Cinzia fait un "non" compatissant avec la tête.

– T'imagines, il l'a mal pris. Il m'a dit : mais comment, justement ce soir, tu te chopes la grippe ? Tu veux que je me pointe avec n'importe quel boudin et que j'aie l'air d'un pauvre con ?

– Et toi, qu'est-ce que tu lui as dit ?

– Qu'est-ce que je lui ai dit ? Qu'est-ce que je lui ai dit ?! Je lui ai raccroché au nez ! Bon, d'accord, la fièvre, c'est un mensonge, mais pardon, lui, il ne le savait pas que c'était un mensonge ! Il va me reprocher d'avoir la fièvre ? Connard !

Cinzia tente de couper la viande en petits morceaux.

– Mais comment tu fais pour manger cette saleté ! dit Rosy. Elle est toute… déchirée ! (Elle rit.) On dirait la braguette du pantalon de Steve.

Cinzia lève fourchette et couteau au-dessus du plat.

– Steve se coupe les jeans au ciseau. Ici ! dit Rosy en se mettant la main entre les jambes. Et puis, quand il se les met, il se les agrafe !

Cinzia se tait.

Rosy soupire.

– Putain… espérons que Steve ne passe pas sur le périphérique !

La Mercedes noire est arrêtée devant le jardin de Tony. Tuccio, en regardant le volant, dit à Nuccio :

– Maintenant, nous, on va descendre, on va aller à ce foutu babbequiou, et toi, tu la fermes. Compris ? Laisse-moi parler. Fais comme si t'étais pas là. C'est clair ?

– Puuuuuuutain de détoooooonation !

– J'ai dit la ferme !

– Mais tu te rends compte, quelle connerie ! Moi, j'envie absolument pas la bite ! Moi, j'ai le complexe d'Œdipe, c'est clair !

Dans la cuisine de Tony, Alessia, qui étudie la psychologie, est en train de dire à Mindy qu'elle est le démenti vivant de la psychanalyse et de la connerie comme quoi l'Œdipe, il y a que les hommes qui l'ont. Elle, en fait, elle voudrait tuer son père !

– Remarque, Ale, que toi, de père, t'en as pas, dit Mindy.

– Mais quel rapport… quel rapport… c'est du pareil au même… moi, je voudrais tuer l'oncle Sal !

– C'est pas beau de tuer qui que ce soit, dit Mindy.

– Mais c'est dans la tête, Mindy, tu comprends pas ? Seulement dans la tête…

Mindy est habillée comme une fille dont la mère lui fabrique des robes sur patrons. On dirait une image découpée dans un de ces magazines de mode pas à la mode, ceux qui sont sous cellophane et à des prix populaires, qui offrent des boîtes de poudre périmée et font la vente par correspondance d'entreprises inconnues. Son visage, toutefois, n'a rien à voir avec sa tenue, c'est un visage normal.

Tony fait irruption dans la cuisine avec l'air de quelqu'un qui a un besoin urgent de se passer les nerfs. Il s'arrête devant les jeunes filles et se met à taper du pied sur le sol.

– Qu'est-ce qui se passe, Tony ? s'enquiert Mindy.

Tony se tait et continue à tapoter du pied. L'histoire pour laquelle il a l'air maintenant d'un bébé boudeur, ce n'est pas l'habituelle question de la couleur des serviettes en papier qui ne va pas avec celle des verres, ni le fait que Cettina ait arrosé le jardin juste deux heures avant le babbequiou, donc maintenant les invités ont tous les chaussures trempées, pour ne pas parler des dames en sandales… Il ne s'agit pas non plus des bières que Cettina a oublié de mettre au frigo ; bien qu'elles aient été là, précisément, à la cuisine, et qu'une bonne ménagère qui entre dans la cuisine et voit des bouteilles de bière le jour du babbequiou, elle *les met* dans le frigo. *Je veux dire : c'est une chose mécanique, instinctive, comme de fermer les paupières si on veut t'enfoncer le doigt dans l'œil… Et si on le fait pas, merde, on le fait exprès !* Mais c'est pas ça qui le rend tendu. C'est l'oncle Sal et sa putain d'observation sur Nick ! Comment il s'appelait, ce connard d'antiquaire ? Tony ne s'en rappelle pas, mais il se rappelle parfaitement ce qu'a dit l'oncle Sal le jour où on a retrouvé son cadavre tailladé avec une lame de rasoir. "Tout le monde le savait, que c'était un snob." *Voilà, putain, voilà ce qu'il a dit !*

Tony arrête de tapoter du pied.

– Valentina, tu as un visage très pâle, dit-il. *Secunnu mia*, selon moi, tu ne vas pas bien… Il vaut mieux que vous alliez à côté !

Tuccio et Nuccio entrent dans le jardin de Tony en fendant en deux l'assemblée du babbequiou. Ils ne saluent personne, ils cherchent l'oncle Sal et personne d'autre.

Nuccio avance, décidé, avec le regard bienheureux de qui pense : *putain, je suis vraiment un super beau cacou et je parie que toutes ces radasses sont en train de s'exciter. Ça sent la chatte !* Nuccio se touche les couilles et fantasme.

Tuccio, lui, marche vite, le visage contracté. Il espère ne pas tomber tout de suite sur l'oncle Sal ; avant de descendre de la Mercedes, il avait en tête un plan précis, il avait minutieusement pesé ses mots, ses gestes, il avait en silence mimé les bonnes expressions, mais les lumières et les voix du babbequiou sont entrées dans sa tête, balayant toute pensée.

Alors, il passe pour la troisième fois devant le même visage. *Ou bien ils tournent en rond, ou bien le jardin de Tony n'est pas aussi grand qu'il a l'air.* Tuccio s'arrête pour regarder ce visage, un visage connu, même s'il se rappelle pas exactement qui c'est, merde. Ne sachant que faire, Nuccio dit bonsoir.

Le type dit bonsoir lui aussi, poliment, comme un vieux gaga rencontré par hasard dans une rue à sens unique.

Nuccio est en train de se demander comment ça se fait que Tuccio se met à parler à ce con-là plutôt qu'avec Sal Scali. Mais c'est pas ses oignons. Il a un petit mouvement des épaules, un petit sursaut, comme s'il était en train de s'ajuster une veste d'excellente coupe qu'il ne porte pourtant pas, puis se retouche les couilles. Le type à contresens, d'un regard embarrassé, semble vouloir indiquer un point dans le dos de Tuccio.

Tuccio ne comprend pas, il voudrait dire au type : *qu'esse-tu veux, pppédé de mmmerde*, mais le type appartient au babbequiou du neveu de Sal et peut-être que c'est même un Scali. Alors Tuccio bat plusieurs fois des paupières comme pour chasser l'agressivité qui monte en lui.

Le type répète sa mimique, et c'est encore plus embarrassant.

Tuccio décide de se retourner (il ne sait pas pourquoi il décide de se retourner, mais il le fait) et voit l'oncle Sal, debout, les mains dans les poches de la veste de gabardine gris sombre. Tuccio pense : *merde, il est en colère, sinon il se mettrait pas les mains dans les poches… un type comme lui se met pas les mains dans les poches s'il est pas en colère.* Tuccio tente de s'approcher de l'oncle Sal de l'air le plus désinvolte possible mais les épaules et les pieds, en marchant, vont chacun pour leur propre compte.

L'oncle Sal reste immobile, les poings serrés dans les poches, tandis que Tuccio, qui est nettement plus grand, se penche pour lui murmurer quelque chose à l'oreille. Dans la tête du type qui a joué les intermédiaires et qui, maintenant, simulant le détachement, observe la scène, réapparaît un instant l'image de la grille du confessionnal qui avait un temps troublé son adolescence.

L'oncle Sal, solennel, immobile, écoute, les lèvres retroussées dans une grimace amère.

Pendant ce temps, à New York

Pendant ce temps, à New York, dans les bureaux de la Starship Movies, précisément dans l'ex-bureau de Lou Sciortino, assis au bureau de Lou, Frank Erra est en train de farfouiller nerveusement dans les tiroirs.

– Chaz! Chaz! crie-t-il d'un coin de la bouche, l'autre étant entièrement occupé par un de ses Cohiba Coronas Especiales. Mais quel bureau de merde! Y'a même pas un *fucking lighter*!

Frank Erra est dans l'ex-bureau de Lou parce que, à peu près un mois avant, don Lou Sciortino, le grand-père de Lou, avait convoqué chez lui Pippino *'u ciantru,* Tony Collura, Jack Bufalino et Turi Messina et, montrant le téléphone d'un geste grave et solennel, avait dit:

– Turi, appelle-moi John La Bruna, s'il te plaît!

Turi Messina avait blêmi. Durant le week-end, en fait, dans un des meilleurs restaurants à tapas de New York, Turi avait rencontré Angelo La Bruna en compagnie de deux Portoricaines dotées de *spanish ass* à couper le souffle, et pour draguer ces culs, il s'était mis imprudemment à parler avec le petit-fils de John La Bruna, le boss rival.

– Don Sciortino, vous devez me croire… mais… avait balbutié Turi.

– Ok, ok, les gars, avait murmuré don Lou. C'est juste, c'est juste, je vous dois une explication avant.

L'explication avait été que, deux mois après la bombe qu'on lui avait mise sous le cul, il savait toujours que dalle, putain, et alors il fallait dénicher qui ça avait pu être…

– Comme a dit le Chinois… ou bien c'est quelqu'un d'autre? *Cu fu?* Qui ce fut? Merde! avait dit don Lou en mélangeant Sun Tzu et le Prophète. Quand l'ennemi ne vient pas à toi, c'est à toi d'y aller, à l'ennemi! Bref, Turi, appelle cet *ass kiss* de John La Bruna!

Et Turi avait appelé.

Après deux ou trois petites voix de secrétaires, probablement dérangées dans leur *blow job*, Turi avait entendu la voix de John La Bruna en personne et avait passé le combiné avec déférence à don Lou.

– Comment ça va, John? avait dit don Lou.

– Lou! avait répondu La Bruna. Lou! Quelle bbelle surprise! Moi, je vais bbien! Mais toi, comment tu vas?

– *Fine!* avait dit don Lou.

– Pétard, Lou! Quel plaisir de t'entendre!

– J'ai un problème, John.

– Je t'écoute, Lou, avait répondu La Bruna avec compréhension.

– J'ai besoin de quelqu'un à la Starship Movies… Quelqu'un qui comprenne quelque chose à ce putain de *moviebusiness*.

– Putain, Lou! Il faut que tu m'excuses si je t'ai pas appelé avant… *Shit! Cca è cagnato 'o munno!* Ici, le monde est changé! Y mettent des bombes au hasard!

– Ça fait rien, John, ça fait rien… avait répliqué don Lou.

– Si j'ai bien compris, Lou, t'as besoin de quelqu'un à la place de ton petit-fils.

– Exact, John! Tu le sais, non? Mon petit-fils, je l'ai expédié en Sicile. A prendre un peu de soleil!

– T'as très bien fait, Lou… très bien! Humm… laisse-moi réfléchir un petit peu, eh, Lou?

– T'as tout ton temps, John… avait dit don Lou, sous-entendant des jours, des semaines, des mois.

– Il y aurait bien quelqu'un… l'avait interrompu La Bruna. Il est encore jeunot… mais il est malin… Tu le connais, Frank Erra, de la Erra Production?

– Non, John, mais si toi tu dis que c'est un qu'est capable, moi je te crois.

– Ok, Lou, laisse-moi avoir un *speech* avec le garçon et puis *I'll call you back.*

– Ok, John, *talk you later*! avait conclu don Lou. Puis, tourné vers les siens, il avait dit : et maintenant, fini de galéjer !

– Chaz ! crie encore Frank Erra dans l'ex-bureau de Lou. Mais qu'est-ce que c'est cette merde ! (Dans un des ex-tiroirs de Sciortino, il a trouvé un canif.) Seigneur ! Quelles nullités ! Qu'est-ce qu'y fabriquait avec c'te *curtiello*, ce petit couteau ?

Frank Erra est petit (à peine un mètre soixante), gros, chauve et a la nuque caoutchouteuse. En ce moment, il porte un élégant costume de flanelle gris trop clair pour sa masse, mais six ans plus tôt seulement, il était garçon au Sarago, un restaurant où chaque soir, on chantait *Autunno, Maruzzella, Chisto è 'o paese d'o sole*, et où les clients éminents s'appelaient Vicienzo Arpaia, Carmine Quagliarulo, Benny Gravagnuolo et, naturellement, John La Bruna. Par la suite, il était devenu chef de salle et cela voulait dire tenir les comptes. Frank était très attentif à tenir les comptes. Il avait une saine terreur que les comptes ne tombent pas juste et c'était cette terreur qui lui avait fait faire pas mal de chemin. Quand tout le monde se lança dans le cinéma parce qu'il y avait un tas de dépenses à faire et que les entreprises très coûteuses convenaient pour le recyclage, Frank servit de prête-nom pour la société des La Bruna. La Erra Production avait un beau bureau spacieux à Manhattan, avec un immense divan de cuir blanc sur lequel Frank châtiait comme il se doit les petites actrices qui voulaient faire le grand saut. Il avait pas vraiment voix au chapitre, mais un petit rôle, pour elles, il réussissait toujours à le trouver.

Quand on l'avait mis à la tête de la Starship Movies des Sciortino, Frank s'était ému, tout comme son neveu Al le jour où Frank lui avait amoureusement montré pour la première fois comment était fait un pistolet. Ce n'était qu'un prête-nom, il avait un nom de famille qui, à New York, comptait comme le deux de pique. Mais eux, ils savaient que, même s'il comptait pour que dalle, il était comme l'un des leurs. Madonne! Ils l'avaient placé lui, et non Angelo La Bruna ou Alphonse Quagliarulo, fils et petits-fils illustres, à la tête d'un bizeness où il fallait des couilles. Frank, il aurait bien aimé connaître un de ces fils ou petits-fils qui avaient été écartés à cause de lui, et les faire entrer dans son bureau et les faire asseoir là, à *son* bureau et leur dire: "Mon garçon, ne t'inquiète pas, chacun dans la famille a sa place suivant ses inclinations, c'est pour ça que moi, je suis assis ici et toi tu as d'autres occupations, mais si toi, tu veux venir ici et t'asseoir dans le fauteuil derrière le bureau, tu peux le faire quand tu veux, parce que Frank Erra est quelqu'un qui sait être reconnaissant."

Frank se lève du bureau, se dirige vers la porte de sa démarche dandinante due à la graisse qui lui recouvre les cuisses et, les brailles plissées sur le cul, il ouvre.

– Chaz! crie-t-il encore une fois. Chaz! *Vieni accà!* Viens là!

Chaz est son garde du corps. Mais c'est aussi son confident. Chaz écoute ses récits et hoche la tête. Quand Chaz hoche la tête, cela veut dire que ses récits sonnent juste. Un brave petit, Chaz. Il parle peu et hoche la tête.

– Chaz, *come on in*, que je dois te dire quelque chose.

Chaz entre, se tient de l'autre côté du bureau, fouille ses poches, en tire le *lighter*, allume le Cohiba de Frank et puis hoche la tête et écoute en silence.

– Il m'a *téléphoné*! dit Frank. Lui en personne, tu comprends, Chaz? Il m'a dit: "Frank, on s'est jamais parlé au téléphone mais moi, je le sais que t'es un gars capable, tout le monde me le dit, tu sais, Frank?" Je chiais dans mon froc,

Chaz, alors j'ai bégayé: "Mais... qui est à l'appareil?" Et lui, il m'a dit: "Qui est à l'appareil?" et il s'est mis à rire, un rire affectueux, tu comprends, Chaz? "Qui est à l'appareil, tu me demandes", et il riait, content. "Tu veux savoir qui est à l'appareil, Frank?", il a dit: "C'est John La Bruna."

– *Shit*, dit Chaz.

– "Garçon, *book a flight* pour la Sicile, il m'a dit, tu t'en vas à Catane, où un ami veut te connaître." "S'il vous plaît, don La Bruna, j'ai dit, moi, toujours en chiant dans mon froc, je peux savoir comment s'appelle l'ami?" "Il *faut* que tu le saches, Frank, il a dit lui. Il s'appelle Sal Scali... c'est un type élégant *comm' a tte*, comme toi, et *comm' a tte*, il s'occupe de notre bizeness. T'as compris, garçon?"

– Ok, Frank, dit Chaz sans hocher la tête. Je vais voir Jasmine et je lui dis de réserver...

– *Where are you fucking going*, Chaz! crie Frank, rendu nerveux parce que Chaz n'a pas hoché la tête. D'après toi, moi j'atterris à Catane comme ça, comme un con?

Puis il se lève et, après deux ou trois tentatives pour éliminer le froissement du pantalon sur son cul, il reprend:

– Si Jasmine passe ce putain de merde de coup de fil, moi je me retrouve à l'aéroport de Catane avec un beau paquet de *bacons* du FBI! Pétard! Frank Erra plus Sicile égale bingo!

– T'as raison, Frank, excuse-moi... dit Chaz en hochant la tête.

– Là, il faut une excuse.

– Une excuse, Frank?

– Oui, je dois me trouver une excuse pour aller à Rome.

– A Rome?

– Bien sûr, Chaz, je peux pas y aller directement, en Sicile, même avec une excuse, parce que, excuse ou pas excuse, le FBI aura des soupçons... Je dois trouver une excuse pour aller à Rome et puis, *de là*, trouver une excuse pour aller en Sicile.

Chaz, quoique n'y comprenant que dalle, hoche frénétiquement. Et Frank, pris d'un soudain élan d'affection, se retient à grand-peine de l'embrasser avec transport.

Il est onze heures quand Nick se lève d'un bond

Il est onze heures quand Nick se lève d'un bond du fauteuil sur lequel il a passé la nuit. La télévision est encore allumée, son coupé. On diffuse une émission de cuisine. Il y a une dinde énorme, et un type, énorme lui aussi, avec un tablier blanc, qui doit évidemment beaucoup amuser la blonde avec qui il est en train de parler. La dinde, recouverte de gélatine, est si brillante, si obscène avec ses pattes coupées et sa peau nue que Nick court dans la salle de bain. Là, le froid le recroqueville mais il ouvre quand même l'eau froide, plonge la tête sous le robinet, se regarde dans le miroir, geint.

C'est poussé par le même besoin intime qui nous incite à faire notre toilette avant d'entrer dans une salle d'opération ou après qu'un médecin nous a déclarés foutus que Nick prend la mousse à raser et agite la bombe. La bombe lui glisse des mains, il se penche pour la reprendre, ressent un léger tournis, s'appuie au lavabo, relève la tête, se remplit la main de mousse à raser, se l'étale sur le visage, se rase et essaie de siffloter.

A la cuisine, il s'ébahit devant les cartons de lait. *Pourquoi j'achète tous ces cartons de merde?* Un jour, il avait confié à Tony cette manie du lait en carton. Tony avait hoché la tête, compréhensif: "Nick, mais bien sûr! Il y avait ce gamin dans cette *famigghia*, comment il s'appelait, celle que le père avait des nœuds de cravate gros comme une pomme, et le gamin avec sa putain de casquette qui semblait le seul personnage mûr dans cette maison de dingues, chaque fois que la *famigghia* lui cassait les couilles, il allait dans la cuisine, ouvrait le frigo, prenait un de ces cartons plus grands que lui, se versait un grand verre et se mettait à réfléchir sur la vie avec des moustaches blanches de lait. Bien sûr que je les connais, Nick, les cartons."

Seigneur, pense Nick, tandis qu'il se verse le lait dans un verre jauni par le calcaire, *qu'est-ce qui lui passe par la tête, comme conneries, à Tony...*

En attendant, on sonne à la porte, trois ou quatre trilles de cette putain de sonnette que Nick n'entend jamais. Nick sort de la cuisine, verre en main, éteint la télévision, prend un CD de Charlie Parker, fait jaillir le compartiment, glisse le CD, appuie sur *play* et se rassied dans le fauteuil. L'orchestre de Charlie attaque, des centaines de solos dans une harmonie unique. Puis l'orchestre se tait d'un coup dans l'attente de Charlie et... Nick entend la sonnette. *Merde, on sonne à la porte!* Il court à la salle de bain. Les vêtements sont sur l'étendoir. *Comment j'ai fait, merde, pour les mettre sur l'étendoir? Ils ont l'air propres, putain. L'étui, où est l'étui?* Il court de nouveau vers le fauteuil, auquel est encore appuyé l'étui de la guitare. A la hauteur du manche, brillent, bien visibles, des taches d'un noir plus opaque et plus sombre. On sonne encore à la porte. *Il faut que j'ouvre, putain, il faut que j'ouvre!* Il retourne à la cuisine, prend un bout de Sopalin, le mouille, revient au fauteuil, agrippe l'étui et frotte le Sopalin sur le manche. Les taches sont encore plus noires que le noir de l'étui. Il glisse dans la poche du jean le bout de Sopalin et, avec le cœur qui lui bat qu'on dirait une des percussions de Charlie, il gagne la porte, regarde par l'œilleton et voit de l'autre côté la tête sérieuse et ennuyée de l'oncle Sal. Nick ouvre, essayant de se donner un air normal.

L'oncle Sal regarde un point de la rue que Nick ne voit pas puis se retourne en souriant.

– Bonjour, Nick, je te dérange pas, pas vrai? (Il entre sans attendre de réponse.) Ça fait pas longtemps que tu t'es réveillé, pas vrai? T'étais peut-être en train de prendre le petit-déjeuner...

Bordel, qu'est-ce qu'il fout là, l'oncle de Tony? Nick a dû le voir une dizaine de fois aux babbequiou de Tony. Quelques saluts courtois, l'impression d'avoir affaire à une espèce de Joe Pesci authentique, pas faux comme l'acteur américain, qui fait l'homme d'honneur seulement dans les films, et rien de plus.

– Si c'est pour le babbequiou de hier soir, don Scali, dit Nick, j'étais justement en train de penser à aller voir Tony pour m'excuser...

– T'es un brave garçon, Nick, vraiment un brave garçon... Si tu y vas après, Tony, tu le trouves. A cette heure, lui, il envoie ses gars à la boutique, tu sais, ces deux *iarrusi* de Caltagirone. Mais... je peux m'asseoir ? demande l'oncle Sal et, de nouveau sans attendre la réponse, il sort le mouchoir, époussette le fauteuil d'un geste spectaculaire et s'assied. Nick s'empresse de prendre l'étui de la guitare et de l'appuyer au mur où se trouve la stéréo.

– Du jazz... dit l'oncle Sal en indiquant la stéréo. Une fois, j'ai lu l'article d'un type du *Giornale della Sicilia* sur le jazz... il disait que le jazz est une musique, comme on dit, de *coitus interruptus.* On commence un motif et puis on le finit pas. Mais moi, je suis pas d'accord. Moi, j'aime...

– Pardon, don Scali, dit Nick, je baisse tout de suite le son.

– Tony a vraiment raison, tu sais ? Il me parle toujours de toi avec affection, il dit que t'es un garçon vraiment éduqué.

– Tony est trop bon avec moi, dit Nick.

L'oncle Sal écarte les bras comme pour dire : *et t'as raison, toi aussi !* Puis il dit :

– Alors, tu as entendu la radio, ce matin, Nick ?

– La radio ?! Excusez-moi, don Scali... mais...

– Eh oui, dit l'oncle Sal, faut être né avant la guerre pour écouter la radio le matin... En tout cas, ajoute-t-il en époussetant son coude gauche du bout des doigts de la main droite, hier soir, il y a eu un meurtre juste ici... dans le quartier... Un brigadier a été buté.

Le visage de Nick s'empourpre comme s'il avait reçu une mornifle.

– C'est un truc qui me fait venir à moi aussi le sang à la tête, dit l'oncle Sal en le regardant fixement dans les yeux. Comment ça... dans le quartier de mon neveu Tony, un salopard entre dans la boutique du père Mimmo, braque un pauvre vieux et massacre un brigadier! C'est *una tagghiata di faccia*, une balafre en pleine gueule, Nick, tu me comprends?

Nick tente de se reprendre tant bien que mal et hoche la tête.

– Ce matin, continue l'oncle Sal, j'ai tout de suite téléphoné à quelques amis, tu comprends, pour en savoir davantage. On tient à savoir comment ça se passe dans son propre quartier, j'ai pas raison? A ce qu'il paraît, le brigadier a encaissé la balle dans la bouche, dans la bouche, tu comprends? Je veux dire: c'est pas qu'on arrive à bien comprendre, étant donné les conditions dans lesquelles ils ont trouvé le visage, mais sur les étagères derrière lui, avec le cerveau, ils ont trouvé des tout petits bouts, tout petits, de dents. A partir de quoi la Scientifique a déduit que la balle l'a cueilli dans la bouche... Des trucs dingues, elle arrive à faire aujourd'hui, la Scientifique!

Nick serre le bout de Sopalin dans sa poche et s'aperçoit qu'il est encore plus trempé.

– Qui c'est qui joue? dit l'oncle Sal en fronçant les sourcils. Duke Ellington?

– Non, don Scali, dit Nick dans un filet de voix, c'est... Charlie Parker.

– Eh, je suis vieux, maintenant, cher Nick... dit l'oncle Sal. Je me souviens des années 50, quand arrivaient les gars de l'Amérique et qu'ils parlaient du Duc blanc. Putain, moi je pensais que c'était un *mammasantissima*, un parrain, et en fait, un musicien, c'était! En tout cas... poursuit-il en regardant sa montre, et il se lève très lentement et tout aussi lentement, se dirige vers la porte... tard, il se fait.

A quelques pas de la porte, il s'arrête, donne une tape sur l'épaule de Nick:

– Ç'a été un plaisir de te voir, Nick. Puis, soulevant un pan de sa veste à la hauteur des boutons : Tony, Tony, avec tous ces babbequiou, il me fait perdre la ligne…

A la porte, il s'arrête d'un coup :

– Ah, Nick, j'oubliais, essaie de faire attention… à ce qu'il paraît, le salopard qui a fait le braquage est justement quelqu'un qui habite dans ce quartier… dans ce quartier, tu comprends ? *Iddu ca non quagghia*, celui-là, là, il se rend pas compte !

Un pied presque dehors, il s'arrête de nouveau.

– J'oubliais une autre chose, putain, je vieillis vraiment… Mindy m'a recommandé de te donner le bonjour.

– Mi… Mindy ?

– Mais regardez-le, il bégaie ! dit l'oncle Sal en serrant fort entre l'index et le médius de la main droite la joue gauche de Nick. Tu fais semblant de pas te rappeler, pas vrai ? Il a vraiment raison, Tony, t'es un brave garçon. Et tu es timide, comme tous les braves garçons. Mindy, mais évidemment, Mindy… Attention que nous, on les voit, ces trucs, on sait comment ça se passe entre vous, les jeunes… On parle d'autre chose, on dirait qu'on s'en aperçoit pas et en fait, on vous a à l'œil ! Mais enfin, hier soir vous n'avez fait que vous parler, toi et Mindy, de tout près !

– Hier soir ?

– Eh oui, hier justement, au babbequiou. On l'a tous vu… tu comprends ce que je veux dire ? Voyons si t'es un jeune homme malin comme le dit Tony… On l'a tous vu, hier soir au babbequiou, comment vous vous regardiez, Mindy et toi, et comment vous vous parliez… *tous*… Et tu sais quoi ? Je te le dis entre nous, d'homme à homme : Mindy a dit à sa mère que t'es vraiment un beau garçon… tu comprends, Nick ?

Le seuil franchi, l'oncle Sal jette un regard rapide à la rue puis, caressant la joue de Nick, conclut :

– Fais attention de pas rater le prochain babbequiou, hein, Nickeu ?

Mister Ceccaroli for you

– *Mister Ceccaroli for you.*

La petite voix stridente de Jasmine interrompt les rêveries de Frank. Il était en train de penser à sa rencontre avec Sal Scali et se demandait pourquoi John La Bruna lui avait dit: "Il est élégant *comm' a tte*, comme toi." Pour la première fois, cette affirmation lui paraît – et l'idée le fait souffrir – dissonante, hors de propos. *Qu'est-ce que ça signifie, bordel?* Il répond donc, distrait:

– *Who's he?*

– *Mis-ter Ce-cca-ro-li from Ro-me*, répète Jasmine, piquée.

Frank n'a même pas le temps de dire ok qu'à l'autre bout du fil sonne l'*italglish* de Ceccaroli.

– *Naillsse tou hhir you!*

– Ceccarò, dit Frank, parlons italien, hè?

Marco Ceccaroli a une télévision privée à Rome, achète et diffuse presque tous les films télé de la Erra Production et téléphone chaque semaine à Frank pour lui exposer ses *greillte ailldiz* sur d'improbables mini-séries à exporter en Amérique. Frank, qui en a rien à cirer des mini et aussi des grandes séries, lui prête une oreille parce qu'il achète ses films télé, et surtout parce qu'il ne peut pas lui dire: "Gaffe que moi, j'y comprends rien, je suis juste un prête-nom."

Jusque-là, Ceccaroli a toujours parlé avec Frank en anglais et la demande de ce dernier de passer à l'italien, demande inattendue, le paralyse. *Qu'esse-je dois lui dire... tu ou vous?* est en train de penser Ceccaroli, avec l'accent romain dans le texte.

– Ceccarò, dit Frank, tu le connais, ce type de Florence qui s'est acheté pour le marché italien *Tenors*, de Leonard Trent?

– Je l'ai rencontré quelques fois, Frank, dit Ceccaroli qui, en fait, ne le connaît pas du tout.

– C'est une merde, ce film, continue Frank. Ça parle d'un ténor que personne sait qui c'est, putain, mais qui, d'après ce con de Trent, est *the highest singing voice* qui ait jamais existé.

– Trent est un cinéaste excentrique... dit Ceccaroli qui adore Trent et, surtout, parler de cinéma. Seigneur ! Les films ! Ceux que quand tu les projettes, ça se voit que c'est du cinéma parce qu'ils remplissent pas tout l'écran !

– *Pe' mme*, pour moi, dit Frank, c'est un cong... mais bon... tu sais que ce film a été produit par la Starship Movies, pas vrai, Ceccarò ?

– Bien sûr, bien sûr, Frank.

– Et tu sais aussi que moi, maintenant, je m'occupe de la Starship Movies...

– Mais bien sûr, Frank ! Et qui le sait pas !

– Bref, Ceccarò, là, faut faire quelque chose pour ce putain de film en Italie !!

– Bien sûr, bien sûr, Frank, je comprends, dit Ceccaroli. Puis il ajoute timidement : et qu'est-ce qu'ils disent, ceux de Florence ?

– Ceccarò, dit Frank nerveusement, ceux-là, y z'achètent et puis ils font que dalle !

– Frank, se dépêche de dire Ceccaroli, si vous m'envoyez les boîtes de bandes-annonces, moi je peux commencer avec deux ou trois spots par jour !

– *It's ok, but* il faut un truc... un truc... *how do you say in italian ?*

– Plus... obsédant ? suggère Ceccaroli.

– Voilà, dit Frank. En somme, Ceccarò, tu dois m'organiser une belle *première** à Rome avec journalistes et critiques !

– *Iou kène rilax, Frank !* dit Ceccaroli et c'est un lapsus freudien parce que lui, il a les mains qui tremblent tellement il est agité. Je loue une multisalle. Je fais imprimer les invitations... j'organise un bbeau dîner avec toi et Leonard...

– Bien, bien, Ceccarò, l'interrompt Frank. Voyons quand on va pouvoir faire ça.

Frank feuillette bruyamment son agenda.

– Pétard, *too many meetings*, quelle *vvita 'e mmerda*, quelle vie de merde... voyons...

Les mains de Ceccaroli temblent encore plus.

– Alors... je pourrais être en Italie... disons... mardi de la semaine prochaine.

– Mardi ?! De la... semaine prochaine ?

– C'est trop tôt ?

– Non ! dit Ceccaroli alors que même le combiné du téléphone s'est mis à trembler. *No problem !* Au contraire, c'est une excellente idée ! Une avant-première surprise... Les journalistes sont dingues de ce genre de trucs !

– Ah, tant mieux, dit Frank. Maintenant, je vais te faire rappeler par Mlle Zimmerman. C'est une casse-couilles mais c'est la seule qui comprend qu'est-ce que c'est qu'une bande-annonce et tous ces trucs-là ! *Bye*, Ceccarò !

– *Bye*, Frank et... merci ! dit Ceccaroli.

Frank raccroche, prend une feuille de papier, écrit dessus et puis appelle Jasmine sur l'interphone.

Jasmine, Jasmine Artiaco, une fausse blonde au cul bas que Frank ne supporte que parce qu'elle est la fille d'Anthony Artiaco, arrive hors d'haleine.

– Appelle ce numéro, dit Frank, et mets-toi d'accord pour notre voyage en Italie...

– ... en Italie ?

Frank la regarde.

Jasmine baisse les yeux sur son bloc-notes et se met à gribouiller.

– Tout est écrit là, continue Frank. Destination, horaire, jour. Il ne manque que le numéro des personnes, mais je te le dirai d'ici deux heures. Maintenant, téléphone à Leonard et passe-le-moi.

– Leonard qui ?

– Leonard… chose, dit Frank, énervé.

– Leonard Trent ?! exulte Jasmine. Celui de *Tenors* et de *Plastic Love* ?

– Chaz ! crie Frank.

Jasmine a un sursaut. Chaz se précipite à l'intérieur.

– Je perds du temps, dit Frank en indiquant Jasmine d'un geste négligent.

Chaz, qui à l'insu de Frank a baisé avec Jasmine dès les premiers jours où ils sont arrivés à la Starship Movies, regarde Jasmine comme pour dire : *et qu'est-ce qu'on y peut !*

Jasmine lève ses talons et s'en va, piquée.

L'oncle Sal est venu te trouver ?!

– L'oncle Sal est venu te trouver ?! Et quand ?

– Il y a un quart d'heure, Tony… je te l'ai déjà dit !

Tony est en train de parler avec Nick, qui s'est tout de suite précipité chez lui. Lui aussi a passé une nuit blanche, à regarder une vente aux enchères télévisée dans laquelle le commissaire-priseur présentait, tout excité, des tableaux de Cascella et de Purificato. Merde, Tony en a dans le salon, des Cascella et des Purificato, et Caruso aussi, juste au-dessus du divan de cuir orange où il est vautré avec Nick ! Et pourtant il ne s'excite pas du tout à les regarder. Il le sait, lui, qu'ils ne sont pas *trendy*.

– Cettina, Cettina, viens ! crie Tony vers la chambre à coucher. Cettina apparaît, toute recroquevillée, avec une robe de chambre à la tante Carmela et les cheveux ébouriffés. Tony pense : *putain, j'ai épousé une pouffe en pantoufles !*

– Tu as entendu ? dit Tony en essayant de chasser l'amère pensée de sa tête. L'oncle Sal a été chez Nick !

– Quand ? demande Cettina, avec lassitude.

– Ce matin, merde ! répond Tony, agacé. Puis, tourné vers Nick : et qu'est-ce qu'il voulait, l'oncle Sal ?

– Je ne sais pas, Tony, dit Nick. Je ne sais vraiment pas… il m'a dit que… hier, il y a eu… un braquage ici, dans le quartier…

– Un braquage ?! Ici, dans le quartier ?

– Oui, un braquage, continue Nick. L'oncle Sal dit que… quelqu'un du quartier est entré dans le bazar du père Mimmo, a braqué… le père Mimmo et a tiré sur un brigadier.

– Quelqu'un du quartier?! dit Tony en écarquillant les yeux.

– Oui, dit Nick en baissant légèrement la tête.

– Impossible! dit Tony.

– Je prépare le café, Tony? dit Cettina.

– Voilà, dit Tony, prépare le café et aprésente-toi encore plus dépenaillée, hein, j'insiste!

Cettina le regarde, perdue, puis observe Nick avec une expression de patience résignée et se dirige vers la cuisine.

– *'A taliasti comu si cummina?* T'as vu comment elle s'arrange? dit Tony.

Nick jette un regard embarrassé par la fenêtre, vers le jardin.

– Mais tu le sais, Nick, continue Tony en croisant les jambes, révélant ainsi les chaussettes pourpre cardinalice sous l'ourlet des brailles amarante, tu le sais ce qui arrive à un type du quartier qui fait un braquage et tire sur un brigadier? Je veux dire: à toi, ça te semble peut-être un truc facile, je sais pas, comme dans les téléfilms de Baretta, genre un type se lève un matin, il enfile son survêtement, prend le pistolet dans le tiroir aux pistolets... Putain, mais t'as remarqué? Ils le referment jamais ce putain de tiroir aux pistolets! Il y a les pistolets, il y a les bracelets et les colliers en or, il y a les liasses de dollars épaisses comme ça dedans des pinces en or, qu'on se dit: mais si un feignant de nègre a tant de fric et des trucs en or dans ce putain de tiroir, mais pourquoi il doit se mettre à faire un autre braquage! Et en fait le *babbasunazzo*, le con, il sort, se fait un petit tour de quartier, repère une boutique d'alcools, entre, dégomme un couple de policiers, plus le marchand qui est nègre comme lui, ramasse l'oseille et s'en va en chantant du Michael Jackson! Putain, un type comme ça, à Catane, on le flinguerait à la seconde où il sortirait de chez lui!

Nick continue à regarder par la fenêtre.

– Tu le vois ce putain de babbequiou, Nick? dit Tony. Il est beau, pas vrai? Il est tout pareil à un que j'ai vu sur un numéro de *Cosmopolitan*... Tu sais combien de temps il m'a fallu pour avoir le permis de le construire, Nick?

Nick a une expression qui signifie: *combien?*

– Putain, trois ans! Et pourtant, moi, je suis de la *famigghia* Scali, tu comprends, Nick? A Catane, il y a de la bureaucratie... A Catane, si tu veux braquer quelqu'un, tu dois d'abord t'informer pour savoir s'il paie sa protection, parce que s'il paie l'impôt du racket, tu peux pas le braquer, autrement quel genre de racket ce serait, merde. Alors, tu dois te mettre sur la liste... En somme, si tu dois braquer, tu dois d'abord braquer ceux qui paient pas le racket, alors les autres voient que celui-là, il a été braqué et ils raquent, tu comprends? C'est l'organisation qui te dit quels magasins tu dois braquer et lesquels tu dois pas et, pour éviter que deux mecs se présentent au même magasin, l'organisation s'occupe même de la répartition des braquages... Quoi, on est pas en Amérique, où qu'il y a le libéralisme, Nick!

Tony s'allume une de ses cigarettes au menthol (il en fume exactement trois par jour), puis il reprend:

– Et, en somme, une fois que tu as eu la permission de faire ton braquage, tu le sais, je veux dire *tu le sais* que les brigadiers, on les efface pas, parce que quand tu effaces un brigadier, la police se met en colère... ceux-là, ils se mettent jamais en colère, sauf quand un policier se fait buter, alors, imagine, un brigadier, putain! Quand Alfio... tu le sais qui est Alfio? Non, tu peux pas le savoir, tu habitais pas encore là... Bref, il y avait cet Alfio qui fait un braquage, autorisé, avec tous les papiers en règle. Durant le braquage, un policier entre, tu vois le truc? Dans ce genre de cas, tout le monde le sait que ce qu'il faut faire, c'est dire: "Excusez-moi, monsieur le policier, oui, j'étais en train de faire un braquage, je comprends, arrêtez-moi donc, je sais que c'est votre boulot, essayons de collaborer et on fait du mal à personne, là, il y a le pistolet, ici, il y a moi." Et le pistolet, Nick, est *toujours* déchargé, si tu veux faire un braquage dans ce quartier, Nick, c'est la règle qu'il soit *déchargé,* bordel, c'est une putain de règle, comme ça personne casse les couilles à personne. Tu comprends ? Le type, il se fait quelques jours de prison et puis ils le font sortir parce que la prison de la place Lanza est trop remplie et figure-toi s'ils y gardent dedans un type qui fait des braquages avec le pistolet déchargé. Les braquages avec pistolet chargé, tu peux les faire seulement dans les banques, mais ça, c'est une tout autre histoire, parce que les banques ont un rapport plus compliqué avec le racket. Pour ce qui concerne les magasins, là, tu t'oublies les pistolets chargés et tu t'oublies les brigadiers morts. Compris ?

– Et… Alfio ? dit Nick.

– Ah oui… Alfio… Donc Alfio va faire un braquage avec son beau pistolet déchargé, ok ? Il braque le patron d'une quincaillerie. Celui-là, c'est un abruti, parce qu'il pensait : *moi, je vends de la quincaillerie, qu'est-ce qu'y peuvent me faire, merde, s'ils me brûlent la boutique, la boutique elle est pas à moi parce que je l'ai louée, et la quincaillerie, ça brûle pas.* T'as compris, qué tête de nœud ? Bref, le fait est que pendant le braquage, un flic entre et jusque-là tout va bien, ce con de patron sourit et, bon, laisse-le rigoler que de toute façon, la bombe, ils la lui mettront dans le slip… Alfio remet son pistolet au policier, tu me suis ? Quand à l'improviste… qui peut bien le savoir, bordel, ce qui lui est passé par la tête, à Alfio, rin, on arrive pas à comprendre rin de rin, tout à coup, il perd la boule, il prend une putain de pioche et il va pas fracasser la tête à ce pauvre flic en train d'accomplir son devoir ! T'as compris ? Le policier avait déjà remis le pistolet dans son étui, il allait lui passer les menottes, et puis Alfio, tout le monde le connaissait dans le quartier, lui, pour vivre, des braquages il faisait, c'était un professionnel, pas le paumé habituel, lui, il était en règle avec la bureaucratie, et à l'improviste il perd pas la boule, Alfio ?

– Et… ensuite ? dit Nick.

– Ensuite… ensuite, Alfio s'enfuit. L'autre policier, qui était resté dans la voiture, voit qu'il y a quelque chose de bizarre : Alfio qui s'enfuit, jamais vu un truc de ce genre, il démarre et reste bloqué dans un embouteillage, il descend de la voiture et Alfio a déjà disparu. Quel grand bordel ! Journaux, informations télé, manifestations de rue contre le racket, policiers fumasses et Alfio disparu, tu comprends ?

Nick hoche la tête.

– Bref, quelques jours plus tard, le planton de garde dans la guérite de la questure* se présente sur le seuil de l'entrée pour se dégourdir les jambes et il mate, assis sur le banc de fer, un type. Ce type est assis tranquille, jambes croisées, et le journal à côté de lui, comme s'il voulait se le lire, tu vois le truc ? Sauf que le type n'a pas sa tête… c'est-à-dire qu'il n'a pas de tête du tout. Le fonctionnaire, au début, croit qu'il a mal vu, se frotte les yeux, puis traverse la rue, et il a pas fini de la traverser qu'il s'aperçoit qu'il a bien maté : il y a un type assis sur le banc, jambes croisées, le journal à côté de lui, et il n'a pas de tête. Le fonctionnaire court à l'intérieur, rentre dans la questure, donne l'alarme, les flics se précipitent sur la placette, la Scientifique arrive, et dedans le journal, il y a une feuille sur laquelle il est écrit : CETTE TÊTE DE NŒUD, ON SE L'EST GARDÉE. C'est comme ça que l'oncle Sal s'est conquis le respect et a pris la place de celui qui était là avant lui. Tu comprends ? Celui-là, il était pas capable de tenir les jeunes, mais l'oncle Sal, oui, putain. Avec lui, personne déconne !

– L'oncle… l'oncle Sal ? dit Nick, pâle.

– L'oncle Sal, dit Tony en regardant vers la cuisine. Puis il crie : *cunnùciti*, remue-toi, Cettina ! Merde, combien de temps il te faut pour faire ce café ?

---

* *Questura* : équivalent d'une préfecture de police comme il n'en existe en France qu'à Paris, Lyon, Marseille et en Corse. Pour marquer l'absence d'équivalence en français, on choisit, comme chez A. Camilleri, P. Di Cara, etc., de le traduire par "questure".

Cettina apparaît aussitôt dans le salon, parée comme une sainte, avec une robe noire et des talons hauts, un plateau à la main et en faisant les brègues.

– Combien de sucres tu veux, Nick ? demande-t-elle.

– Deux, merci.

Tony sourit et prend sa tasse de café sans sucre. Pendant que Cettina s'assied en essayant d'arranger sa robe, il dit :

– Et l'oncle Sal est venu juste pour te dire qu'il y avait eu un braquage ?

C'est une phrase que Tony laisse tomber comme ça, mais pendant qu'il la dit, il pense : *l'oncle Sal est sûrement venu chez lui pour lui dire que c'est un snob de merde.*

– Il m'a dit aussi une autre chose...

– Oui ? dit Tony et il s'allume la deuxième cigarette au menthol de la journée.

– Il m'a dit que hier... tout le monde m'a vu à votre babbequiou pendant... pendant que je parlais avec Mindy...

Tony regarde Cettina qui regarde Tony en écarquillant les yeux.

– Au babbequiou ? dit Tony. Hier soir ?!

– Oui, dit Nick.

Tony se lève, secoue une jambe pour remettre en place l'ourlet des brailles, fait deux-trois pas dans le salon en pensant : *putain, la veille au soir, il le traite de snob devant tout le monde, et le lendemain matin, il va le voir pour lui dire ce qu'il a dit... Ou Nick est foutu... comme l'antiquaire... comme Alfio... ou bien c'est l'oncle Sal qui s'est foutu en l'air le cerveau !*

– Dis-moi, Nick, tu as quelque chose à te faire pardonner par l'oncle Sal ?

– Moi ?! Non... pas que je sache... dit Nick, pâle.

Tony prend une tête comme pour dire : *écoute, maintenant, je vais regarder ailleurs, je vais m'écouter, je sais pas... les oiseaux qui gazouillent au jardin, je suis distrait, je pense un peu à mes affaires, puis je me retourne et toi, tu vas me dire ce que tu dois te faire pardonner.*

– Pas que je sache, Tony, continue Nick. Pas que je sache… vraiment. Certainement, hier, je ne suis pas venu à ton babbequiou… mais je ne crois pas que… Est-ce que par hasard… voilà… est-ce que par hasard, l'oncle Sal aurait fait erreur sur la personne ?

– Tu sais quoi, Nick ? dit Tony, laissant tomber le gazouillis des oiseaux et l'envie de comprendre quelque chose à cette histoire à la con devant Cettina. T'as sûrement raison. L'oncle Sal a fait erreur sur la personne, il s'est rendu compte de son erreur et maintenant il veut se faire pardonner… Lui, il fait toujours comme ça quand il se trompe : d'abord, il te pardonne, et ensuite il te fait entrer dans la *famigghia.*

– Dans la famille ?

– Exact, dans la *famigghia…* Mindy, non ?

– Mindy c'est une brave fille, Nick, dit Cettina.

– Pour moi, elle est même trop brave. Merde, elle ressemble à la tante Carmela ! dit Tony.

– Ne dis pas ces choses, Tony ! répond Cettina.

– Pourquoi ? Parce qu'il y a Nick ? rétorque Tony. Mais Nick, il doit les connaître, maintenant, les problèmes de la *famigghia* ! Merde, l'oncle Sal est préoccupé… On a une vieille fille et déjà certains disent que les femmes des Scali ne se marient pas ! Mais tu te rends compte, Nick ?

Nick fait la tête de qui ne se rend pas compte.

– Merde, continue Tony, les femmes qui se marient pas, ça signifie qu'elles ont pas le désir de *famigghia*, qu'elles ont pas été élevées dans le sentiment de la *famigghia…* En tout cas, Nick, je suis vraiment heureux que l'oncle Sal t'ait parlé de Mindy. Valentina va pas être heureuse, mais au moins on va pas avoir une autre tante Carmela dans la *famigghia* !

Nick a l'expression de celui qui comprend pas grand-chose.

– Suffit que quelqu'un dise ton nom et Valentina devient rouge comme si elle avait pris une mornifle en plein visage ! dit Tony. Puis il s'approche de Nick en souriant et, lui serrant les joues du bout des doigts, il continue : Nickeu, Nickeu, t'es vraiment un brave garçon… un peu *pagghiolo*, ingénu, mais un brave garçon… Putain, les figues sont mûres, il se fait tard ! Allons-y, que je t'ouvre la porte.

– Merci pour le café, Cettina, dit Nick en se levant.

– De rin, Nick, dit Cettina en s'arrangeant de nouveau la robe.

Tony voudrait appuyer un bras sur l'épaule de Nick, puis, vu que Nick est nettement plus grand, il décide de l'accompagner en lui serrant simplement l'avant-bras droit. A la porte, Tony serre plus fort. Nick se retourne.

– Nick, dit Tony, *'u sai, non c'è bisognu ca tu ricu*, tu sais, pas besoin que je te le dise, moi, je me suis attaché à toi… Y'a quèque chose que tu dois me dire ? Moi, je suis là !

– Rin, Tony, crois-moi, dit Nick, rin d'important.

– Allez, va… dit Tony en lui donnant une chiquenaude sur la joue gauche. Tu peux t'en aller !

Frank se tourne les pouces et se les regarde

Frank se tourne les pouces et se les regarde, tandis qu'il pense à voix haute devant Chaz :

– Des trucs de dingues ! Une personne comme moi qui paie des *taxes* ne peut pas aller librement en Sicile ! Moi, je dois me justifier devant ces hommes de merde du FBI !

– Il faut un truc, Frank, dit Chaz, un truc que l'avocat, il dise : Erra *has gone* en Sicile pour ça, ça et ça encore, et vous savez ce qu'a fait le FBI ? Il l'a suivi, a gaspillé l'argent public en persécutant un honnête citoyen américain seulement parce qu'il est italo-américain !

– Bonne mère, reprend Frank, ces cigares cubains de mon cul ! Regarde-moi ça… *yellow fingers !* Oui, Chaz, mais faut que ça soit un truc plausible, sinon l'Américain moyen s'énerve. Toi, l'Américain moyen, tu dois lui donner un motif sérieux, mais pas sérieux *pour toi*, sérieux *pour lui*. Sinon, autrement, il se met à faire *hum*, et quand l'Américain moyen fait *hum*, c'est la merde. Pour pas lui donner de soupçons, ou bien tu vas faire un *job* ou bien tu vas baiser quelque part ! Putain, mais tu les as jamais vus, le matin ? Tu l'as vu, *'o strunzo*, le con qui embarque dans sa *car* la canne à pêche, et cet autre qui prend les raquettes de tennis. *Bye, bye, un beau match aujourd'hui, pas vrai ?* Un beau match de mon cul ! Ceux-là, ils le savent qu'ils vont niquer !

– T'as raison, Frank, t'as raison…

Chaz hoche la tête. Puis il prend une revue sur la table et se met à la feuilleter.

Frank pense : *pétard, je pourrais demander à Greta… mais si ça se trouve, cette conne est capable de me faire chanter pour le reste de la vie.* Frank se frotte les mains et regarde Chaz.

– Chaz, dis-moi une chose…

– Je t'écoute, Frank…

– Écoute, Chaz…

– *I'm listening*, Frank.

– Mais toi… tu l'as déjà flinguée… une nana ?

Chaz hoche la tête en continuant à feuilleter la revue.

Frank le regarde. Il ne sait pas quoi dire.

– *Did you kill a woman ?*

Chaz lève la tête de sa revue et regarde Frank avec une tête qui dit : *I did, et alors ?*

– Rien, rien, dit Frank. Par curiosité. Pure curiosité.

Chaz hoche. Et recommence à feuilleter la revue.

Frank pense : *damn, si je demande ce service à Greta et puis que je la fais effacer par Chaz, je me retrouve encore plus le* FBI *au cul !*

L'interphone sonne.

– Allô ? dit Frank.

– *Mister Trent is here*, grésille Jasmine.

– Fais-le entrer, hurle Frank.

Chaz regarde Frank. Frank lui fait un clin d'œil. Chaz se met en alerte. La porte s'ouvre toute grande. Apparaît Leonard Trent en costume bleu, chemise bleue, cravate bleue. Il s'immobilise sur le seuil. Regarde Frank. Regarde Chaz. Ouvre grand les bras.

– Enfin un putain de producteur avec un garde du corps comme il faut, dit-il. *Shit !* Moi, je m'assieds là, comme ça je tourne le dos au garde du corps. Toi, attention, *look at me.* Enfin, continue-t-il en se dirigeant vers le siège, la Starship me fait une *première** ! Mais vous le savez que cette baraque, là, c'est moi qui l'ai bâtie ? Vous le savez de qui est venue la putain d'idée de faire des affaires dans l'immobilier ? De moi, seulement de moi. Et vous le savez ce qu'ils ont fait, ces Sciortino de merde ? Même pas merci, ils ont dit, même pas merci.

Il s'assied, croise les jambes et se tait.

Frank le regarde.

Chaz le regarde.

Leonard les regarde tous les deux.

– Tu t'appelles Frank, pas vrai ? continue-t-il. Erra, c'est ça ? Bien. Frank Erra, j'ai déjà compris que tu n'es pas comme cet *ass kiss* de Lou Sciortino. Imagine qu'il me téléphonait le matin et qu'il me demandait : "Leonard, quand c'est que tu me fais voir ton nouveau *concept** ?" Et moi, qui avais le *concept** justement là, sur la table de fer forgé peinte en blanc au bord de la piscine, tu sais ce que je lui disais ? "J'y travaille." Exactement comme ça… Toi, au contraire, avec cette histoire de la *première**, tu sais ce que tu as fait ? Tu m'as ému, Frank, tu m'as vraiment ému…

Chaz regarde Frank avec une expression qui dit : *maintenant, je le flingue, c'te putain de backslapper de mes couilles !*

Frank, au contraire, est en train de penser : *c'te mmerde veut que je l'interroge sur c'te connerie de concept*. Et moi, je le lui demande… je le lui demande vraiment !*

– T'as un *concept** nouveau à me montrer, Leonard ? dit Frank en regardant Chaz qui se retourne de l'autre côté, dégoûté.

– Je te l'ai pas apporté, Frank. Tu sais, *I hate* ceux qui se trimballent un tas de papiers. Mais, si tu veux, je peux te parler de l'histoire. Alors, Frank, il y a un type qui fait l'architecte mais c'est pas un architecte comme ça, un architecte quelconque, je veux dire. Lui, il construit des gratte-ciel gothiques, d'immenses gratte-ciel gothiques avec toutes les statues gothiques et les trucs de ce genre, monstres, lions, aigles, bref, des trucs gothiques. Tu diras, qu'est-ce que ça vient foutre les gratte-ciel gothiques. Ça vient foutre que ça montre la psychologie du personnage. Tu imagines que tu vas à une *party* et qu'on te présente un type et lui, "Enchanté, enchanté", il dit. Moi, je construis des gratte-ciel gothiques, tu restes un peu comme ça, non ? Il te vient de la curiosité pour la psychologie du personnage.

Frank hoche la tête.

Chaz fait une mine dégoûtée.

– Exact, tu restes un peu comme ça parce que tu te demandes : *mais quel genre de psychologie a cette personne ?* C'est la même réaction que ça doit causer dans le public. Pour causer cette réaction, je filme tous ces chantiers avec toutes ces statues gothiques partout, lui qui marche la nuit, parmi les statues…

Frank a un geste de la main, comme pour dire "accélère".

– Bien. Lui, avec l'excuse des statues pour les gratte-ciel, il fait la contrebande de satues antiques égyptiennes, persanes, indiennes, orientales, bref ce qu'on veut, bordel. Plan sur ces chantiers illégaux. On emballe les statues, on parle hindou ou une autre langue exotique à la con. Maintenant, lui, il doit aller au Caire pour négocier un autre lot d'antiquités. Mais le FBI le tient à l'œil.

– Foutus *bacons*! dit Frank avec un sourire adressé à Chaz, comme pour essayer de l'intéresser à l'histoire.

Chaz fait une tête écœurée.

– Ils le tiennent à l'œil parce que… parce que… je dois encore y penser.

– Ceux-là, un motif, ils le trouvent toujours, dit Chaz, juste pour contenter Frank.

– Voilà, exactement. Bref, lui, il doit aller au Caire et ne veut pas éveiller les soupçons du FBI. Et alors, qu'est-ce qu'il fait ?

– Qu'est-ce qu'il fait ? demande Chaz, pour contenter encore Frank.

– Il commence à courtiser une popstar. Lui, il est très riche, il a ses entrées, on l'invite à une *party* et il y a cette fameuse popstar. Je sais pas, imaginez Jennifer Lopez… Lui, il voit ce *great, wonderful ass* et il la courtise. Avec cet air égyptien qu'il a, les costumes sombres, les petites moustaches arabes, lui, c'est vraiment le genre dont les popstars raffolent. Comme ça, il l'invite à dîner chez lui, sur la terrasse d'un gratte-ciel gothique. Et elle y va, naturellement. Plats épicés… pleins de conneries orientales… chambre à coucher digne d'Omar Sharif jeune… Sauf que dans la chambre à coucher, lui, il commence à la baffer. Jennifer Lopez, d'abord elle le prend mal, puis elle tombe éperdument amoureuse…

– La salope! dit Chaz, qui commence à y prendre goût.

– Omar Sharif, après l'avoir fait tomber amoureuse, refuse ouvertement de la prendre au téléphone. Jennifer Lopez pleure mais les secrétaires lui raccrochent au nez. Puis, après une semaine où il l'a fait mijoter comme il faut, il lui téléphone. Elle, au début, elle lui répond même pas, convaincue que c'est un des habituels *trainers* qui essaient de te remonter, un de ceux qui veulent te faire faire des flexions pour décharger les toxines de l'amour et conneries de ce genre. Puis, à la fin, comme le téléphone continue de sonner et qu'elle ne le supporte plus, elle répond et c'est lui qui l'invite à dîner dans le restaurant le plus à la mode de New York.

"Alors, lumières tamisées, vin italien, canard à l'orange, chandelles, couverts de luxe et Omar Sharif qui rit, joyeux. Jennifer Lopez pense qu'il est joyeux pour elle mais Omar Sharif rit parce que deux heures avant, il a téléphoné à *Vanity Fair* et à d'autres magazines à la con et leur a dit où choper Jennifer Lopez avec son nouvel amour. Omar Sharif parle du Caire, de la casbah et Jennifer Lopez le regarde, extasiée, les yeux pleins de *passion** et de *love* et lui demande : "Quand est-ce que tu m'y emmènes ?" et lui, il dit : "Je t'y emmène bientôt, bien que j'aie beaucoup de choses à faire ici à New York, que je ne pourrai pas abandonner." Et il lui offre une bague. Jennifer fond en larmes de joie, se lève pour l'embrasser (imaginez la scène… le cul de Jennifer au premier plan) quand une marée de photographes et de flashs s'abat sur la table. D'instinct, Jennifer se met en colère mais ensuite, elle le voit lui, avec ces petites moustaches, ce sourire malin, et elle ne comprend pas, Jennifer ne comprend pas. Lui, il murmure : “On ne peut pas cacher l’amour” ou une autre phrase à la con, alors Jennifer retire ses chaussures, saute sur la table et dit aux photographes : “Je lui ai demandé s’il m’emmenait au Caire et lui, il m’a dit que oui, même s’il a beaucoup de choses à faire à New York et qu’il ne peut pas les laisser, c’est pas un amour ?”

– *Shit!* C’est pas seulement une salope, c’est aussi une conne ! dit Chaz.

– *Be quiet*, Chaz, dit Frank. Ce *concept** me plaît, me plaît beaucoup…

Pâte d'amande Scali

Pâte d'amande Scali: l'enseigne en cuivre se détache sur la pierre de lave de l'édifice du cours Italia, un immeuble années 20, base en pierre et tout le reste: frontons, chapiteaux et têtes sculptées. A l'intérieur, parquet de chêne, comptoir d'acajou avec les pâtes d'amande bien disposées. Des pyramides de pâtes d'amande sur de grands plateaux d'argent.

Derrière le comptoir devant l'entrée, Mlle Niscemi (la sœur de quarante-sept ans de Cosimo Niscemi, ami d'enfance de l'oncle Sal, mort d'infarctus voilà quelque temps, en laissant seule, précisément, sa sœur Vittoria, charitablement embauchée par l'oncle Sal comme vendeuse, secrétaire, directrice, administratrice, prête-nom de la Pâte d'amande Scali) se redresse et s'arrange parce qu'elle a vu l'oncle Sal ouvrir la porte en verre et cuivre de l'entrée.

L'oncle Sal entre d'un pas énergique en faisant gémir le chêne.

– *'U trovu?* Tu l'as trouvé? demande-t-il.

– Non, Commandeur, répond Mlle Niscemi, mais il arrive, c'est sûr.

Le visage troublé, l'oncle Sal se dirige vers le comptoir de gauche, puis prend l'escalier d'acajou qui conduit à l'étage. En haut, il s'arrête devant la première porte à gauche, l'ouvre, entre.

Comme la torche d'un brigadier, la lumière du couloir éclaire deux cannettes de bière sur le sol. L'oncle Sal se dirige vivement vers la fenêtre et l'ouvre en grand. L'air est vicié, alcool et tabac, et il sent le besoin profond de se couvrir la bouche avec un mouchoir. Sur le bureau, un ordre incertain:

à droite, six pâtes d'amande à peine mordillées et parfaitement alignées ; à gauche, un fortin de cannettes de bière, de pâtes d'amande et de bouteilles de gin vides. L'oncle Sal agrippe la corbeille à papier et y balance pâtes d'amande, fortin et cannettes.

– *The room is a mess*, entend-il dire dans son dos, tandis qu'il est encore baissé, à ranger la corbeille.

Il se redresse et découvre Lou Sciortino sur le seuil. *Minchia, comu si cummina !* Merde, comme y s'arrange ! pense l'oncle Sal et pendant un instant il revoit sa jeunesse… Aby Lane, Xavier Cugat avec ce putain de chiot de pedzouille dans les bras, Marino Barreto avec la chemise jaune et les costards d'un gris brillant, exactement comme celui que porte Lou en ce moment.

– Y'a un peu de… saleté. Excusez-moi, don Scali… dit Lou.

– Putain, j'ai pas de mal à le croire qu'après tu te chopes une intoxication !

Lou regarde autour de lui en silence. Il sait que l'oncle Sal voudrait qu'il dise : *merci, don Scali, de m'avoir emmené à l'hôpital*, mais il ne veut pas *give him the satisfaction.*

– Quelle frousse tu me fis prendre, dit l'oncle Sal. D'abord, tu me deviens tout blanc et après tu t'évanouis en public.

Lou retire sa veste, roule les manches de la chemise jaune jusqu'au coude, gagne le bureau, s'assied en posant les pieds sur la table.

L'oncle Sal mate les chaussures vernies noires plantées devant ses yeux. Puis il se remonte les brailles pour ne pas abîmer le pli immaculé et s'assied sur un des deux sièges devant. Croisant les mains sur son ventre et se balançant un peu, il dit :

– C'te chaise est pas solide, Lou, vaut mieux pas te balancer.

Lou ouvre un tiroir du bureau, en tire une bouteille de gin.

– Puis-je vous en offrir ? dit-il.

– Une petite goutte, Lou, juste une petite goutte… dit l'oncle Sal, puis en regardant le verre avec une expression dégoûtée : tu le sais, le respect que j'ai pour ton grand-père. *Pi mmia*, pour moi, c'est un point d'honneur que tu te trouves bien chez moi, Lou !

– Bien je me trouve, don Scali, ne vous inquiétez pas.

– Bon ! dit l'oncle Sal. Puis il regarde autour de lui. Mais maintenant, je suis face à des éventualités…

Lou fait une tête qui dit : *éventualités, c'est quoi ces conneries ?*

– En somme, y m'est arrivé un truc… dit l'oncle Sal en caressant le pli des brailles. Pendant que tu étais endormi à l'hôpital, ici on se serait cru dans *enturing fridomm*, gyrophares, sirènes, journal télévisé… Et merde, qu'est-ce que ce fut ? j'y demandai à Tuccio. Tuccio se carapate, s'informe et me revient avec une tête *niura niura*, toute sombre, qu'on aurait dit un enterrement. Et tu sais ce qui s'est passé ? Un braquage chez le père Mimmo, le droguiste ! Ils ont tué un brigadier !

– *Shit*, dit Lou.

– C'est pire que si quelqu'un m'avait tailladé la face, continue l'oncle Sal, bien pire ! Parce que moi, les garçons du quartier, je les connais à tous un par un, et je le sais avec certitude que s'ils font un braquage, ils me tuent personne. Comme ça, j'ai fait demander à gauche et à droite, je me suis fait renseigner et j'ai su que tout de suite après le braquage, un *babbasunazzo* à moitié drogué est sorti tout écorché du bazar du père Mimmo.

Lou se tait en buvant son gin.

– Si ça tenait qu'à moi, dit l'oncle Sal, moi, à cette tarlouze, *pour commencer* je le buterais de mes propres mains, et *ensuite*, j'y ademanderais si ça a été lui. Mais, *ppe'* force, je dois me comporter différemment. Parce que tu sais qui c'était, le fondu en question ? C'est ce guitariste qui habite à côté de Tony : Nick Palumbo ! T'as compris ? Justement le jeune que Tony, il aime bien. Il s'est pris d'affection pour lui comme à quelqu'un de la *famigghia* ! Bien sûr, si on y pense, ça peut arriver, qu'un brave garçon déconne. Sais pas, moi, ils te donnent querque chose à San Berillo, tu deviens dépendant et alors, ils te donnent plus que dalle. Et toi, qu'est-ce que tu fais ? Pour avoir une autre dose, tu vas faire un braquage et tu tues un *babbasunazzo* habillé en brigadier. En somme, Lou, des fois, un homme peut pas faire ce qu'il doit faire. Quelquefois, il vaut mieux se mettre à raisonner. Moi, la situation, ici, faut que je l'arrange, je peux pas la laisser merder. Et puis, je dois te dire une chose, Lou ! Moi, faut que je trouve un bon parti pour Mindy ! Alors, je te dis : on est bien sûr que c'est lui ? Dis-moi, toi, tu peux en être sûr ? Non, tu peux pas, Lou ! Alors, tu sais ce que je te dis encore ? Moi, à ce Nick, je l'ai vu au babbequiou de mon neveu à l'heure du braquage. Putain, tout le monde l'a vu, qu'il était là, à parler avec Mindy. Alors, moi je me demande et je dis, si Nick Palumbo, à l'heure du braquage, il était au babbequiou de mon neveu, alors, qu'est-ce qu'il faisait au bazar du père Mimmo ?

– Qu'est-ce qu'il y faisait, don Scali ? demande Lou.

– Rien, il faisait ! Il y faisait rien ! Parce que dans ce bazar, c'te salopard, il y était pas. On s'est bien compris ?

– Parfaitement, don Scali.

– Bien. Et maintenant, il faut qu'on l'explique aussi au père Mimmo, dit l'oncle Sal.

– Excusez-moi, don Scali, dit Lou en remplissant son verre à ras bord, je voudrais pas vous manquer, *but I can't understand*... Qu'est-ce que vous entendez par *il faut qu'on l'explique*?

– Lou, Lou, moi, maintenant, j'ai la nécessité absolue que la tempête retombe... La question est très délicate et moi, je peux pas l'envoyer, un de mes gars, chez le père Mimmo. Moi, j'ai mes petits arrangements avec la questure, mais il les a aussi, ce grandissime fils de radasse de Sonnino. Le père Mimmo est un cave, imagine que la police ou Sonnino lui foutent la trouille et lui, il va balancer qu'un de mes gars l'a menacé... En ce moment, je dois me couvrir les arrières... Pour ça, tu dois me faire la courtoisie d'y aller toi, chez le père Mimmo, lui, il ne le sait pas que je t'ai envoyé, moi, et alors on est tranquilles, comme ça, s'il balance, il a rien à balancer.

Lou enlève les pieds du bureau, se dresse, fait deux pas dans la chambre, mains dans les poches.

– Don Scali, dit-il puis il pivote d'un coup, pour moi, c'est un honneur que vous ayez pensé à moi pour une affaire délicate comme celle-là.

– Je dois le faire savoir à ton grand-père que t'es réellement un brave garçon. Vraiment... un brave garçon, très respectueux... Mais je voudrais pas, dit l'oncle Sal, que ce Nick, qui a pas la conscience tranquille, même si je le comprends pas qu'il ait pas la conscience tranquille, vu qu'il était au babbequiou avec nous, ce Nick, il se mette en tête de se tirer. Putain, celui-là, un drogué c'est, et les drogués ils sont nerveux, ils tremblent. Imagine que ce boumian, il s'en aille, moi, de quoi j'ai l'air devant la police ? S'il s'enfuit, ça finira que tout le monde pense que c'était vraiment lui et alors la police, elle vient me voir et elle me dit : "Putain, don Scali, le voisin de votre neveu vous a tué un brigadier et vous, vous en savez rien ? Alors, on doit vous considérer comme un *cacauova,* un frimeur, qui sait pas maintenir l'ordre chez lui !" En somme, Lou, là, il faut *attaccarici 'i cani,* attacher les chiens ! Donc, il faut que tu me tiennes à l'œil ce Nick, au moins jusqu'à ce qu'on lui explique bien les choses et qu'on lui fasse comprendre qu'il n'a aucun motif pour se défiler.

– Mon grand-père aussi le disait, observe Lou.

– *Attaccarici 'i cani ?* dit l'oncle Sal. Mon oncle le disait... quand il chargeait la *lupara**.

* *Lupara* : fusil de chasse à canons sciés, instrument des règlements de comptes de la mafia traditionnelle.

– Non… *cacauova*… dit Lou. Don Scali, comment je le reconnais, ce Nick ?

– Tony est en train d'organiser un babbequiou de fiançailles, dit l'oncle Sal, que dans le quartier, on doit se le rappeler des années. Nick Palumbo a été invité, étant donné que c'est lui qui se fiance. Et t'es invité toi aussi, Lou. Tony a mis la main au portefeuille ! T'inquiète, on manquera pas de gin !

Jasmine a passé une demi-heure dans la red room

Jasmine a passé une demi-heure dans la *red room* de la Politics & Prose Bookshop de ce porc de M. Lewine et elle n'a aucune envie de rester à écouter les conneries de Frank.

– 'tain, Jasmine, est en train de dire Frank, mais tu sais que quand tu lis, tu ressembles comme deux gouttes d'eau à Meadow Soprano. C'est vrai ou pas, Chaz, qu'elle ressemble comme deux gouttes d'eau à la fille de Tony et Carmela ?

– Meadow Soprano tout crachée, dit Chaz.

Jasmine ne bronche pas et continue sa lecture sur cette *fucking Sicily, Complete Guide To The Island* qui lui a coûté un contact direct avec l'engin mou et circoncis de Lewine. Quand elle lui a demandé un *detailed guide* de la Sicile, le porc (un de ceux avec une tonsure monstrueuse sur la tête et les cheveux longs derrière les oreilles, comme deux balais à chiotte) a sorti une demi-douzaine de livres : *Midnight in Sicily, Ciao Sicily, Sweet Sicily, In Sicily* et autres macaronades du même genre. Puis, il lui a dit qu'il y en avait d'autres dans la *red room,* le secteur des livres rares, deux mètres sur trois de papier et de poussière, rayonnages rouillés et un *desk* tout délabré. Lewine prenait les livres et les lui tendait par-derrière. A chaque fois *un passage,* comme disait Ann Guardascione, sa mère. En tout cas, Jasmine s'en était allée avec deux livres sous le bras : *Ciao Sicily,* de Damian Mandola, un livre qui parle des pâtes *with squash and fava beans, olives and capers**, parfait pour Ann, et ce *Complete Guide* qu'elle est en train de lire à Frank.

* Au cas où l'anglais du lecteur faiblirait : pâtes à l'espadon, aux fèves, olives et câpres.

– Cette place doit son harmonieux aspect baroque aux édifices qui la délimitent. Au centre, la fontaine de l'Éléphant, symbole de la ville, à laquelle répond, plus discrètement, sur le côté sud, la fontaine du XIXe siècle de l'Amenano, avec les palais del Chierici et Pardo pour décor…

– Jasmine, dit Frank, mais tu t'es pas pris le diplôme comme la Meadow ! Pétard ! Mais on en a rien à branler, du baroque sicilien ! Avance, va !

Piquée, Jasmine se lèche le médius de la main droite et feuillette une vingtaine de pages au hasard. Puis, elle attaque de nouveau :

– Parmi ses plus illustres citoyens, il faut se rappeler Giovanni Verga, chez lequel un engagement initial à tendance patriotique sera suivi par une production littéraire où prévaut définitivement la veine sentimentale et romantique…

Veine sentimentale et romantique ? Une lueur fait son chemin dans l'esprit de Frank.

– En 1871, continue Jasmine, avec la publication à Milan de *Storia di una capinera*, le succès arrive presque à l'improviste. Le roman fut d'abord publié en feuilleton dans le journal *La Ricamatrice* en 1870…

La Ricamatrice ! Storia di una capinera ! Frank se sent vidé, évanoui de contentement.

– Chaz, dit-il, tu te le rappelles, le *movie* de Zeffirelli, *Storia di una capinera** ?

– Qui c'est, Zeffirello, Frank ? répond Chaz. Un ami de Trent ?

– Eh, disons comme ça, dit Frank, tout content, disons comme ça.

---

* *Storia di una capinera* : en français, littéralement, "histoire d'une fauvette". Le film de Zeffirelli est sorti en France en 1993 sous le titre *Mémoire d'un sourire.*

Une petite heure plus tard, Greta est encore en train de faire *hum* en pensée. La demande de Frank était vraiment bizarre. Dire qu'elle ne se sent pas… *startled*, voilà, *startled* est vraiment le mot juste… serait un mensonge. Frank, réellement, n'a jamais été aussi gentil au téléphone. Réellement… pas qu'au téléphone. *It is a fact* que Frank n'est pas ce qu'on appelle une personne gentille. Du reste, qui pourrait dire qu'il est gentil avec cette *dismal light* qu'il se retrouve sur le visage ? Pas même sa maman, ça, c'est sûr ! Dieu sait comment est la maman de Frank, si elle l'a, elle aussi, cette *dismal light* sur la figure ! En tout cas, c'est clair, Greta, en Italie, elle y va ! *My God*, pour une *première** de Leonard Trent ! *Hum…* mais… bon… Frank était vraiment bizarre. Il est clair qu'il veut quelque chose d'elle. Et pas la petite gâterie habituelle, parce que pour avoir la gâterie, Frank n'a jamais été gentil. Alors, quoi ? *Hum.* La crainte est toujours la même. La crainte est que à quelqu'un comme Frank, il lui vienne le désir de se ranger. Pour tous les hommes, ce moment-là survient : arrivés à un certain âge, ils veulent se mettre en ménage. *Avec une autre…* c'est clair ! Frank a dû tomber amoureux d'une quelconque Carmela à tête de *bad lobster* et il veut la rendre jalouse en emmenant Greta en Italie. Voilà ce qui se passe. Un type comme Frank, il prend ce ton doucereux quand il a pas la conscience tranquille. C'est clair.

Lou est via Pacini, un *market town* familier à ses yeux : la pagode de bois laqué en rouge d'un restaurant chinois, un marchand de légumes, une élégante parfumerie, une boutique de couteaux à cran d'arrêt. Du bazar du père Mimmo, toutefois, pas trace.

Lou jette un autre coup d'œil à la photo que lui a donnée l'oncle Sal.

Tony, le coiffeur, *gazes upon,* mate le type qui s'appelle Nick *mildly*, trop *mildly* pour Lou, exactement comme le regardait, à la dernière *party* à laquelle Lou est allé à New York, ce bellâtre de John Giuffré, la honte des Giuffré.

La tête du type qui s'appelle Nick, en revanche, est une copie ratée de celle de Tony. Il a une expression *mild* exagérée. Imitée.

Lou rempoche la photo et se dirige vers le marchand de couteaux.

Tano, l'après-midi, quand y se réveille, va à trouver le père Mimmo au magasin, de toute façon, l'après-midi, chez le père Mimmo, des clients, y'en a pas. Le père Mimmo, en fait, ne vend que des choses que personne ne songerait à s'acheter l'après-midi, à moins que, évidemment, il ne s'agisse d'une urgence genre sparadrap ou alcool à 90°. Alors Tano s'en va là, il s'assied sur l'escabeau, et au coucher de soleil il fait tomber quelque marchandise. Cela parce qu'avec la tombée du soir, le père Mimmo tombe aussi, en avant, il commence à s'affaisser très lentement sur le comptoir. Comme, à Tano, ça lui paraît pas bien d'aréveiller quelqu'un en plein pénéqué, que après, si ça se trouve, il se vexe, alors, il fait tomber le Dash. Sur quoi, le père Mimmo, d'abord sursaute, puis se lève et va allumer la lumière.

Et Tano hoche la tête.

Le magasin de couteaux est éclairé *a giorno* comme une salle d'autopsie. Lou salue distraitement le vendeur et se met à regarder les présentoirs. Alignés dans l'ordre sur les étagères de verre, avec le carton indiquant le prix écrit à la main, des dizaines de couteau à cran d'arrêt. Il n'y a pas, comme aux USA, ces gros poignards à dents de scie, longs d'un demi-mètre, avec le kit de soins d'urgence dans la poignée, ni ces poings américains sophistiqués faits exprès pour les dingues du Texas ou de l'Arkansas ou pour quelque *psychokiller* de Manhattan. Mais il y a de petits couteaux à la poignée soigneusement incrustée et des poings américains discrets, pratiques, fonctionnels.

– Je peux vous aider?

Lou se tourne et voit que le vendeur n'est pas un vendeur. Il répand une très forte odeur d'après-rasage, il doit avoir dans les cinquante ans, est tiré à quatre épingles comme un *grease ball*, un vieux boss mafieux, et a une tête de propriétaire, et cette tête de propriétaire est balafrée. En un instant, Lou se rend compte que, dans un magasin pareil, c'est justement *ça* qu'on s'attend à voir.

Lou regarde autour de lui, puis fixe le Balafré et dit:

– Vous avez des greffoirs?

Chaque fois qu'il allume la lumière, le père Mimmo plisse les yeux et tend les oreilles pour entendre le bruit. Chaque fois qu'il allume la lumière, le père Mimmo entend en fait le bourdonnement. Il n'a pas encore réussi à comprendre s'il s'agit d'une ampoule qui bourdonne, des mouches qui se réveillent ou de quelque chose d'autre. Comme toujours, il interroge Tano du regard et Tano plisse les yeux aussi pour faire attention et puis, en homme honnête qu'il est, il fait non de la tête. Sur quoi, le père Mimmo le regarde comme si Tano était la personne la plus feignasse qui existe sur la surface de la terre. Alors, il s'en retourne au comptoir et prend la revue, lui, quelqu'un qui ne veut pas entendre, il lui cause pas. Il s'agit toujours de la *même* revue : un des premiers magazines en couleur, plein de photographies. Le père Mimmo, il aime ces photos et il ne voit pas pourquoi il devrait aller s'acheter une autre revue.

Sur la face du Balafré a pointé un sourire.

– Suivez-moi donc, a-t-il dit en se mettant les mains dans les poches et en en faisant tinter le contenu. Il s'est dirigé vers le comptoir, s'est baissé et a réapparu avec un tiroir garni de velours. A l'intérieur, des couteaux à greffer dont le style ne détonnerait pas dans une bijouterie.

– C'est bien, dit-il tandis que Lou examine la marchandise, qu'un jeune comme vous s'intéresse encore aux greffoirs. Aujourd'hui, les jeunes, ils veulent seulement le couteau à pointe. Vas-y leur expliquer, aux jeunes, que la pointe, elle sert à rien. Moi, je le dis toujours : il n'y a rien qu'on peut faire avec un couteau pointu qu'on puisse pas faire avec un couteau sans pointe. Si on y réfléchit, vous voyez que c'est tout à fait ça : la pointe ne sert à rien.

Lou, un couteau en main, lève les yeux d'un air interrogateur.

– Je veux dire, tu vas à la chasse ? A quoi ça te sert, putain, un couteau pointu ! Si tu veux tuer un *cunigghiu*, un lapin, y'a le fusil pour ça, non ? Le couteau te sert juste à l'écorcher et si t'écorches un *cunigghiu* avec un couteau pointu, y'a le danger que tu te piques, non ? Toi, tu peux me dire : “Le couteau pointu peut servir pour le coup de grâce.” Et c'est là que tu te trompes ! Est-ce que ça s'est jamais vu, un expert qui tue un *cunigghiu* avec un couteau ? On sait que les lapins, ça mord, mettons que lui, en fait, il soit pas mort, il se retourne et il te mord. Attention que les morsures des lapins, dangereuses elles sont… Tu veux tuer un *cunigghiu*? Prends-toi un fusil et t'y fais sauter la coucourde. Les couteaux servent à autre chose, et pour ces autres choses, la pointe, elle sert à rien.

Lou le regarde.

– Je comprends, dit-il en retournant examiner les couteaux.

Le Balafré hoche frénétiquement comme pour dire: *bien sûr que tu me comprends*. Puis, il ajoute:

– Les jeunes d'aujourd'hui, eux, ces trucs, ils les savent pas, y'a personne qui le leur explique. Ils vont à la chasse et ils combinent un tas de conneries. Autrefois, au contraire, il y avait des personnes qui savaient te les expliquer, certains trucs, dit-il en se caressant la joue.

– Je prends celui-là, pas besoin de l'empaqueter.

C'est un greffoir au manche d'écaille, blanc et luisant comme les cheveux de son grand-père.

– Écoutez, dit Lou, j'aurais besoin de mousse à raser, il y a un endroit dans le coin, où je peux l'acheter?

– Bien sûr! A côté, chez le père Mimmo. L'entrée, c'est un pertuis qu'a pas d'enseigne, mais de la mousse à raser, vous en trouverez, et de toutes les marques!

Quand Lou remet les pieds dans la rue, du bazar du père Mimmo provient une lumière jaune et faiblarde. L'entrée est une petite porte de bois et de verre encastrée entre le marchand de couteaux et la parfumerie.

Lou entre d'un pas décidé.

– S'il vous plaît, attendez dehors que je vous ser… n'a pas le temps de finir le père Mimmo. Lou est déjà à l'intérieur, devant le comptoir, les mains dans les poches de l'imperméable, qui le fixe.

– Y doit avoir besoin de sparadrap, c'est pour ça qu'il est pressé, dit une voix dans son dos. Lou se retourne, surpris, et voit Tano assis sur l'escabeau et recroquevillé contre une étagère de métal pleine de détersifs.

– Je vous l'avais dit, moi, d'attendre dehors, vous voyez pas qu'il y a du monde?

– Non, ça va, ne vous inquiétez pas, je suis pas mal, dit Tano, poli.

– Non, attends, dit le père Mimmo, qui, dans son affaire, tient à l'ordre. C'est une question de principe, si je dis de faire la queue, il y a une raison, non? Maintenant, vous, soyez assez aimable pour sortir et puis, quand je vous le dis, vous entrez. Nous, on se met là avec calme et puis… et puis, on vous sert vite.

Lou se passe une main sur le visage puis il se décide et sort.

Le propriétaire du magasin de couteaux est en train de fumer une cigarette sur le seuil. Quand il voit Lou, il fait une courbette polie, salue et se remet à fumer.

Lou bat des cils.

Du bazar du père Mimmo s'élève un bruit comme si le métro passait. Puis, on entend le père Mimmo qui crie:

– Et merde, je le savais, moi!

Le propriétaire du magasin de couteaux écarte les bras. Puis se remet à fumer.

Lou bat des cils et serre les mâchoires.

Le père Mimmo se présente à la porte et dit:

– Allez, entrez, que Tano, je l'ai fait mettre dans le rayon toilette pour homme.

Le propriétaire du magasin de couteaux, tourné vers le père Mimmo, fait une courbette en signe de bonjour.

Le père Mimmo la lui rend.

– Vous savez, le rayon du défunt, dit-il avec une expression résignée.

Le propriétaire du magasin de couteaux écarte les bras comme pour dire: *et qu'est-ce qu'on peut y faire.*

Le père Mimmo hoche la tête comme pour dire: *exactement.* Puis il rentre dans le bazar, en suivant Lou.

Tano passe la tête hors du rayon toilette pour hommes et dit "Bonsoir" à Lou comme s'il ne l'avait pas vu avant.

Le père Mimmo lui intime silence du regard. Tano se met à regarder l'après-rasage d'un air indifférent.

– Alors, de quel genre de sparadrap vous avez besoin ? demande le père Mimmo en se mettant les lunettes.

Tano hoche la tête en regardant l'après-rasage.

Lou sort de sa poche le greffoir et le met sur le comptoir. Puis il prend la photo et la place à côté du couteau.

Le père Mimmo regarde le couteau. Il regarde la photo. Il regarde Lou. Il prend l'arbalète.

Lou bat des cils. Il se passe une main sur le visage.

A Tano, l'après-rasage tombe des mains.

– Le Commandeur dit que ça, officiellement, ça sert à tuer les rats, mais ce n'est pas très crédible, parce que pour tuer les rats avec ça, il faut d'abord les coincer dans un coin et c'est justement ça qui est difficile avec les rats, dit le père Mimmo.

– Vous connaissez le type de la photo ? demande Lou en faisant semblant de ne pas avoir vu l'arbalète.

Le père Mimmo le regarde. Puis, sans baisser l'arbalète, il jette un coup d'œil à la photo.

– Bien sûr, c'est Tony, le coiffeur.

– Ah oui, Tony, le coiffeur, je le connais moi aussi, dit Tano.

Le père Mimmo lui lance un regard très noir.

– Tony… dit Tano et il ne sait pas quoi dire d'autre, alors il regarde autour de lui.

– Pas celui-là, l'autre, dit Lou.

Le père Mimmo hausse un sourcil. Il concède un autre coup d'œil.

– Oh que non, dit-il. Cet autre, je l'aconnais pas. Mais vous, qui vous êtes, merde ?

– *Good question*, dit Lou. En ce moment, je suis quelqu'un qui est venu vous donner un conseil.

– Je peux voir si je le connais, moi… dit Tano.

– Ferme-la, que toi non plus, tu l'aconnais pas, dit le père Mimmo.

Tano regarde autour de lui.

– Quel… conseil, je vous prie ? demande le père Mimmo.

– Si par hasard, on devait vous poser la même question, vous devez donner la même réponse. On s'est compris ?

– Hum… fait le père Mimmo en plissant les yeux. Et si au contraire, il devait me venir à l'esprit que moi, celui-là, en fait, je l'ai vu…

– Ce serait une erreur.

– Et *picchì*, pourquoi ?

Lou réfléchit. Puis :

– Parce que ce type, à l'heure du braquage, il était au babbequiou chez Tony, donc vous, vous ne l'avez pas vu.

– Ah, voilà, dit le père Mimmo.

– Exact, dit Lou.

– Exact, dit Tano.

– On s'est compris ? demande Lou.

– Pour se comprendre, on s'est compris, dit le père Mimmo en reposant l'arbalète. Mais la question n'est pas là.

– Non ?

– Oh que non, dit le père Mimmo. Calmement, il s'assied sur l'escabeau, croise les bras et dit : écoutez… qu'est-ce vous diriez qu'on parle pas emmasqués ?

Tano hoche.

– Emmasqués ?

– Bon, il faut qu'on se parle en clair ! dit le père Mimmo.

– Ok, parlons-nous en clair ! dit Lou.

– Alors, premier point, dit le père Mimmo en appuyant d'un doigt sur son pouce. Moi, j'y comprends plus rien, à comment vous travaillez, vous autres. Avant, on y comprenait querque chose et tout le monde vivait plus tranquille. Maintenant, vous nous faites tourner en bourriques. Putain, d'abord, vous voulez pas faire payer la protection, après vous me faites le braquage et maintenant vous venez même à me menacer ! Attention que, moi, j'ai les cheveux blancs ! Moi, je suis une personne tranquille qui s'occupe de ses affaires. Mais alors, excusez, vous, vous les avez plus, tous les arrangements avec la police? Putain, avant, vous étiez mieux organisés et, avec tout le respect qui vous est dû, des conneries, vous en faisiez moins. Mais quoi, vous le savez pas que moi, au type de la police qui faisait le portrait-robot, je lui ai fait dessiner un plat de pâtes au four?

– Un plat de pâtes au four?

– Exactement, c'est ce que j'y ai dit. De mon point de vue, avec cette pelletée de cervelle de brigadier qui lui était arrivée sur la face, l'assassin était pareil à un plat de pâtes au four. A part le fait que, même si je le voyais, vous, vous imaginez que moi, je vais me mettre à dire le nom d'un type qui fait disparaître le visage d'un brigadier?

Tano fait *non, vraiment pas*, avec la tête.

– Point numéro deux, dit le père Mimmo en appuyant sur son index. Et du même index, il appuie sur la touche qui ouvre la caisse, en sursautant au ta-tang, comme toujours.

– Putain, mais qui c'est qui les fait, ces caisses, dit-il, qu'on doit se choper une attaque chaque fois qu'on doit donner la monnaie!

Puis il soupire. Calmement, il prend une liasse de billets. Il se mouille index et pouce avec la langue et commence à compter. Un, deux, trois, quatre, cinq... et quinze.

– Voilà, là, il y a cent cinquante euri. Considérant le capital, la position, le quartier, la clientèle et toutes les conneries que vous voulez considérer, ça me semble le juste prix. Maintenant, faites-moi un plaisir, prenez-vous ces euri et apportez-les à qui vous envoie. Puis, le mois prochain, ponctuellement, repassez et je vous resservirai. Et vous y dites, à qui vous envoie, que le père Mimmo, il paye la protection avec plaisir! Suffit que vous nous laissiez l'âme en paix. On s'est compris?

Tano tousse.

– Alors, on s'est compris?

Tano tousse.

Le père Mimmo le regarde.
– Cosimo... dit Tano.
– Ah oui, merde, c'est vrai. (Il recommence à compter et met sur la table quinze autres billets de dix euros.) Même discours pour le bar, là, devant, celui de Cosimo, rappelez-vous, Co-si-mo. Le mois prochain, vous pouvez passer directement chez lui que je m'en occuperai, moi, de l'avertir.
Lou regarde l'argent. Il hoche la tête. Il le prend, prend la photo, le couteau, empoche le tout.
– Alors, on a fini, ou non ? demande le père Mimmo.
Lou hoche.
– Ça peut vous servir, l'arbalète, si je vous la donne ? De toute façon, elle me sert plus.
Lou la regarde.
Puis il dit :
– *Many thanks*, empaquetez-la-moi aussi.

Dans le hall de l'hôtel, don Giorgino boit bruyamment une gorgée d'orgeat

Dans le hall de l'hôtel, don Giorgino boit bruyamment une gorgée d'orgeat. De temps en temps, il remonte ses lunettes de soleil rondes. A chaque gorgée, il s'appuie au bâton et quand il pose le verre, ses mains desséchées tremblent. Les deux gars font attention à ce qu'il ne renverse pas l'orgeat.

– Où est Vicienzo ? demande-t-il.

Les deux gars se regardent dans les yeux.

– Don Giorgino, il a été établi que Vicienzo était une balance, vous vous rappelez ?

Don Giorgino Favarotta hoche la tête.

– On s'occupe de sa *famigghia* ?

Les deux gars se regardent dans les yeux. Vicienzo Étripe-famille, ainsi surnommé parce qu'à treize ans il avait éventré père, mère et frères, ne s'était jamais marié et était seul au monde.

– Bien sûr, don Giorgino, ne vous inquiétez pas.

Don Giorgino hoche la tête, prend l'orgeat, en boit une gorgée, pose le verre d'une main tremblante.

Les deux gars se penchent en avant, attentifs au verre. Il ne s'est pas renversé cette fois non plus.

Don Giorgino s'appuie des deux mains sur le bâton qu'il tient serré entre les jambes.

'Nzino se gare devant le Central Park Hotel, via Etnea, à la hauteur du jardin Bellini. C'est une zone piétonne, mais la Mercedes de Sal Scali a une autorisation. Il descend, fait le grand tour de la voiture, ouvre la portière de l'oncle Sal.

L'oncle Sal descend, se boutonne la veste, met les lunettes de soleil, entre dans l'hôtel.

Quand on a rendez-vous avec un dix-huit carats, il convient de se présenter seul, sans gars autour de soi.

L'oncle Sal doit beaucoup à Giorgino Favarotta.

Don Giorgino Favarotta, né à Trapani mais venu à Catane tout minot, fut celui qui suggéra à l'oncle Sal de décapiter Alfio et ce fut lui, ensuite, qui soutint sa candidature quand les Vaccalluzzo, auxquels rendait des comptes Mimmo Asciolla, celui qui commandait avant l'oncle Sal, réclamèrent des explications. Don Giorgino s'interposa et les Vaccalluzzo durent baisser les cornes. En fait, don Giorgino aimait bien Sal Scali. Quelques années auparavant, dans un accès de colère juvénile, don Giorgino avait fait tuer Natale Impellizzeri, des Marzamemi, à cause d'un manquement présumé, sans considérer, toutefois, que les Impellizzeri étaient liés aux Guarrera de Pozzallo, et les Guarrera aux Gullotta de San Vito Lo Capo. Carmine Gullotta avait donc condamné à mort Giorgino Favarotta.

Et ce fut Sal Scali, le très jeune Sal, qui résolut la question.

A Naples, l'oncle Sal avait connu Ciro La Bruna, qui était vraiment un *grease ball* de premier ordre, apparenté qu'il était aux Américains. Ciro La Bruna envoya dire à Carmine Gullotta que "à Natale Impellizzeri, c'est nous qui y avons pensé" parce qu'il faisait *'o strunzo,* le con, avec l'Alliance de Secondigliano. Carmine Gullotta s'était renseigné et avait envoyé dire à Ciro La Bruna que Natale Impellizzeri ne savait même pas, merde, ce que c'était que l'Alliance de Secondigliano. Et Ciro La Bruna, du haut de sa position, avait envoyé dire à Carmine Gullotta : "Don Carmine, excusez-nous, ça veut dire que nous nous sommes trompés."

Carmine Gullota avait dû se taire.

En échange, don Giorgino Favarotta devait de temps en temps tuyauter les La Bruna sur les bizeness de quelques dizaines de l'Italie du Nord et, avec Sal Scali, rendre de temps en temps des services aux La Bruna, ceux de Forcella et ceux d'Amérique.

Dans le bar de l'hôtel, l'oncle Sal repère le trio et s'approche avec déférence. La rencontre se déroule dans un hôtel parce qu'ainsi le veut le protocole. Don Giorgino doit convoquer en public l'oncle Sal et lui conseiller de résoudre la question du brigadier. Pour faire cela, il ne peut inviter l'oncle Sal chez lui, il ne peut menacer un hôte en visite de courtoisie, ce doit être à lui, don Giorgino, d'aller vers lui. Et il ne peut aller chez lui, où il y a la *famigghia*, les minots.

– Don Giorgino, dit l'oncle Sal, j'arrivai.

Et il reste debout, dans l'attente d'un signe.

Don Giorgino reste immobile.

Un gars s'approche de l'oreille de don Giorgino et lui murmure :

– Y'a Sal Scali en votre présence.

Don Giorgino sursaute.

– Il est là, Turuzzeddu ?

– Je suis là, don Giorgino !

– Là il est, dit le gars.

– Et pourquoi tu lui dis pas de s'asseoir ? dit don Giorgino au gars.

De la main, le gars fait signe à l'oncle Sal qu'il peut s'asseoir.

L'oncle Sal s'assied et regarde autour de lui.

– Mais c'est vrai, cette histoire que Turuzzeddu a combiné un pastis ? dit don Giorgino au gars à sa droite.

– Vrai c'est, don Giorgino, un pastis il combina ! dit-il à l'oncle Sal.

– Vrai c'est, il me dit, répète don Giorgino. Puis il se tourne vers le gars à sa gauche. C'est vrai ou pas que je dis toujours que quand quelqu'un combine un pastis, après il doit le régler ?

– Vrai c'est, confirme le gars.

– Vrai c'est ! dit l'oncle Sal.

Don Giorgino hoche la tête et se tourne vers le gars à sa gauche.

– Moi, je le connais, à Turuzzeddu, s'il combina une connerie, faut lui laisser le temps d'arranger ça. Lui, il a la tête rapide, je suis sûr que d'ici une semaine, le problème, il va le résoudre. Entre autres parce que, moi, la semaine prochaine, je dois conclure un bizeness en ville et j'ai besoin que tout soit bien net. Putain, dit-il en riant de sa bouche édentée, heureusement que Turuzzeddu a la coucourde rapide, autrement il me mettait en difficulté !

Le gars se tourne vers l'oncle Sal et lui dit :

– Don Giorgino est *sûr* que d'ici une semaine vous allez résoudre le problème.

– Dis à don Giorgino que le problème, Sal Scali l'a déjà résolu, dit l'oncle Sal.

– Sal Scali dit que le pro…

– Je l'ai entendu, tu crois que je suis sourd ? coupe don Giorgino. Pourquoi vous iriez pas faire un tour, eh, les gars ? Vous avez entendu ? Turuzzeddu, le problème, il l'a *déjà* résolu. Maintenant, y se met là, à côté, et y me raconte. Puis il serre un bras au gars de gauche et lui dit : si Turuzzeddu dit que le problème, il l'a résolu, ça veut dire que c'est comme ça. Qu'esse-c'est, on viendrait nous dire que le problème est résolu quand c'est pas comme ça ?

Les gars se regardent dans les yeux, retirent leurs lunettes et sortent sans parler.

Une fois qu'ils sont seuls, l'oncle Sal s'assied sur le siège à côté de don Giorgino.

– Turuzzeddu, *cùntami*, raconte-moi ! dit don Giorgino.

– Tout est réglé, explique l'oncle Sal, comme l'ordonna vosseigneurie. Ce soir, le minot des Sciortino va faire la connaissance d'un abruti de drogué. Chez le père Mimmo, il alla et le menaça… Comme ça, comme l'a ordonné vosseigneurie, on va *apporter le déjeuner à la caserne*, balancer aux flics. On fera savoir que l'Américain veut baiser Sal Scali, en disculpant ce *babbasunazzo* de drogué et en reportant la faute sur deux de mes gars qui passaient par hasard au bazar du père Mimmo ! Officiellement, c'est lui le premier qui veut me faire passer pour un *quaqquaraqquà*, un type bidon, aux yeux de la police, donc… qui blesse par l'épée…

– … se la prend dans le cul ! dit don Giorgino. Attention, tout doit être prêt pour la semaine prochaine, les La Bruna nous envoient le paquet de l'Amérique et nous, on doit le recevoir.

Il y a peu, Lou Sciortino Senior vivait encore à Brooklyn

Il y a peu, Lou Sciortino Senior vivait encore à Brooklyn. Maintenant, il a une belle maison dans le New Jersey, des chevaux de Chirico aux murs, un piano à queue au salon et des gars dans le jardin, habillés bien comme il faut. Mais depuis qu'il a quitté Brooklyn, don Lou n'a plus trouvé le repos. Là, il avait pour voisins Catherine et Charles Scorsese, qui étaient si fiers de leur enfant. Là sont tous ses *dreams*, ses *experiences*. Putain, une fois, Minnelli en personne est venu frapper à sa porte. Il était un peu trop *scented* pour don Lou, qui était alors un garçon plein de belles espérances mais qui savait déjà discerner un vieux décati au premier regard. Il l'accompagna à une *party*, comme l'avait ordonné Gambino, pour le défendre contre d'éventuelles mauvaises manières. Et putain, quelle *party* ! Tout le monde était là ! Marilyn, Joe et surtout : le grand Frank, un type qu'on comprenait tout de suite qu'il avait trois couilles ! Lou Sciortino Senior avait raconté à tout le monde ce qui s'était passé. Lui qui demande à Frank une cigarette. L'autre qui dit : "Hey, *guy*, j'en ai pas." Et lui qui dit : "Ça fait rien, Frank", Frank qui répond : "Hey, *guy*, comment tu t'appelles ?", lui : "Lou Sciortino", Frank qui dit : "Attends-moi, Lou", et puis il disparaît pour revenir avec un plateau d'argent énorme plein de cigarettes. Don Lou avait par la suite lu la même histoire, racontée par un acteur à la con et il avait pensé, dans un premier temps, que l'acteur à la con était un fils de radasse qui lui avait volé son histoire et, dans un second temps, que le fils de radasse, c'était peut-être Frank qui avait probablement dans son scénario la petite scène des cigarettes.

De Brooklyn, cependant, et de son enfance, don Lou se rappelait surtout Saul Trento. Lou et Saul, tout le monde disait à Brooklyn. Saul Trento était plus qu'un ami, il était son frère, bien que non sicilien, étant donné qu'il était né à Bacoli, un village près de Naples. A un certain moment, tous les Trento décidèrent de déménager en Pennsylvanie. Don Lou dit à Saul : "*Where are you goin'*, merde ! Au milieu des vachers ?" En Pennsylvanie, Saul tint le coup deux mois puis il revint à Brooklyn, fit deux ou trois bizeness avec Lou et se maria Jenny Tagliacozzo. Ce n'est qu'au mariage, un beau *jewish wedding* avec tous les rites emmerdatoires typiques, que Lou s'aperçut que Saul était juif. Putain, un juif de Bacoli, province de Naples ! Mais, désormais, Lou aimait bien Saul. Il l'aimait si bien que quand la mort se le prit très jeune, Lou aida en cachette Jenny et, par la suite, les enfants de Jenny et les enfants des enfants de Jenny, parmi lesquels Leonard, le petit-fils dégénéré qui avait jugé bon de faire sauter le *o* final de son nom.

Quand il avait eu l'idée de se blanchir un peu de *money* avec les *movies*, don Lou avait naturellement pensé à Leonard qui voulait faire comme le fils de Catherine et Charles. Le minot avait fait chier au début, il se prenait pour un artiste depuis qu'un couillon du *Village Voice* l'avait déclaré tel. Puis, il avait compris, *movies* et immobilier, génial !

– Alors, Leonard, comment elle va ta cousine vieille fille en Pennsylvanie ?

Don Lou sirote un amaretto de Saronno, avec deux glaçons, dans le salon de sa belle maison du New Jersey. Leonard Trent est venu lui rapporter tout ce qui s'est passé à la Starship, la conversation avec Erra, la *première** en Italie et toutes ces conneries.

– *Next week, she'll get married*, don Lou ! dit Leonard. Elle a rencontré un dentiste veuf dans un putain de cinéma à moitié vide de la Pennsylvanie, durant la projection de *Tenors*.

– Merde, on fait du bien, quelquefois ! dit don Lou.

– Plus d'une fois, don Lou ! dit Leonard. Plus d'une fois ! *I can't imagine* la Starship aux mains d'un *ass kiss* comme Frank Erra !

– Pourquoi, c'est quel genre ?

– Un mètre soixante de lard *overdressed*, don Lou.

– Je veux dire, comment il est... intérieurement... prisomptueux... modeste ?

– Mon père aurait dit en napolitain que c'est une demi-chaussette*.

– Tous les *buffers* sont des demi-chaussettes, Leonnad ! Tu peux pas te permettre de mettre entre toi et les gars un type trop malin parce qu'un type malin, tôt ou tard, il se met entre toi et les gars... John La Bruna n'est pas un *babbasunazzu*, Leonnad ! Frank Erra est sûrement l'homme qu'il faut.

– Qu'est-ce que je dois faire, don Lou ? dit Leonard, timidement. Je dois y aller, en Italie ?

– Mmm... fait don Lou en posant le verre sur la table basse à droite du fauteuil. Frank Erra ne donne pas d'ordres, il les exécute... S'il veut aller en Italie, c'est parce que John La Bruna lui a dit d'aller en Italie... Donc... donc...

Leonard Trent garde le silence, dans une attente respectueuse. Don Lou pose les mains sur les bras du fauteuil et, en émettant un gémissement, il se met debout.

– Donc... tu sais quoi ? Maintenant, je téléphone à *me neputi*, mon petit-fils, à Catane et j'y dis qu'on y va toi et moi, en Italie ! annonce-t-il. Avant de plus avoir d'huile dans la lampe, *I would like to see* Rome et Catane *again* !

Devant cet *old man* aux cheveux blancs, aux yeux bleus encore vifs et fermement plantés dans les siens, le dos incroyablement droit, Leonard n'arrive pas à retenir son

* Rappelons que pour l'Italien AOC, les chaussettes se portent hautes, les demi-chaussettes à la française étant le comble du mauvais goût. Une "demi-chaussette", en italien, c'est un minable.

émotion. *Fuck off!* pense-t-il. *C'est comme ça qu'il devait être, mon grand-père : tall, droit, avec ce regard qui te coupe en tranches ! Des hommes avec des couilles, fuck off, pas des back-slappers comme nous !*

Leonard Trent ne sait pas que son grand-père était petit, le dos légèrement courbé et le regard doux, parce que Jenny Tagliacozzo a perdu dans un incendie toutes les photographies de son bien-aimé Saul.

Nunzio et Agatino sont inquiets

Nunzio et Agatino sont inquiets. Ils portent l'uniforme de cérémonie qu'ils ne manquent jamais de porter quand, chez Tony's, il y a une cliente importante comme la Zappulla. Tony l'a fait confectionner d'après la coupe et la couleur de l'uniforme d'une série télévisée des années 70, dont les personnages ressemblaient effectivement à des coiffeurs.

Tony's, sur la via Umberto, est un mélange de night-club années 70 et de discothèque brésilienne des années 80. Je t'explique : l'oncle Sal, tout en n'approuvant pas cette activité, a pensé bien faire de prendre le taureau par les cornes et de se blanchir un peu de liquide. On fait comme ça : t'achètes le matériau de construction et le mobilier dans un de ces énormes entrepôts de l'Italie du Nord où on trouve de tout, du divan en peau de léopard à la boule à facettes. Après quoi, tu te revends tout à toi-même ou à un quelconque prête-nom pour un prix majoré. Plus t'achètes de choses, plus tu recycles d'argent. C'est pour ça qu'à Catane, les boules à facettes sont si chères.

– Tony, tu le veux, le sol de mmabbre ?

– Oncle, comme on dit… *a ogni santo a so cappella*, à chaque saint sa chapelle ! Ça serait fantastique !

– Écris, Tuccio, sol de mmabbre. Tony, tu les veux, les colonnes ddoriques ? (A Tony, les yeux s'étaient mis à briller.) Écris, Tuccio, colonnes ddoriques.

Des protagonistes de la série des années 70, Nunzio et Agatino ont même les rouflaquettes. Agatino, qui fait du bodybuilding et qui est inutilement grand, comme lui dit Mme Zappulla quand elle est en veine de mots d'esprit, porte des tongs japonaises qui laissent à découvert des touffes de poils colorés en jaune sur les doigts de pied. Nunzio, en revanche, est petit et il a aux pieds des chaussures compensées d'une quinzaine de centimètres.

Ils sont inquiets parce que Mme Zappulla a déjà été shampouinée, elle doit être coiffée pour le dîner politique de ce soir, et Tony ne s'est pas encore montré.

– Mais je ne crois pas qu'il ait eu des problèmes avec le papier, pas vrai ? dit, inquiète, Mme Zappulla, qui doit avoir une cinquantaine d'années bien portées et qui est une belle femme, si ce n'était la voix.

– Mais qui, Tony ? dit vaguement Agatino en essayant de loucher vers la porte.

– Vous le savez, madame Falsaperla, aujourd'hui, Tony, à Mme Zappulla, il lui fait la spécialité de la maison ! dit Nunzio, qui est en train de préparer Mme Falsaperla pour le shampoing.

– Ça me fait plaisir ! dit Mme Falsaperla, allongée et tendue comme une parturiente. Elle a les jambes en l'air et les pieds nus parce que Nunzio vient juste de lui terminer les soins de pédicure. Pour faire sécher le vernis, il a mis des tampons de coton entre les doigts de pied, gonflés comme de gigantesques escargots.

La spécialité de la maison de chez Tony's, ce sont des insertions de papier coloré dans les coiffures, assorti à la robe de la cliente. Tony a essayé d'insérer aussi des céramiques de Caltagirone, des bouts de lave, des cailloux marins de Letojanni, des tuiles de terre cuite, mais les clientes préfèrent le papier coloré.

– Ce soir, il y a le dîner politique chez moi, dit Mme Zappulla, et Tony doit me faire les insertions de papier aux couleurs de la coalition de mon mari.

– Moi, je le dis toujours, à Tano, dit Mme Falsaperla, qu'y doit se lancer en politique, si t'es capable de faire tourner une boucherie, tu sais faire tourner un pays. Pas comme ceux-là qui, quand y vont chez Bruno Vespa*, y savent pas le prix du kilo de viande. Demandez-le à Tano, à mon mari, ce que ça coûte! A dire la vérité, chez nous, ça coûte *tanticchieddu cchiù caro,* un petit peu plus cher, passque notre boucherie vend que de la viande d'origine argentine...

– Moi, je dis qu'il faut l'alléger un peu cette politique sérieuse, dit Mme Zappulla. Vous avez vu que, chez Vespa, ils parlent toujours de cuisine avec les soubrettes** ? Ici, merde, avant de s'asseoir pour manger, on doit se faire mutuellement les condoléances pour les gens de la coalition assassinés!

– Mais comment ça, dit Mme Falsaperla, ils ont tué quelqu'un récemment, dans la coalition de votre mari?

– Mais vous les lisez pas, les journaux?! rétorque Mme Zappulla.

– *Cettu, ca mi leggiu,* bien sûr, que je les lis, mais j'y ai pas fait attention! dit Mme Falsaperla, vexée.

– Ils ont tué l'adjoint à la Culture de Baulì y'a trois jours! dit Mme Zappulla.

– Oui bon, ça, une histoire de cocus c'est. Les adjoints à la Culture, c'est tous des crève-la-faim, dit Mme Falsaperla.

– Ah, beh, ça, j'en sais rien, dit Mme Zappulla en se remettant à feuilleter le journal. En tout cas, moi, je me fais faire la coiffure colorée, comme ça, je rends l'atmosphère un peu plus joyeuse. A propos, Tony, il arrive, ou bien ils l'assassinèrent lui aussi?

Nunzio et Agatino se regardent dans les yeux.

Tony a oublié de descendre de la voiture.

Il est garé pas trop loin du salon dans sa 127 amarante. Il porte lui aussi l'uniforme de cérémonie et il garde les mains

---

* Bruno Vespa anime une importante émission de bavardage politique de la télévision italienne.

** *Soubrette*: les jeune femmes peu habillées qui jouent les potiches souriantes dans ce genre d'émission.

sur le volant recouvert de peluche bleue, le regard perdu dans le vide. Au rétroviseur pend une soucoupe volante de gomme parfumée qui se balance encore.

Il écoute *Tragedy*, des Bee Gees.

'Nzino est muet. C'est-à-dire qu'il *entend* et qu'il a toutes les cordes vocales au bon endroit mais de toute sa vie il n'a jamais parlé. Sa mère avait le même défaut psychique et son père l'avait épousée exprès. Et, exprès, pour le même motif, l'oncle Sal s'est pris 'Nzino comme chauffeur.

Ainsi, aujourd'hui, quand l'oncle Sal lui a dit: "Putain, encore à l'arrêt on est? Je te l'ai dit, chez Tony, au salon! Je savais que t'étais muet, mais sourd, non!" 'Nzino, n'a pas pu dire: "Remarquez que vous m'avez rien dit, merde!" Il a démarré et il est parti dans un sursaut du moteur, parce que quand ils vont au salon de Tony, 'Nzino devient un peu nerveux et a les mains qui transpirent, heureusement qu'il a les gants.

Les cheveux blancs de tante Carmela apparaissent à l'entrée de chez Tony.

Agatino et Nunzio se regardent dans les yeux. "Mond-dieu!" dit à mi-voix Agatino, qui a fait un stage à Milan, *"E bona notti 'e sunatura*!"* murmure en revanche Nunzio, qui n'a jamais bougé de Catane.

– Bonjour, madame! dit héroïquement Agatino. Quelle belle surprise de vous voir. Ne me dites pas... ne me dites pas... qu'enfin on va faire disparaître tout ce vilain blanc!

La tante Carmela regarde Agatino comme s'il n'existait pas, entre, l'air hautain, et marche jusque vers une espèce de trône victorien, s'assied, serre son sac à main contre sa poitrine et dit:

* *E bona noti 'e sunatura*: c'est, prononcé à la catanaise, l'expression *E buona notta ai suonatori*: "Et bonne nuit aux sonneurs (de cloche)", qu'on pourait traduire par: "La messe est dite."

– D'abord je suis demoiselle, ensuite, la tête je me la fais pas refaire, troisièmement je suis venue parce que j'ai rendez-vous avec mon neveu, où il est ?

– Je l'attends moi aussi, dit Mme Zappulla en sicilien. Ce soir, j'ai un dîner politique et Tony est pas là.

– Chère madame Zappulla, dit la tante Carmela, je ne vous avais pas reconnue avec tous ces turbans sur votre tête de nœud !

Nunzio et Agatino se regardent dans les yeux.

Tragedy...

La cassette est finie. Tony va pour la retourner, puis c'est comme s'il se réveillait soudain.

– Merde, dit-il. Il descend de voiture, ferme la portière à clé, traverse le trafic intense de la via Umberto en courant avec le cul qui flageole.

Il entre avec calme dans le salon, placide comme s'il revenait du bar.

– Bonjour à tous. Madame Zappulla, mes respects. (Tony s'incline et lui baise la main.) Madame Falsaperla, mes hommages.

Il s'approche de Mme Falsaperla, mais la vue de la parturiente déjà étendue en train de sécher son vernis est trop, même pour lui, il fait une demi-pirouette et rejoint la tante Carmela.

– Tante, vous arrivâtes ?

– J'arrivai.

Tony lui donne un baiser sur la joue et lui dit à l'oreille :

– Putain, tante, heureusement que vous êtes venue, j'ai l'impression que l'oncle Sal est en train de nous combiner un de ses tours.

– Tony, qu'est-ce que tu fabriquais, merde ? Ça fait une demi-heure que je t'attends, lance Mme Zappulla.

– Nunzio, prends le papier, qu'on va arranger Mme Zappulla, dit Tony.

Nunzio ferme l'eau avec laquelle il était en train de shampouiner Mme Falsaperla et passe dans l'arrière-boutique.

– Tony, dit Mme Falsaperla, la tête dans le lavabo à shampoing, la spécialité de la maison, la simaine prochaine, tu me la fais à moi aussi, parce que je dois aller au dîner du préfet. Nous l'avons bien traité, pour le prix, *lui*.

Tony regarde Agatino. Du regard, il lui dit: *putain, mais c'est possible que je puisse pas être en retard de quelques minutes sans que vous vous arrangiez pour que les clientes m'engueulent?*

En évitant le regard de Tony, Agatino replie la serviette avec laquelle il a fait le massage à Mme Zappulla.

– Mais certainement, madame Falsaperla, dit Tony.

– *Ppi mmia*, c'te putain de préfet, y vit pas longtemps, dit à mi-voix Mme Zappulla.

– Voilà, *bbonu cca*, c'est bon, là. Gare-toi, 'Nzino. Entre, toi, et tu me fais sortir mon neveu. Moi, un endroit où ils se trempent le biscuit dans le cul, j'y vais pas, dit l'oncle Sal.

'Nzino bat des paupières. Nerveux. Il se range en double file, coupe le moteur, descend de la voiture et se met en marche sur le trottoir.

Nunzio revient de l'arrière-boutique avec les rouleaux de papier coloré à la main. Tony les lui arrache:

– Voilà, dit-il. *Madame** Zappulla, je suis tout à vos-seigneur…

Entre 'Nzino. Il regarde autour de lui, effrayé. Repère Tony. Lui fait le signe habituel du pouce. Tony regarde la tante Carmela. La tante Carmela hoche la tête.

– Mais… mais… mais… dit Tony. Vous n'avez pas fait le traitement!

Agatino le regarde. *Traitement, qu'est-ce que c'est que cette connerie d'histoire de traitement à la con?*

Tony prend les rouleaux de papier et les jette par terre avec emportement. Puis il les piétine du talon.

– Vous êtes fous ! Complètement fous ! Vous voulez aller travailler chez un boulanger, un bouch… dans une cave ! Mme Zappulla arrive et vous ne lui faites pas le traitement ! Des trucs… des trucs à devenir chèvre ! Maintenant, je vais faire une chose, je vais me faire un petit tour, je vais au kiosque, je m'achète *Vanity Fair* pour me calmer et, quand je reviens, je veux voir Mme Zappulla avec le traitement ! Madame… madame… dites-le-moi, vous, qu'est-ce qu'il faut que je fasse ? ! Si vous me dites que je le licencie, je le licencie !

Tony regarde Nunzio et Agatino en leur adressant un clin d'œil, puis il se rue au-dehors en entraînant 'Nzino qu'il tient par le bras.

– C'est quoi, c'te traitement ? demande Mme Zappulla, soupçonneuse, à Agatino.

– Merde, c'est vrai, madame, ça m'est sorti de l'esprit. Excusez-moi, mais hier, je me suis couché tard, on a inauguré une boîte, pas vrai, Nunzio ?

– Une très belle boîte, vraiment *trendy* !

– Nunzio, passe-moi le traitement, que je le fasse tout de suite !

– Qu'est-ce que c'est, ce traitement ? demande Mme Falsaperla en relevant la tête du lavabo à shampoing.

– Une chose spéciale, madame.

– Faites-moi-le aussi à *mmia*, à moi, alors.

– Bien sûr, madame, qu'est-ce que vous croyez.

'Nzino accompagne Tony à la voiture comme s'il tenait par le bras un minot en pleine foirade. Tony fait un pas et chancelle, il en fait un autre et il est pris de vertige. Arrivés à la voiture, 'Nzino lui ouvre la portière et le fait monter.

– Merci, merci, dit Tony en s'asseyant à côté de l'oncle Sal.

L'oncle Sal le regarde un instant, puis se remet à regarder au-dehors.

– Je passais.

Le jour où Tony avait embauché Nunzio et Agatino, l'oncle Sal était passé et lui avait raconté qu'à San Berillo, *'nu fimmineddu*, un efféminé, s'était glissé parmi les radasses "et t'aurais dû voir la file de voitures qu'il avait derrière ! En somme, y z'ont les opérations gratis, tu l'as pas lu dans les journaux ?". Tony avait commencé à suer. "Mais, oncle, pourquoi tu me racontes ces choses ?" "Mais pour faire la conversation… non ?" avait dit l'oncle Sal. "A propos, ces deux nouveaux garçons, y sont fiancés ?" A Tony, il lui était venu la baisse du glucose. L'oncle Sal s'informait innocemment, d'après lui, parce qu'un ami américain à lui lui avait dit que les *boys* de boutique se prennent fiancés ou mariés parce que, comme ça, ils sont plus attachés à la besogne. Mais ça, Tony le savait pas, c'est pourquoi il avait crié : "NON ! Non, ils sont pas fiancés !"

– Tu as bien fait de t'arrêter, oncle, dit maintenant Tony.

L'oncle Sal hoche la tête. Bien sûr qu'il a bien fait.

– Écoute… Nick, tu vois de qui je parle ?

Tony se tait.

L'oncle Sal continue à regarder dehors par la portière.

– J'y ai pensé, dit-il.

– Ah, dit Tony.

– Je veux lui pardonner.

– Ah.

– Et tu sais pourquoi ?

Tony fait non de la tête.

– Parce que, dit Sal en se retournant pour le regarder, il nous fait passer pour des cons, nous, toute la *famigghia*. Pas seulement *mmia*, moi, mais aussi *ttia*, toi. Vraiment des cons, toute la famille réunie. Sans même faire exprès, où tu la trouves, toi, toute la famille Scali réunie ? Au babbequiou de Tony. Et ce mange-merde nous fait manquer, à nous, toute la famille, devant tous les invités !

– Mais… oncle… fais attention que…

– Tais-toi. Maintenant, je suis contraint de lui pardonner. Ou bien de le tuer. Toi, qu'est-ce que tu préfères, Tony…

Tony se tait, le regarde, perdu.

– Une demande inutile, pas vrai, Tony ? Passque toi, tu l'aimes bien, le mange-merde… Même, je suis carrément sûr que ça te ferait plaisir s'il s'apparentait à la *famigghia*, pas vrai ? Corrige-moi si je me trompe.

Tony se tait. Il a la tête de quelqu'un qui s'est enfermé en lui-même, qui se répète obsessionnellement : *moi, j'ai une chute de glucose, donc, je vous en prie, ne me dérangez pas.*

– Putain, Tony, dit l'oncle Sal, ne me mets pas en colère. Je te dis de me corriger si je me trompe. Tu penses peut-être que je me trompe ?

– Mais non, oncle Sal… c'est que j'ai une chute de glucose et…

– Mais on s'en branle de la chute de ton glucose, Tony ! Ici, c'est les couillons qui nous en tombent !

– En effet, oncle Sal, moi, Nick, je l'aime bien et ça me ferait aussi plaisir que…

– *Ebbravo*, et bravo, Tony ! *Ebbravo !* Tu m'as convaincu, merde ! Demain soir, on prépare un beau babbequiou, comme ça, on verra si Nick et Mindy se regardent.

– Je dois inviter… juste Nick et Mindy ?

– Tony ! Tony ! C'est dans la coucourde que t'as une chute de glucose ! Tu dois inviter TOUT LE MONDE ! TOUT LE MONDE ! Putain, qu'est-ce qu'on ferait pas pour leur faire plaisir, à ces neveux et nièces !

Chez Tony's, Agatino est en train de démontrer scientifiquement que l'adulation ne naît pas pour rentrer dans les grâces de quelqu'un mais distraire ce quelqu'un d'un putain de truc qui doit rester planqué. Beaucoup de choses, tu sais, ont cette origine. D'après toi, par exemple, pourquoi l'oncle Sal se comporte ainsi ? En tout cas… tandis qu'il manie l'eau distillée comme s'il s'agissait d'un mélange miraculeux, Agatino est en train de dire :

– Mlle Carmela est une femme à l'ancienne, pas vrai, mademoiselle ? Vous aimez garder vos cheveux blancs qui sont un symbole de sagesse, pas vrai, mademoiselle ? Mais... moi je dis que ce qu'est bien, en Sicile, c'est qu'il y vit des personnes avec des histoires personnelles différentes. Pas vrai, Nunzio !

Nunzio hoche la tête avec passion.

– Une femme comme Mlle Carmela, si... orgueilleusement ancrée dans les traditions, on dit comme ça, pas vrai, madame Zappulla ? Et une femme comme vous, tournée vers l'avenir, émancipée, dynamique...

Agatino est en panne d'adjectifs.

– ... ouverte aux innovations, insérée dans le tissu social, motivée par une politique de la parité ! dit Nunzio, rougissant.

– Et une dame, ne l'oublions pas, dit Agatino, comme vous madame Falsaperla, une femme... une femme...

Mme Falsaperla relève la tête du lavabo à shampoing, curieuse.

– Voilà, exactement...

Agatino regarde Nunzio. Nunzio regarde Agatino.

Tony entre. Le visage blême, suant, haletant, tremblant, *Vanity Fair* sous le bras.

– Tu le fais, le traitement ?

– Tony, ça marche. J'ai fini !

– Bien ! Agatino, sois gentil, va me prendre un peu d'eau.

– Avec du sucre, dit la tante Carmela. Tony, tout va bien ?

– Oui, oui, ma tante, dit Tony en tripotant la tête de Mme Zappulla.

– Tu dois me dire quelque chose ?

Agatino se ramène avec l'eau et le sucre et les donne à Tony. Celui-ci boit, soupire puis dit :

– J'ai rencontré l'oncle Sal pendant que j'achetais *Vanity Fair*. Il m'a dit : “Tony, pourquoi t'organises pas un beau babbequiou pour demain soir et peut-être t'y invites aussi à Nick et à Mindy ?"

– A Nick et à Mindy ! dit la tante Carmela.

Tony hoche la tête.

– Oui… A Nick et à Mindy… Tu vois qui c'est, Nick, pas vrai, ma tante ?

La tante Carmela fait avec la tête : *et bien sûr.*

Tony regarde la tante Carmela. La tante Carmela regarde dans les pensées de Tony. Puis elle hoche la tête.

– De sa coiffure, c'est *toi* qui vas t'en occuper.

– Mais ma tante…

– Moi, je dois penser à sa robe.

– Mais ma tante…

– Tais-toi. Attention à ce que je te dis : elle doit ressembler à une *mugghieri*, une épouse !

L'oncle Sal souhaiterait

– L'oncle Sal souhaiterait vous avoir demain au babbequiou. Mindy veut faire connaître Nick Palumbo, son fiancé, à toute la *famigghia*, a dit Tony. Et tout le monde a apprécié. C'est le soir fatidique du babbequiou fatidique, et *ça pourrait être un babbequiou mémorable... un de ces babbequiou qu'on y fait pas gaffe et puis ils se révèlent très beaux... invités élégants, toute la famigghia réunie, la musique, les lumières un peu tamisées, l'atmosphère intime, aérienne... ça pourrait être vraiment un babbequiou mémorable*, pense Tony, debout sur les marches de l'escalier intérieur de chez lui, d'où il peut mater le jardin entier. Chemise de soie indienne fuchsia qui blouse sur un pantalon serré assorti, Tony tire la dernière bouffée de sa troisième cigarette au menthol de la journée puis gagne le jardin pour accueillir le *copirailltèr* de l'oncle Sal, l'Américain qui s'intoxica avec la pâte d'amande.

– Tu es sûre que je suis assez répugnante ? demande Mindy à la tante Carmela dans un coin du jardin.

Mindy porte une de ces robes que lui dessine sa mère sur patron, choisie pour l'occasion par la tante Carmela : bouffants, broderies, dentelles, nœuds-nœuds et passementeries et, au sommet, une coiffure d'épouse tellement gonflée qu'on pourrait en faire deux.

– Ne t'inquiète pas, Mindy, moi, je les connais, les hommes, dit la tante Carmela.

Pour rester vieille fille, la tante Carmela a conçu un système génial : s'arranger comme une épouse *avant* de se marier, comme ça les hommes ont une vision de ce qui les attend et ils s'en vont pour toujours.

Quand elle eut le soupçon que l'oncle Sal avait tué son père, Mindy décida de rester vieille fille elle aussi : elle n'avait pas la certitude que l'oncle était vraiment coupable mais, en y réfléchissant, elle était arrivée à la conclusion que, s'il n'était pas réellement coupable, il pouvait l'être, c'était possible, et elle, avec un monde où il était possible que le frère de sa mère tue son père, elle ne voulait vraiment rien avoir à faire. "Tante, moi je pardonne à tout le monde, avait-elle dit un jour, mais je veux rester vieille fille parce que si je me marie et que par malheur je mets un fils au monde, je prends une mitraillette et je fais place nette."

Valentina est assise plus loin sur le canapé d'osier : rouge à lèvres rouge, pantalon écru, chemisette pêche, mocassins assortis, jambes croisées et regard revêche. A côté d'elle, Rosy est occupée à ne pas se filer les bas autofixants. Elle se démène, cherchant la bonne position, et à chaque mouvement la jupe raccourcit.

– Putain, mais qui l'a dit, à Tony, que l'osier ça fait chic ?

– Mais toi, t'es vraiment obligée de t'habiller en lolita radasse ? demande Valentina.

Rosy sourit, elle adore les compliments.

– Écoute, j'ai dit à Steve que j'ai une cousine qui a le cœur brisé. Il m'a dit que si tu veux, il te présente le chanteur des White Cake. Mais il te faudrait un look un peu plus… plus… mais pourquoi tu te fais pas prêter quelque chose par Cinzia ?

– Eh oui, maintenant, je vais m'habiller en pouffiasse pour sortir avec un chanteur des… White Cake, dit Valentina.

– Exact ! approuve Rosy. Un truc genre grosses godasses avec les lacets défaits et indifférents.

– Indifférents ?

– Oui… genre que t'en as rien à branler, dit Rosy en mimant la fille qu'en a rien à branler, écartant les jambes et en faisant la moue.

Valentina la regarde dans les yeux.

– Attention, on voit ta culotte.

– Merde, dit Rosy. Merde, merde, merde, je le savais.

Chez lui, Nick épie le barbecue par une fente du volet. Le costume bleu de son diplôme, mi-laine mi-nylon, lui brûle sur le dos. “Merde, dit-il à voix haute. Moi, j’y vais pas à ce barbecue à la con ! Je suis parti ! Disparu ! Je suis allé à... Honolulu ! Honolulu !? Mais putain comment ça me vient à l’esprit, Honolulu !? Peut-être que c’est ce barbecue de mes couilles qui me rappelle Honolulu ! Mais qui tu veux qui y aille, à Honolulu !”

Avec en tête l’image de l’oncle Sal qui lui caresse les cheveux et lui dit en souriant : “Fais attention de pas rater le prochain babbequiou, hein, Nickeu ?”, Nick se noue maladroitement la cravate.

En montant la via Etnea, Lou Sciortino s’est descendu deux ou trois gins dans trois bars différents. De sorte que, en mettant le pied dans le jardin de Tony, déjà complètement *dead-drunk*, il se sent comme à la fête de saint Janvier de Mulberry Street ! Ballons colorés, rubans de papier coloré, invités colorés, mecs d’un côté, femmes de l’autre, l’orchestre vêtu de bleu sur l’estrade... *Vont pas tarder à sortir les cannoli*[*] *!* pense-t-il.

En attendant, voilà le type de la photographie de Sal Scali, vêtu de fuchsia comme Sally Spectra !

– Tu dois être l’Américain que l’oncle Sal attend, pas vrai ? dit-il. Moi, je suis Tony, Tony, tu comprends ?

– Je comprends, dit Lou.

---

[*] Pour les malheureux qui l’ignorent encore : les *cannoli*, tubes de pâte frite fourrés de crème à la ricotta et de fruits confits, incarnent la Sicile pâtissière. Le plus souvent au pluriel, car il est difficile de n’en manger qu’un.

– Écoute, dit le type de la photographie, mais, en Amérique, dans l'original de Baretta, putain, comment vous le traduisez, "putain" ?

L'orchestre a attaqué *Abballate, abballate, fimmini schette e maritate*... Dansez, dansez, femmes célibataires et mariées...

– On le traduit par *fucking*... dit Lou.

– Ah oui, dit le type de la photographie. La putain, à baiser ça sert !

– Bien sûr, dit Lou.

En attendant, personne ne danse et tout le monde se met à battre des mains en mesure.

L'oncle Sal se tient au centre du rayon hommes, jambes écartées, mains dans les poches et la tête qui tourne lentement vers le moindre recoin du babbequiou, comme si c'était une caméra. Il ne rend pas les saluts, il hoche. Et c'est le seul qui ne bat pas des mains en mesure.

Tony lui amène Lou en se frayant un passage dans la foule. Il s'incline vers lui.

– Le *copirailltèr* est arrivé ! dit-il.

Putain, comment ils ont fait pour le pondre si babbasunazzo ? Pense l'oncle Sal en hochant la tête. Tony fait une pirouette, puis s'éloigne vers les grils, où Nunzio et Agatino, habillés en blanc, toques de cuisinier sur la tête, remuent de grosses tranches de viande argentine de la boucherie primée Tano Falsaperla & Fils. Nunzio les attrape entre médius et pouce de la main droite et les passe à Agatino qui les repose délicatement sur la grille, le tout en mesure avec la musique.

L'oncle Sal observe Lou et hoche la tête, satisfait. *Brave garçon, il s'est présenté ponctuellement !*

Lou se passe une main sur le visage et regarde autour de lui, avec la même stupeur *childish* que quand son grand-père l'emmenait à la parade de Mulberry Street. Un type avec des petites moustaches, en costume noir, bat des mains et le regarde comme s'il voulait *to do away with him*. Des types dansent en se tenant par le bras et lui sourient comme on sourit seulement à San Francisco. Et puis il y en a un qui, vu qu'il a une assiette de viande à la main, ne bat pas des mains mais marque le rythme en bougeant les hanches tout en essayant de ne pas faire tomber le bifteck.

Pendant ce temps, une petite femme écarte une espèce d'armoire à glace aux airs de *ladykiller* et s'approche en tremblant de Lou. Elle porte un plateau avec une bouteille de gin et un verre. Elle ressemble de manière impressionnante à la tante débile d'Arthur Scafati, celle qu'ils enfermaient dans l'*attic* quand quelqu'un venait les voir dans le Bronx.

– Merci, Cettina, dit l'oncle Sal. Sers-toi donc, Lou, c'est rien que *ppi ttia*, pour toi.

Nick ferme la porte de chez lui. Il a oublié quelque chose ? *Rin de rin... merde ! Rin de rin !* Il se dirige vers le jardin de Tony, ses mocassins glissant étrangement sur l'asphalte et il pense : *mais qui c'est, c'te Mindy, merde ! Des filles, aux barbecues de Tony, j'en ai tellement vu, et même quelques-unes mignonnes... Mais Mindy... Mindy, non... merde !* Dans son état normal, Nick n'arrive pas à relier les noms aux visages, alors, imaginez aujourd'hui...

Quand Nick fait son entrée dans le jardin, l'oncle Sal adresse un signe à l'orchestre, qui cesse d'un coup de jouer. Tout le barbecue s'arrête d'un coup et se tourne vers Nick, pour tout le monde, à présent, *'u zzittu intra*, le fiancé entre. Donc, le barbecue applaudit avec chaleur.

L'oncle Sal fait alors un autre signe à l'orchestre qui recommence à jouer.

Abballate, abballate, fimmini schette e maritate...

– C'est lui, dit l'oncle Sal à Lou. Celui-ci regarde autour de lui, cherche la tante *dope* de Scafati et la trouve tout de suite parce que Cettina porte une robe rouge à *paillettes** et qu'elle est la plus petite de l'assemblée. Lou s'approche d'elle.

– Excusez-moi, lui dit-il en italien, je pourrais avoir un autre gin, s'il vous plaît ?

Cettina se tourne, angoissée, vers quelqu'un qui passe, qui doit être une parente ou une amie, parce qu'elle lui harponne le bras comme si elle était en train de se noyer.

– Marì, dit-elle, tu le parles *'u 'nglisi*, l'anglais ? J'ai des invités étrangers et je comprends pas ce qu'ils veulent dire.

Marì regarde Lou et va pour parler quand Lou dit :

– *Thanks,* je me servirai tout seul.

Et il s'en va.

Marì prend Cettina par les épaules et commence à la secouer :

– Qu'est-ce qu'il a dit ? Qu'est-ce qu'il a dit ?

On sait jamais, on pourrait se perdre un compliment, une appréciation, la parole d'un homme, rien que parce qu'on ne parle pas *'u 'nglisi.*

Nick est resté immobile, à l'entrée. Tony le rejoint.

– Viens, viens, dit-il, enthousiaste, que je t'amène à l'oncle Sal ! Il t'attend. Nick ! *Annacàmuni !* Bougeons-nous le cul !

– Tu le sais, que les mariages arrangés ça fait venir la névrose ? dit Alessia à Cinzia dans le coin du jardin opposé à celui de Rosy et Valentina.

Alessia porte un pantalon clair de coton épais, des godasses en daim, une veste sport marron, d'homme, exactement comme toutes les jeunes filles qui étudient la psychologie à Rome.

– Surtout, ajoute-t-elle, quand on se l'arrange soi-même, son mariage, en se laissant influencer par sa culture, ses goûts héréditaires et…

– T'es en train de dire une connerie, l'interrompt Cinzia. Si tu te l'arranges toi-même, le mariage, c'est plus un mariage arrangé... le mariage est arrangé justement pour que tu te l'arranges pas à ta propre sauce !

Cinzia porte un tricot de corps blanc, un pantalon très large plein de grandes poches et de gros godillots. C'est ainsi qu'à Sienne s'habillent les étudiantes en anthropologie.

– Oui, mais, merde, ça m'embête pour Vale... dit Alessia. Toutes deux se tournent vers Valentina et s'aperçoivent que la minijupe de Rosy est remontée.

Elles se regardent dans les yeux et foncent pour faire paravent.

Valentina, pendant ce temps, est en train de regarder Nick.

– Mais comment y peut te plaire, dit Cinzia, il a une tête anonyme, aucun trait particulier...

– C'est quoi, c'te trait particulier ? On s'en branle des traits particuliers ! dit Valentina.

– Vous me faites de l'ombre et je vois que dalle, merde, dit Rosy.

Tony traîne Nick devant l'oncle Sal. Quand Nick et lui se trouvent en face, l'oncle Sal est en train de regarder ailleurs, vers un point imprécis du babbequiou. Puis il se tourne d'un coup vers Nick, le fixe dans les yeux, se lève, l'agrippe par le cou, serre comme s'il voulait le mettre en morceaux, commence à le secouer :

– Nickeu, tu es venu ! Nickeu *beddu,* beau Nick !

Tony observe la scène, ému. Nick tousse, l'oncle Sal lui prend les joues entre les mains, le serre, commence à le secouer :

– *Beddu,* viens faire un tour avec moi ! Je dois t'aprésenter à Lou, *introducing,* tu le parles l'*anglise,* Nickeu ?

Ils marchent bras dessus, bras dessous à travers le babbequiou, l'oncle Sal petit mais parfaitement droit, Nick grand mais courbé. L'oncle Sal lui donne une puissante bourrade :

– Et bien sûr que tu le parles, tu t'appelles Nickeu ! Puis, bourrade allusive : putain, Tony me dit que tu joues de la guitare. Et donc, l'*anglise*... Enfin, bourrade affirmative : ... tu le parles forcément, tu le parles !

Ils arrivent devant Lou.

– Putain, Nickeu, on arrive. Y te plaît, *'u* babbequiou ? Tu dois y venir plus souvent, tu dois venir ! Regarde, y'a même Lou ! Allez, Nickeu, dis bonjour à Lou !

– Enchanté, dit Nick.

– *Nice to meet you*, dit Lou.

– *Encantado*, dit Tony, profitant de l'occasion pour se représenter, au cas où Lou, avant, n'aurait pas compris. *Iu sugnu Tony*, moi je suis Tony, tu comprends ?

L'oncle Sal regarde Tony. *Qu'est-ce qu'il veut, merde ? Ici, on est en train de besogner !*

Tony saisit.

– Excusez-moi, dit-il, mais j'ai le babbequiou à superviser.

Abballate abballate fimmini schette e maritate...

– Tu vois, Nickeu, Lou est un Amiricain qui m'écrit les phrases d'amour sur la pâte d'aman... Putain, Nickeu, tu la goûtas ma pâte d'amande ?

– Bien sûr, don Scali, dit Nick. Tony me l'a...

– Putain, dit l'oncle Sal à Lou. Tu entendis ? Jamais il la goûta, ma pâte d'amande. Incroyable ! Cettina, Cettina, où t'es, merde ?

Cettina surgit du néant, comme si elle n'avait rien fait d'autre qu'attendre que l'oncle Sal l'appelle.

L'oncle Sal la regarde d'un air de reproche affectueux.

– Cettina, c'est possible qu'à Nick vous lui fîtes jamais goûter ma pâte d'amande ?

Cettina a un petit, très léger, instant de désarroi.

– Allez, Cettina, allez, dit l'oncle Sal en secouant Nick par le cou, apportons-y immédiatement remède ! Amène ici une boîte de pâtes !

Cettina file en se portant une main à la poitrine.

– Alors, qu'est-ce qu'on disait ? reprend l'oncle Sal. Ah, oui, Nickeu, *'u vidi a Lou*, tu le vois, Lou ? (Et il lui tord le cou pour le lui montrer mieux.) Lou est étranger… étranger ! Alors, merde, on veut la lui faire visiter, Catane, oui ou non ? Je dis, on veut ou on veut pas ? Nickeu, *staiu parrando ccu ttia*, je suis en train de parler avec toi !

– Oui, oui, oui, don Scali, bien sûr, bien sûr…

– Ah, voilà ! Alors, demain, tu l'emmènes promener et tu lui fais admirer les monuments. On est d'accord, Nickeu ?

– Bien sûr, don Scali, bien sûr !

– Ah, voilà.

Arrive Cettina avec une boîte de pâtes d'amande.

L'oncle Sal qui, d'une main, serre amoureusement le cou de Nick et de l'autre le bras de Lou, dit :

– Cettina, enlève-moi le papier d'une pâte !

Cettina sursaute. Elle aussi a les deux mains occupées à tenir le paquet.

– Je le tiens moi, dit Lou.

Cettina défait le papier d'une pâte d'amande et la tend à l'oncle Sal.

Sans même accorder un regard à Nick, l'oncle Sal la lui enfonce de force dans la bouche et dit à Lou :

– Alors, on s'est mis d'accord ? Nickeu t'emmène faire le tour des monuments. Vous allez voir l'Éléphant, vous allez voir la cathédrale, vous allez… Cettina, une autre… vous allez voir la via Etnea… Toi, attention, le perds pas de vue, colles-y au cul, on sait jamais si tu te perdais un monument… T'aimes ça, la pâte de l'oncle Scali, Nickeu ? Tiens ! *Cca ci nn'è n'àutra*, là, y'en a une autre !

Puis, d'un coup, il relâche son étreinte et s'en va sans dire au revoir, en s'époussetant les mains.

– La dernière fois que j'ai vu l'oncle Sal aussi affectueux, dit Rosy, c'était avec Girolamo Santonocito, quand deux jours plus tard on l'a retrouvé dans l'égout de la plage, *incaprettato** et la bite dans la bouche.

Alessia et Cinzia se regardent dans les yeux. Elles aussi étaient en train de penser la même chose mais, merde, *pas devant Valentina*! Elles regardent Rosy d'un air *tais-toi, tais-toi, tais-toi* mais le mal est fait. Une larme strie déjà la joue droite de Valentina.

Rosy, qui comprend que dalle, ajoute :

– Comme à d'Annunzio, non ?

Et elle s'installe sur le divan.

* Mode d'exécution mafieux : la victime est pieds et poings liés dans le dos (comme un *capretto,* cabri, d'où le nom), avec un lien à la gorge qui se resserre quand elle bouge.

Dans l'avion, Chaz est en train de préparer deux Martini

Dans l'avion, Chaz est en train de préparer deux Martini, un pour lui et un autre pour Frank qui, tout de suite après la petite gâterie de Greta, se descend toujours un Martini. Va savoir pourquoi, d'ailleurs... Après la gâterie, si quelqu'un a besoin de se descendre un Martini, ce serait plutôt Greta!

L'avion ressemble à un des *diners* années 50 peints par ce peintre néoréaliste dont Frank s'est pris d'amour fou... comment il s'appelle, pétard? En tout cas, Frank, quand il le voit, un tableau de ce peintre, je veux dire, il dit toujours: "*Damn, it's magic*, ça me fait venir la *pecundria*, la mélancolie!" Bref, fauteuil cuir crème et moquette verte. Leonard est assis près de la cabine de pilotage, parce qu'il supporte mal l'avion et qu'il a l'impression que là devant on est mieux. Chaz est en train de préparer les deux Martini au bar qui se trouve tout de suite après le poste de pilotage. Frank et Greta se trouvent au fond de l'appareil. Frank, du moins, on le suppose, vu que de là où sont Leonard et Chaz, on ne voit que Greta, ou plutôt, à intervalles plus ou moins réguliers (trois-quatre secondes environ), les cheveux blonds et les yeux de Greta surgissent de derrière le rebord supérieur du fauteuil.

Pour éviter les pensées habituelles qui lui brouillent l'esprit quand il met le pied dans un avion (l'avion qui plonge et lui qui, avec une grande dignité, affronte les dernières secondes de sa vie, ses funérailles, père et mère désespérés, les femmes qu'il a connues... combien? Trente, quarante ou soixante? C'est impressionnant comme on se rappelle plus que dalle quand on est sur le point de crever! Les femmes, en tout cas, toutes présentes et elles aussi désespérées, les amis, en revanche, peu nombreux, qui parlent de leurs conneries à eux...), Leonard a le regard fixé sur le bord du fauteuil d'où surgissent les yeux de Greta. Et il lui vient à l'esprit un court métrage... rien que des yeux, un premier plan après l'autre, de *fucking women* de toutes les manières et dans toutes les positions. Des yeux indifférents, participants, doux, cyniques, amoureux, professionnels, méprisants, dégoûtés, amusés et... pensifs, pensifs exactement comme ceux de Greta en ce moment. Parce que Greta, plus qu'à un *blow job,* semble occupée à un *think job.* C'est peut-être parce que Frank mugit et ne peut pas parler et que, s'il ne peut pas parler, elle peut penser. Ou peut-être est-ce parce qu'elle a cette obsession que Frank l'utilise pour rendre jalouse *cette autre, là,* même si elle ne sait pas qui est *cette fucking autre, là.* Ou peut-être parce que l'impensable est arrivé!

My God, Frank qui l'invite à une *party* à Rome! A une *party* publique, elle? C'est-à-dire, c'est normal qu'un type comme Frank, quand il doit aller en Italie, il s'emmène une fille pour les gâteries en avion ou à l'hôtel. Mais ensuite, il la gare à l'hôtel, étant donné qu'il a honte de se montrer avec elle, comme quand il t'invite à dîner *chez lui* et qu'il achète de la *chinese food* de merde dans des boîtes en carton, jamais au grand jamais il t'emmènerait au restaurant de Bob, où il fait le beau avec les putasses noires et les dégoûtants maquereaux de Tribeca.

Le con!

La veille du départ, le con s'était, précisément, dit: faisons un essai. *Maintenant, je décris la party à Greta de manière à donner envie et elle, tôt ou tard, elle va me demander de l'emmener avec moi.* En réalité, Frank s'était senti un peu ridicule, parce qu'il est absurde de chercher à décrire à une grosse poule comme Greta une *party* de manière à donner envie, parce qu'il est évident qu'elle en aura envie dans tous les cas. Toutes les grosses poules trouvent les *party* à leur goût.

En tout cas, lui, il devait le faire, comme ça, ensuite, Greta lui demandait de l'y emmener, et si ces salopards du FBI avaient posé des questions, lui, il pouvait leur dire : c'est elle qui me l'a demandé, devant tout le monde.

Ainsi, il avait ajouté qu'à la *party*, il allait y avoir De Angelis, Lombardo, Bernabei, la crème de la crème des producteurs italiens, pétard !

Greta continuait à ne pas voir le motif pour lequel Frank se comportait de cette manière avec elle en privé.

Il lui racontait tous ces trucs de toute cette *party* et Greta pensait : *moi, les gâteries, je te les fais de toute façon, tu sais, je le sais que t'es ami de ceux qui comptent, pas besoin que tu me l'expliques.* Et puis, bref, oui, Greta avait fait ses premiers *lovely steps* dans le *movie business* en même temps que Cameron ! Et celle-là, elle était devenue une star et elle, elle savait pourquoi ! Parce qu'elle disait toujours : "Rappelle-toi, Greta, que quand tu sors avec un producteur, toi, tu sors pas parce qu'il peut te donner célébrité, gloire et argent ! Tu sors parce que tu es sincèrement intéressée par lui, par sa personnalité ! Donc, gaffe à pas laisser échapper un frémissement en entendant le mot 'producteur' !"

Frank n'arrivait pas à comprendre qu'est-ce qui lui prenait, à cette grosse pute, que ça faisait une demi-heure qu'il balançait des noms de foutus Italiens qui comptent, et rien ! Lui, il jouait les VIP et cette poule finie, très peu intéressée, se limait les ongles ! Qu'est-ce qu'elle avait, bordel, à se limer les harpons des pognes ! Il aurait dû se la travailler mieux. Il aurait dû faire en sorte que cette salope prenne confiance.

Sainte Mère, quelle cata !

Alors, Frank avait vu soudain la question dans toute sa clarté : il ne réussirait jamais à faire en sorte que Greta, à la *party* avec la maccaroni, lui demande de l'emmener à Catane. Alors, il s'était forcé et, réprimant tout instinct homicide, quand il était désormais clair que Greta se serait fait brûler vive plutôt que de montrer de l'intérêt pour cette saleté de *party*, il s'était approché de la vache blonde, lui avait caressé la joue et lui avait dit :

– Ma beauté, évidemment, tu viens toi aussi.

– Moi !?

Sans même laisser échapper un frémissement, Greta était allée d'un air ennuyé dans la salle de bain, avec une démarche qui disait : *oh là là là, manquait plus que la party, maintenant*, elle s'était refermé la porte dans le dos et là avait été prise d'une attaque de panique.

– Moi !? Et qu'est-ce que je me mets, maintenant ?

Excusez-moi, vous devriez être Nickeu, diciu 'u vero

– Excusez-moi, vous devriez être Nickeu, *diciu 'u vero*, je dis vrai ?

Au babbequiou de Tony, Lou se retrouve tout à coup devant un immense corps de femme à l'impressionnante circonférence pectorale, avec quatre doubles mentons, huit corolles pendouillantes de gras autour du visage, une coiffure laquée, une robe noire brillante avec une vaste zone opaque sur le ventre (une erreur de Nunzio, qui s'est embarqué dans le lancer acrobatique d'une tranche épaisse de la boucherie primée Tano Falsaperla & Fils) et des chaussures qui ressemblent à des décapotables des années 50.

– Je suis la mère de Mindy, dit la femme en dialecte. Mon frère Sal me dit que vous voulez connaître ma fille.

Je ne sais pas si ça vous est déjà arrivé, mais quand on est en état d'ébriété, on éprouve souvent un certain plaisir à être pris pour quelqu'un d'autre. Lou hoche la tête et, évitant à grand-peine bras, verres et plats, suit les décapotables sur la pelouse verte du babbequiou.

A un certain point, les décapotables s'arrêtent et Lou perçoit la présence d'un corps parfumé, non pas de parfum, mais parfumé de soi-même. Il lève les yeux et croise le regard d'une jeune fille vêtue comme une des fiancées de Fonzie, des yeux dans lesquels on n'entre pas. Des yeux qui disent : *jerk de merde, comment oses-tu !*

Mais comment tu peux oser faire quoi ? Lou ne comprend pas. Évidemment, il a osé faire quelque chose, mais quoi ? Il n'a pas l'impression d'avoir eu une attitude de *jerk* à la con depuis qu'il a mis le pied à ce babbequiou.

– Rosamunda, enchantée, dit la jeune fille d'un air offensé et elle s'en va en direction de Nick et de Carmela.

Lou la regarde s'éloigner. Il ne comprend pas, mais cet air offensé lui plaît.

– Nikeu, celle-là, c'est Mindy, dit la tante Carmela en jetant un dernier coup d'œil à la robe de Mindy.

– Enchantée, Rosamunda, dit Mindy avec un sourire de circonstance.

– Enchanté, Nick, dit Nick et il pense : *putain, celle-là, ils l'ont déjà arrangée en épouse ! Mais d'où elle sort... d'une série télévisée de Tony ?*

Nick regarde autour de lui, éperdu, et croise le regard de Valentina, encore assise avec Rosy sur le canapé d'osier. Nick sourit. Valentina, indignée, se lève et s'en va, offensée. Nick ne comprend pas, mais cet air offensé lui plaît.

Champagne, pour boire à une rencontre... la voix de Tony accompagnée par les sonorités trop aiguës de l'orchestre résonne à travers tout le babbequiou et, au-delà du babbequiou, jusque de l'autre côté de la rue, entre les touffes d'herbe jaunies par le soleil et les masses sombres de pierres de lave.

A Rome, Ceccaroli a bien fait les choses

A Rome, Ceccaroli a bien fait les choses. A la *party* après la *première**, à l'Hassler Villa Médicis de La Trinité des Monts, le gotha du cinéma italien est vraiment là : De Angelis, Lombardo, Bernabei, l'état-major de Titanus, de Medusa, de Lux, des actrices engagées, des acteurs et des starlettes, des écrivains, des critiques militants et des paparazzi. Si Sean, qui n'a quitté l'Hassler que la veille, avait été encore là, c'eût été un triomphe pour Ceccaroli, *une page de la "dorce" vita*, comme on prononce à Rome, *réécrite par lui-même en personne.* Pensez que Ceccaroli a déniché sur la Toile une photographie de Greta et de Cameron qui, le sein nu, se frottent contre un *bodybuilder* et qu'il l'a donnée en pâture aux magazines romains. Le résultat est une cohue impressionnante de paparazzi devant l'Hassler, qui se déchaînent à l'arrivée de Frank et de Greta.

– *You are not ashamed like Cameron, Greta ?*

– *Tell us something about Cameron !*

– Tout va bien, dit Greta, rayonnante. Rome est très belle !

Frank, veste blanche et cravate noire, lui serre vigoureusement le bras, pour l'avertir de ne pas dire de conneries. Mais la poule finie, à un certain moment, fait "Aïe !", et Frank pense : *pétard, la salope a la peau délicate,* puis il s'aperçoit qu'elle a trébuché et alors, il s'incline vers la cheville de Greta, la lui masse lentement et, essayant de rentrer le bide dans le gilet du smoking blanc, il lui dit :

– Tu t'es fait mal, *honey* ?

– *It's nothing, Frank,* dit Greta, toujours plus rayonnante.

Putain, qu'esse-elle a, à rigoler, c'te radasse, pense Frank tandis que les paparazzi balancent des flashs à n'en plus pouvoir.

Le fait est que Greta a énormément de raisons d'être rayonnante, tous ces flashs signifient *fame and money,* mais en ce moment, *fame and money* occupent la dernière place dans ses pensées. Cet après-midi, en l'invitant à la *party,* Frank lui a donné… une caresse sur la joue… *Est-ce que par hasard Frank serait… voilà… incroyable… serait en train de tomber amoureux de moi ?*

Frank sent le bras de Greta se serrer autour du sien. *Qu'esse-tu fais, tu serres, poule finie ?* Mais il faut faire contre mauvaise fortune bon cœur. Il lui serre lui aussi le bras et la regarde.

Greta a les yeux brillants. Et, en un instant, dans sa petite tête passe ce qui, une fois au moins dans la vie, passe dans la petite tête de toutes les Greta du monde. *Mais est-ce cela que je veux vraiment ? Une vie comme celle de Cameron et Charlize ? Je veux vraiment une villa à Beverly Hills et la terrasse sur la Fifth Avenue ? Ou bien je désire seulement que ce petit bonhomme m'emmène avec lui dans un cottage de campagne et que je le regarde par la fenêtre de la cuisine tandis qu'il coupe le bois et peut-être aussi que je caresse mon gros ventre ?*

Comme le savent tous les séducteurs acharnés, les maquereaux, les exploiteurs des femmes de toute espèce, il n'y a rien de plus facile au monde que de faire croire à des femmes comme Greta, ou peut-être à toutes les femmes, qu'on les aime.

Quand ils entrent dans l'hôtel Hassler, Ceccaroli s'approche, anxieux.

– Pour le plan de table, Frank, j'ai pensé…

– Ceccarò, t'as certainement bien pensé, dit Frank. Greta, tu l'as mise à ma droite ou à ma gauche ?

Ceccaroli, qui après des années de dîners et de *party* de toute espèce, connaît un peu l'étiquette, avait pensé mettre Greta à côté du célèbre critique militant mais devant Frank, il s'empresse de dire :

– Naturellement, Frank, Greta est à ta droite.

Au sixième étage, au Rooftop Restaurant, Frank, qui voudrait faire vite, est obligé de serrer quelques centaines de mains transpirantes. Un truc bien chiant, puis un type avec une tête de bouffon, les cheveux blancs esseprès et une cravate bleu brillant, se met à découvrir l'eau chaude avec *'o* panorama, la place d'Espagne, le Panthéon, *'a* Coupole*, Eisenhower, *'a* reine d'Angleterre. Alors, Frank a la brillante idée de dire :

– *Thank you*, mais moi, je sais déjà tout sur l'Hassler, il y a une dizaine d'années, mon ami John Gotti m'en a parlé, il avait été ici pendant *two weeks*.

Trois secondes, pétard, et le casse-couilles disparaît.

A table, il y a ceux qui comptent, les De Angelis, les Titanus, les Medusa, les Lux, Leonard, assis juste devant Frank, une auteure italienne à la face dérefaite, le mari réalisateur ou acteur, le célèbre critique, un type puant aux lunettes puantes, la présidente d'un célèbre prix littéraire, une vieillarde qui dit sans arrêt à Greta : "Tu veux de l'eau, ma petite ? Tu es fatiguée, ma petite ?", et la petite qui, rayonnante comme elle est, mange pour la première fois devant Frank un plat de pâtes, des *scialatelli* de Sorrente *with seafood sauce and zucchini flowers***.

Contemplant son verre de cristal, plein de traces de doigt graisseuses, Frank se rend compte qu'il est en train de s'énerver. Les maccaroni, la poule finie, la vieille, le critique puant et la putannerie consistant à se faire dire par Greta de l'emmener à Catane, tout lui tape à présent sur le système !

– Vous savez pourquoi j'apprécie votre travail ? (La petite voix du critique puant le distrait de ses sombres pensées. Le critique a décidé que le moment est venu de sortir quelques

---

* La coupole de Saint-Pierre, mais la Coupole, c'est aussi l'instance suprême de la mafia (voir plus loin).

** Avec une sauce aux fruits de mer et aux fleurs de courgettes.

conneries à Trent, juste pour montrer qu'ils ont bien fait de l'inviter.) Parce que vous n'êtes pas anxieux de montrer votre professionnalisme. Il suffit de voir *Plastic Love* pour se rendre compte que vous êtes mû par une seule certitude : l'idée que le cinéma existe et donc que c'est simplement quelque chose qu'on peut produire ou acheter, dans quoi on peut entrer, qu'on peut et doit apprendre… Du reste, le cinéma authentique est toujours ainsi, à chaque époque… il est révolte contre le privilège dynastico-cinématographique. Prenons De Sica. D'après vous, par quoi était animé De Sica ? Par une préoccupation idéologique ? Non, par le simple désir de voir naître et mourir quelques images et idées dignes de naître et de mourir.

J'aimerais te voir naître et mourir, toi, pense Leonard en esquissant le faux sourire de qui a goûté le commentaire.

Satisfait, le critique puant décide alors d'assumer une autre obligation de la soirée : adresser quelques mots à cette espèce de Jayne Mansfield qui est à sa gauche.

– Vous aimez De Sica ? demande-t-il à Greta en souriant et en lui montrant des dents jaunes pleines de restes de *zucchini flowers*.

Greta, qui est en train de penser aux *steamed king prawns with sicilian couscous**, à la mozzarella et à la *buffalo ricotta* qu'elle mangera enfin avec Frank au Babbo, le restaurant italien du West Village, où Frank l'emmènera sûrement, répond sans hésitation :

– *Delicious.* J'ai été chez Sica dans le Queens avec Drew et Quentin. *A very hip restaurant !*

Le critique puant a un instant de détresse puis, avec désinvolture, il retire ses lunettes puantes et les nettoie à un coin de nappe. Frank déglutit avec difficulté. Il voudrait baffer Greta en public et ce ne serait pas la première fois qu'il baffe une gonzesse en public. Mais il choisit de rire, d'abord

* Crevettes royales à la vapeur avec son couscous sicilien.

doucement, puis comme seul un Italo-Américain peut le faire à table et en public. Tout le monde rit, naturellement, et plus que tout le monde, la vieillarde du prix qui ajoute :

– Tu sais, ma petite, que quand j'avais ton âge, j'allais souvent dans une *trattoria* qui s'appelait De Sica. Mais à Naples…

Frank sent son énervement croître de manière démesurée. Il déteste la vieillarde, le critique puant et la grosse pute, il déteste aussi l'écrivaine et *'o* mari à la tête de con, il déteste ces crève-la-faim de producteurs italiens, il déteste même ce connard de Leonard qui s'est mis sur le visage un sourire de tarlouze. Pour réagir à un élancement très douloureux au côlon, il décide de se faire *'na bella veppeta*, une bonne beuverie de vin autodestructrice, puis au dernier instant, il change d'idée et pense détruire la grosse pute en lui remplissant le verre à ras bord. *Delicious, hè ? Tè : bois, salope, bois !*

Puis, soudain, foudroyante, l'illumination.

– *Pe' mme*, pour moi, dit-il à l'adresse du critique puant, un des *directors* italiens les plus géniaux est Franco Zeffirelli. *Storia di una capinera, have you seen it ?* Images, *as you like*, dignes de naître et… bref, c'te genre-là.

– Esthétisme kitsch, dit l'écrivaine dérefaite.

– *What ?* dit Frank.

– Ben… c'est que, dit le critique puant, je ne sais pas si Zeffirelli est indemne du privilège dynastico-cinématographique… Il doit tout à Visconti et…

– Zeffirelli est un de nos grands génies, dit Bernabei et, pour être à la hauteur de la situation, il lève haut sa coupe de vin.

– Bravo, Zefirella ! dit Greta en levant haut son verre plein à ras bord et en le vidant presque entièrement sur la nappe.

– Vive Zefirella ! dit Leonard en levant lui aussi haut son verre, d'un air amusé.

– *Sure !* dit Frank en fixant de ses yeux globuleux les yeux bleus et rieurs de Greta. Il faudrait projeter dans les *movie's schools Storia di una capinera,* une *moving love story* dans le merveilleux... dans le merveilleux... *frame* du baroque catanais. Une épopée du sentiment, une exaltation de la passion située dans cette splendide ville italienne ! Dans cette rue, pétard, comment elle s'appelle, déjà ?

– Celle du couvent ? dit la vieillarde.

– *Exactly*, dit Frank. Cette rue pleine d'églises et d'œuvres d'art, avec la galerie suspendue qui chope les deux ailes du couvent...

Frank mime les deux ailes avec les bras... flap... flap...

– Le pont de la Capinera, dit la vieillarde du prix, en fixant de ses yeux gris et éteints les yeux bleus de Greta, celui où encore aujourd'hui les amoureux vont s'embrasser.

– *Exactly*, dit Frank, épuisé.

Greta pose la main sur l'avant-bras de Frank, soupire, s'alanguit, pense : *pourquoi le monde est-il si injuste et quelquefois si beau et... longing ?* Puis elle dit :

– Tu m'y emmènes, Frank ?

– Où ? demande Frank avec la même expression rayonnante qu'il avait ce jour très lointain de son enfance où il avait démoli la gueule au fils de Carmine Cacace qui avait trois ans de plus et se foutait toujours de lui.

– Au pont de la Caponera, murmure Greta.

– Mais bien sûr, ma petite ! dit Frank.

Sur la plage de Marzamemi, deux touristes lisent

Sur la plage de Marzamemi, deux touristes lisent, installés sur des chaises longues. On comprend qu'ils sont touristes parce qu'ils lisent. Don Lou Sciortino vient juste de manger, on le comprend d'après le Fernet-Branca à la menthe. Il est assis sous un auvent où sont disposées quatre tables avec les nappes en papier à carreaux rouges. Sa table est encore en désordre. Mais don Mimmo se précipite pour débarrasser, en roulant en boule la nappe avec toutes les miettes. Don Lou Sciortino hoche la tête. Un squelette en ciment armé ne laisse rien présager de bon. On a commencé à construire ici aussi. Ils arrivent, ceux des excavations et des carrelages. Des trucs qui ont fait la fortune de don Lou Sciortino à New York. Mais lui, ici, à Marzamemi, il n'aurait même pas construit une maison de poupées pour la petite-fille de don Mimmo. Il y a une petite île, devant la plage de Marzamemi. Avec une très belle villa. Quand don Lou pensait à Marzamemi depuis les US, il pensait au petit restaurant de don Mimmo, à la madrague et à l'îlot. Dans son esprit, c'étaient les seuls édifices qui existaient. Une seule cabane en plus transformerait Marzamemi en endroit comme les autres.

– Qui ? demande Pippino *'u ciantro*, ainsi dénommé parce qu'il est vénéneux comme le laurier-rose, *'u ciantro* justement, plante dont il faut éloigner ânes et chevaux. Grand artiste du couteau, Pippino. A Catane, quarante ans plus tôt, tout le monde l'appelait *'u Nivuro*, le Noir, parce qu'il avait le cœur noir, il n'accordait jamais sa confiance à personne et comme lécher le cul, ça se dit *allisciare*, de Peppino on disait que la seule chose qu'il *allisciava*, qu'il léchait, c'était la lame de son coupe-chou, qu'il passait dans le savon pour le rendre plus glissant et pour que les blessures brûlent davantage. Un jour d'il y a une quarantaine d'années, don Lou Sciortino avait pris à part Pippino, lui avait offert un Fernet, là en bas, au bar de Turi Cricuocu, et il lui avait dit: "On me dit que t'es *nivuro* mais toi, *ppi mmia,* pour moi, t'es comme un *ciantro.* Vénéneux, bien sûr. Mais mon grand-père m'a appris que les lauriers-roses, on les plante dans le jardin, on les soigne et on les arrose." Le grand-père de don Lou Sciortino avait raison. Résultat: quarante ans après, Pippino est encore aux côtés de don Lou Sciortino et tout le monde, en Sicile et en Amérique, l'appelle *'u ciantru,* le laurier-rose de don Lou.

– Celui qu'était sur l'île, dit don Lou en montrant l'îlot du menton.

Pippino est habillé d'un complet marron de grand magasin, mais il a une allure que d'autres n'arriveraient pas à obtenir même habillés par un tailleur. Il a le crâne pelé, le visage rond, le nez aquilin. Il n'est pas grand. A le voir, on dirait un des rares chorégraphes français hérérosexuels. Sous le costume, un polo noir boutonné jusqu'en haut.

– Ah, Vitaliano Brancati, dit Pippino.

– Ah, voilà, dit don Lou.

Don Lou Sciortino a mis Pippino à la retraite voilà une dizaine d'années. Pippino habite seul un appartement très propre, et il se fait des voyages culturels: des semaines entières dans des résidences les plus sélectes du monde, à lire des livres.

– Et comment il est, c'te Brancati?

– Bien, dit Pippino.

– *Ni susèmo?* On se lève? dit don Lou en regardant sa montre.

Pippino bondit sur ses pieds, regarde la table:

– Quand le voudra vosseigneurie.

La Jaguar rebondit sur le chemin de terre. Des deux côtés des murs de pierre sèche très blanche que dominent caroubiers et figuiers de barbarie. Pippino se gare sur un espace plein de machines agricoles, capots de tracteurs, bidons de plomb. Deux chiens attachés à une charrette grondent. Un jeune homme un peu pouilleux est en train d'essayer de réparer un motoculteur devant une construction en blocs de ciment au toit de plaques Eternit. Le jeune laisse tomber le motoculteur, se nettoie les mains d'abord sur un chiffon, puis de nouveau sur le pantalon. Il dit :

– Vous avez besoin de greffons de figuiers de barbarie, on m'a dit. Ici, autour, y'en a tant que vous voulez.

Don Lou et Pippino le regardent en silence, puis se mettent lentement en marche vers l'oliveraie devant l'esplanade, jusqu'à ce que Pippino découvre la trappe. Elle est ouverte. Pippino va pour entrer, mais don Lou l'arrête d'un regard qui dit : *non, je dois entrer en premier.* Don Lou baisse la tête pour ne pas la cogner. Sur les marches étroites, il hésite un peu et Pippino le soutient amoureusement et très légèrement. L'air conditionné est à pales. Jacobbo Maretta est en bermuda bleu et tricot de corps taché de sauce tomate.

De Jacobbo Maretta, on dit qu'il n'existe pas, qu'en fait, c'est ni plus ni moins qu'une invention de Lillo Virtude qui, de l'Ucciardone*, veut faire savoir qu'il a un homme de confiance au-dehors. Un rapport officiel du FBI, voilà quelque temps, le déclarait officiellement mort dans le naufrage d'une vedette qui transportait des hommes d'affaires cubains. Mais ce truc puait. Putain, qui a jamais vu un homme d'affaires cubain ? Plus d'un, donc, pense que Jacobbo Maretta est bien vivant, comme il l'est en effet.

En effet, si on veut être plus précis, ça s'est passé comme ça : quelques mois avant de se rendre à l'Ucciardone, Virtude

* Prison de Palerme où sont détenus un grand nombre de mafieux en attente de jugement.

fit disparaître Maretta et répandit sur son compte une marée de ragots contradictoires. “J'ai besoin de quelqu'un dehors. Et j'ai besoin de toi.”

Maintenant Maretta habite dans ce bunker souterrain dans les campagnes derrière Marzamemi. Quand il doit sortir, il se déplace en tracteur jusqu'au village. Là l'attend une 127 jaune qui l'emmène chez un revendeur de statues de jardin de Ispica, de là il monte sur un camion dans lequel il se change et, d'habitude, il descend, tout élégant, à l'aéroport de Catane.

– Don Lou, vous devez m'excuser énormément ! Ça fait trois mois que je ne sors pas, dit Maretta en dialecte, je suis en train de m'abrutir.

Il a des cheveux bouclés teints en noir corbeau et des moustaches qui paraissent fausses.

– Pippino ! Tu vis toujours ?

Pour toute réponse, Pippino se borne à regarder don Lou. Don Lou hoche la tête à l'adresse de Pippino, et celui-ci hoche la tête à l'adresse de Maretta.

– Putain, on les fait plus, de cette trempe, dit Maretta. Pippino, tu dois me rendre un service personnel, je sais que t'aimes foutre, et alors, fais plaisir à Jacobbo : tu dois faire des enfants ! Passque des gens comme *a ttia*, à toi, on en a toujours besoin ! Maretta soupire, puis ajoute : don Lou, vous avez bien fait de venir en Sicile. Et votre petit-fils comment y va, eh ? Brave garçon, votre petit-fils, tout pareil comme *so nannu*, son grand-père… Ah… don Lou, à propos, je voulais vous ademander un conseil… entre autres, vous savez, c'est le moment de faire les fèves… mais *'u sapi cchi mi succidiu*, vous savez ce qui m'arrive ? Elles se dessèchent ! L'année dernière, les fèves se sont desséchées ! Et maintenant, comment je fais pour m'y fier ? Vous le savez, c'est des dépenses, je dois mettre les sous pour les hommes qui me les plantent, je dois mettre l'eau de l'irrigation, je dois tirer les tuyaux… des dépenses, des dépenses, des dépenses… ah, c'est sûr que l'agriculture d'aujourd'hui *non è cchiù comu 'na vota,* n'est plus comme autrefois... maintenant, putain, y'a des syndicats! Les hommes arrivent à l'heure et s'en vont à l'heure... et putain qu'est-ce qu'y se prennent comme sous... Alors, vous savez ce que je vous dis? Moi, *ppi aviri,* pour avoir quatre fèves cassées, la peine, je vais pas la prendre! *A mmia,* à moi, c'tes fèves, elles me plaisent pas, elles sont petites, tristes et aigres... moi, aux fèves, je fais plus confiance... Ah, comme elles sont belles, les courgettes, au contraire... vous vous les êtes mangées, les pâtes aux courgettes et à la ricotta salée de don Mimmo? Putttain, don Mimmo est toujours don Mimmo!

– Bien, je l'ai trouvé bien, don Mimmo, dit don Lou. Bien sûr, il se fait vieillot lui aussi, mais y s'en tire. Il a la main qui tremble un peu quand il amène les assiettes à table, mais y s'en tire encore.

– Et Pippino, Pippino, qu'est-ce qu'il mangea? Ne me le dites pas *ca 'u sacciu,* que je le sais: les spaghettini à la pêcheur et les *pipisbierzi a strafuttiri,* les poivrons farcis. A propos, qu'est-ce que je peux vous offrir? Bien sûr, vous venez juste de sortir de table... ah... de la pâte d'amande? Et mais... je sais pas... *iè tantu tempo ca c'è sta scatola ccà,* y'a tellement longtemps que j'ai c'te boîte-là... qu'est-ce que vous en dites... elles se sont gâtées? D'après moi, oui... ces pâtes d'amande sont rancies! Rin, laissons tomber, va, dit Maretta en jetant la boîte de pâtes d'amande d'un geste dégoûté et furieux. Et donc, à Catane vous allez, pas vrai? Vous faites bien! Don Lou, attention, faut que vous connaissiez Sonnino. Fiez-vous à moi. Des jeunes qui ont fait du chemin, j'en ai vu beaucoup. Mais aucun, je vous le conseillerais comme un fils. Vous, à Catane, vous devez vous informer sur Sonnino, et vous le faites appeler. Parce que si vous avez besoin de quelqu'un de confiance, moi, ce Sonnino, je vous le recommande en personne.

– Jacobbo, ça a été un plaisir de te voir.

– Mais qu'est-ce que vous dites, don Lou ! Vous le savez quel honneur vous m'avez fait ! D'ailleurs, si vous permettez…

Maretta prend la main de don Lou, s'agenouille et la lui baise.

– Lève-toi, Jacobbo, c'est moi qui te dois un service cette fois…

Tandis qu'ils rebondissent sur le chemin de terre, don Lou est pensif. Pippino regarde droit devant lui.

– Tu sais quoi, Pippino ? Maretta est en train de ressembler de plus en plus à cet acteur qui me plaît… comment il s'appelle ?

– Tcharleu Bronson, dit Pippino.

– Çui-là ! dit don Lou en souriant.

Pippino sourit lui aussi.

Leoluca Favarotta, le frère aîné de Giorgino Favarotta

Leoluca Favarotta, le frère aîné de Giorgino Favarotta, tué à trente-sept ans au restaurant La Paglia pendant qu'il mangeait des spaghettis à l'encre de seiche (sa tête s'abattit dans l'assiette et, quand on la lui souleva, on aurait dit le rideau de l'Opéra des Pupi*), était la vraie idole de Sal Scali. Très élégant (en été, il portait d'impeccables complets de lin irlandais), Leoluca Favarotta était un grand bel homme et un grand joueur de billard.

A l'Eden Billards, où il s'exhibait, se réunissait toujours une petite foule d'admirateurs et, parmi eux, Sal Scali enfant. Nous parlons des années 40-50, quand on commençait à jouer et à boire à l'américaine et quand les salles de billard étaient des lieux enchantés pour un jeune comme l'oncle Sal.

Le fait est que, cinquante-quatre ans plus tard, par une journée comme celle-là, où on doit prendre des décisions importantes, où est Sal Scali ? A l'Eden Billards et dans la même salle, située sur la mezzanine branlante, où Luchino Favarotta régnait sur le billard américain.

Bien sûr, le temps a passé, le feutre vert des tables est plus jaune que vert. Les inscriptions SAMBUCA sur de grandes planches de bois colorées accrochées aux murs sont à peine lisibles, tout comme on distingue à peine les personnages peints : des femmes en promenade, en habit blanc et ombrelle à la main, accompagnées par des gentilshommes moustachus et intéressés, immobilisés pour toujours dans une image de

* Opéra de marionnettes traditionnel.

bavardage alcooliquement animé. Les bords des tableaux sont pleins de mouches mortes. Le gérant sommeille à l'entrée derrière une table. Dans son dos ronronne le distributeur de Coca-Cola modifié et chargé de bières.

L'oncle Sal, en habit de lin bleu papier de sucre, vient juste de parler avec Frank Erra, atterri depuis quelques heures à Catane et aussitôt après réfugié dans la suite la plus chère du Central Palace Hotel.

Tuccio a sorti le tribande, a retiré la puce et l'a remplacée par une de celles clonées sur les numéros de portable des Marocains qui ramassent les tomates à Pachino, puis il a composé un numéro que lui avait donné l'oncle Sal et a demandé Frank Erra. Quand Chaz, de l'autre côté, a répondu *"Hello?"*, Tuccio a passé le tribande à l'oncle Sal.

– Ici Sal Scali, Frank Erra est là?

– *Wait*, a dit Chaz avec son élégance habituelle.

– *Hello*, Frank Erra à l'appareil.

– *Sugnu* Sal Scali, je suis Sal Scali. Enchanté de faire votre connaissance téléphonique. Des amis m'ont parlé en bien de vous.

– La même chose pour moi, pareillement. Quand est-ce qu'on veut se rencontrer?

– Oui, c'est vrai. Moi, je dirais pas tout de suite… c'est normal que vous vous promeniez un peu dans Catane. Oui, mais si voulez me faire savoir où vous avez l'intention de vous rendre, moi, je vous prépare le terrain, j'avertis aussi un de mes gars de se mettre à votre disposition.

Frank a pensé: *pétard, ça oui, c'est des professionnels!*

– *Good idea*, il a dit. Moi, je pense que je vais aller sous le pont de la Capinera, une de mes amies a insisté pour le voir. Vous savez… *'e femmene*, les femmes.

– Bien sûr! Le pont de la Capinera, à Catane, vous devez le montrer, à votre amie. Mais après, votre amie, elle doit vous faire voir le pont à vous!

Frank a ri.

– *See you later*, Sal !
– Bonne santé, Frank, a dit l'oncle Sal.

Quand il donne l'extrême-onction à quelqu'un, l'oncle Sal dit toujours "bonne santé". Et quand il le dit, Tuccio et Nuccio rient exagérément, presque hystériquement, parce que la besogne de l'administration de la bonne santé va leur revenir à eux. L'oncle Sal, lui, reste impassible comme Luchino Favarotta, en 1949, parce que ce truc de la "bonne santé", il le doit aussi à Favarotta qui, en 1949 justement, à l'Eden Billards, à un type qui avait osé le tutoyer en lui disant : "Qu'esse-tu fais ce soir, Luchino, tu me montres un autre carambolage de miches ?", il lui avait d'abord offert une Strega, puis lui avait dit : "Bonne santé", et lui avait enfin balancé cinq mornifles très violentes en pleine poire, trois d'un côté et deux de l'autre.

Maintenant, Nuccio rit, excité, et répète sans arrêt :

– Merde, maintenant, on tue aussi les 'méricains !

Sainte Mère qu'est-ce qu'il aime ça, Nuccio, se trouver à l'Eden Billards ! Avec le boss élégant et parfumé qui dit qu'est-ce qu'ils vont faire comme conneries et Tuccio déterminé et professionnel comme à lui, et tous les deux qui ont l'air de deux Japonais, putain !

Ta-tang ! Nuccio fait tourner le barillet du pistolet bien huilé pour vérifier qu'il tourne comme il faut.

L'oncle Sal le regarde froidement dans les yeux.

– Fais attention de pas combiner de pastis, dit-il. Le 'méricain est un *babbasunazzo* qui s'est signé le contrat tout seul. Dans le bizeness, si tu te trompes… tu dois payer.

Frank s'est trompé sur que dalle, sinon peut-être en acceptant de diriger la Starship, mais à l'oncle Sal, cette sentence paraît parfaite maintenant.

Tuccio déglutit, il se sent merdeux pour l'histoire foireuse du brigadier.

Nuccio dit :

– Putain, maintenant, on tue les 'méricains !

– Et quel pastis il combina ? dit Tuccio, effrayé.

– On se décide à besogner ? dit l'oncle Sal.

Tuccio et Nuccio hochent la tête, prêts. L'oncle Sal hoche la tête.

– Alors, dit l'oncle Sal en s'adressant à Tuccio. Nuccio s'occupe de l'Américain et de la radasse qui l'accompagne et plus il fait de dégâts, mieux c'est. Après quoi, dit-il à Nuccio en lui tendant un fusil, tu prends ce fusil, et pas le pistolet, attention, et tu viens me le porter à la Pâte d'Amande. Et tu dois venir tout de suite, pas comme les autres fois… tu m'as compris ?

– Bien sûr, dit Nuccio. Bien sûr… Tout sera fait comme le commande vosseigneurie.

– Bien, dit l'oncle Sal. Toi, Tuccio, en revanche, tu t'en vas chez Sonnino et t'y dis que je veux y parler. S'il t'ademande de quoi il s'agit, tu lui dis que tu le sais pas. Et comme ça, voyons si avec cette histoire, on peut faire en sorte que Sonnino aussi fasse plus chier.

Et comme, quand on doit envoyer les messagers à un chef de secteur, on doit toujours en envoyer deux, l'oncle Sal ajoute :

– Amène avec toi Nunzio Aliotro.

A la Pâte d'Amande Scali, Mlle Niscemi est en train de parler au téléphone

A la Pâte d'Amande Scali, Mlle Niscemi est en train de parler au téléphone quand Pippino et don Lou apparaissent devant la porte en verre et cuivre.

– Oui… oui… je me suis mis la mini… celle en jean avec les marguerites et la fente… Bien sûr… bien sûr… avec les talons *ghiàutto*, hauts… Putain, ce matin, j'ai bien failli me casser la gueule en sortant de chez moi… Bien sûr, quand je m'assois, on peut me faire l'échographie… *Mùtiti, mùtiti*, tais-toi, tais-toi, que quelqu'un est en train d'arriver… tais-toi, je te dis… je t'appelle après…

Mlle Niscemi raccroche, regarde autour d'elle, croise les jambes, s'arrange.

– Putain, dit-elle puis elle se lève, prend quelques formulaires timbrés, retourne à sa chaise, se rassied, recroise les jambes, se réarrange.

Pippino entre, suivi à deux pas de distance par don Lou. *Deux mâles, l'un, un petit peu mûr et un autre avec une belle tête mais presque prêt pour le père éternel*, pense Mlle Niscemi en brandissant ses nichons et en s'agitant sur la chaise. Mais à peine découvre-t-elle le visage de Pippino et de don Lou, le visage de ceux qui t'envoient *a ttia*, toi, au père éternel, elle prend un formulaire timbré.

– B'jour… dit-elle. J'ai ces trucs à faire, mais on me laisse pas tranquille…

– Bonjour, dit Pippino, M. Sciortino ?

– M'sieur Sciortino est là… Mais excusez-moi, qui dois-je…

– Dites à M. Sciortino qu'ici, y'a don Lou Sciortino, dit *'u ciantru.*

Mlle Niscemi prend le téléphone, compose un numéro :

– Allô. Vous vous appelez Lou Sciortino, pas vrai ?... Comment, pourquoi ? Parce qu'ici, y'en a un autre... Ah, bbien, bbien...

– Je vous en prie, dit-elle à Pippino. Premier étage à gauche.

Pippino regarde don Lou, don Lou hoche la tête et, d'un pas hésitant mais le dos bien droit, il se dirige vers l'escalier de bois.

Pippino reste là, devant une petite vitrine circulaire, où sur un plateau d'argent tourne une pâte d'amande. De l'intérieur de la vitrine proviennent les notes d'une valse de Strauss.

– Merde, c'est quoi, ce truc ? demande don Lou en entrant dans le bureau de Lou. Don Lou le voit très bien, que c'est une *crossbow*, ce que Lou est en train de tripoter derrière le bureau, mais la question sert à ne pas se faire submerger par l'émotion en revoyant son petit-fils.

– Une arbalète, dit Lou en l'enveloppant de nouveau dans les feuilles de journal et en la reposant sur le *desk* pour aller embrasser son grand-père.

– Voilà, bravo, range-le, parce que ces machins, dangereux ils sont ! La femme d'Arthur Gelli qui était devenue gaga après avoir lu un livre... *Le Zen et l'art de l'archer* ou *Le Zen et l'archer*... bref, une couillonnade dans ce genre, tua par erreur son mari avec une de ces saloperies...

– Grand-père, tu viens juste d'arriver et déjà tu me parles de malheurs !

– Galèje pas, Lou. Fumasse, je suis !

Don Lou tente de se lever de son siège, il n'y parvient pas, jure, respire fort, se calme.

– *Pozzo parrari*, je peux parler dans ce putain d'endroit ?

– T'inquiète pas, grand-père, y'a pas de *bugs* dans cette pièce.

– J'ai été à Marzamemi et Jacobbo m'a fait comprendre qu'on doit changer d'amis. "Moi, les fèves cassées, je m'y fie plus", il me dit et puis : "Laissons tomber les pâtes d'amande." Putain, si on était à New York, Lou, moi j'y enverrais d'abord Pippino à prendre Giorgino Favarotta, puis j'y dirais, à Giorgino : "Giorgino, ton frère a très bien fait de se faire flinguer, étant donné qu'il était condamné à vivre à côté de gens comme *a ttia*, à toi." Et puis je le flinguerais moi-même, même si ce pourri mérite pas d'être relié à la famille. Et… Sal Scali, merde, j'y dirais à Pippino, je le veux mort à la morgue, avec l'autopsie déjà faite, beau, froid et propre, sans intestins, avec l'étiquette au gros orteil, recroquevillé, tranquille et raide comme une *baccalà*, une morue séchée. Mais on est en Sicile, Lou. Ici, les 'méricains peuvent rien faire. Ici, même don Vitone et Max Mugnani, en 1943, ont dû rester bien sages dans un coin et prendre leurs ordres de Pippino Russo et de Vanni Sacco. Par chance, à Max, les *babbasunazzi* de l'US Army, ils lui ont confié le dépôt des produits pharmaceutiques, avec la morphine, putain ! Don Vitone, lui, il s'arrangea avec le *black market* du pain, de l'huile, du sucre et du café de l'armée. Mais tous les deux, ils ont toujours manifesté leur respect envers la Coupole. Parce que tu vois, Lou, la Coupole, on la respecte toujours ! Nous, ici, on doit respecter Virtude ! Si Virtude nous dit qu'il faut qu'on aille baiser des jarres, nous on va aller baiser des jarres, s'il nous dit qu'il faut qu'on aille demander les sous de la protection à un pharmacien, nous on va demander les sous de la protection à un pharmacien, mais s'il nous dit que dalle de que dalle, nous, on peut faire que dalle de que dalle. Tu vois, Lou, moi, Jacobbo, Virtude, La Bruna, Favarotta, Sal Scali et même ce *babbasunazzo*, comment il s'appelle… Frank Erra, voilà, Frank Erra… en somme, nous sommes une *organic matter*, Lou, un organisme vivant, et comme tous les organismes vivants, on doit de temps en temps perdre des cellules pour se régénérer. Maintenant, il s'agit de décider quelles cellules nous devons perdre, putain !

– T'arrives à voir ce petit greffoir au manche de nacre, grand-père ? dit Lou en montrant son bureau.

– Mes *legs* fonctionnent pas, Lou, mais la vue oui, je le vois très bien… mais quel rapport, putain ?

– Ce petit couteau m'a fait gagner cette arbalète et trois cents *euros.*

– Tu fis une *robbery* à une armurerie ?

– *Much worse !* J'ai menacé un pauvre vieux dans un bazar !

Don Lou tente de se lever de son siège mais il n'y parvient pas, se met à jurer, se calme à grand-peine.

– Tu peux m'expliquer pourquoi tu fis cette grandissime couillonnade ? demanda-t-il d'une voix haletante.

– C'est Sal Scali qui me le demanda. Il me dit de flanquer la frousse au vieux pour l'empêcher de balancer. Un ami de son neveu Tony avait fait une *armed robbery* au bazar du vieux et avait buté un policier.

– Merde ! Et Sal Scali y envoya mon petit-fils, à faire ça ? Il avait pas de gars pour faire le boulot ?

– Il me dit que je devais y aller moi, par force.

– Et à toi, qu'est-ce que t'en avais à foutre ?

– Il me dit que si je lui rendais pas le service, je lui manquais.

– Merde ! C'est lui qui te manquait, *a ttia*, à toi ! T'étais son invité !

Don Lou balance un gnon contre le bras de son siège, jure, tente encore de se lever, y parvient, se fait le tour de la pièce trois fois.

– Frank Erra qui arrive ici, à Catane, et Sal Scali qui fait faire à mon petit-fils une grandissime couillonnade… après une *armed robbery* !

– Frank Erra à Catane ? !

– Beh oui, l'est déjà au Central Palace Hotel, avec un gars, une radasse et Leonard Trent ! Et moi, je suis convaincu que Sal Scali est au courant !

– Chopons Sal Scali, alors, et faisons-lui perdre quelques cellules, grand-père!

– Lou, Lou… mais tu compris encore que dalle, merde! Nous, pour l'instant, nous devons seulement causer. Téléphone à c'te pourriture et dis-y que *to nannu*, ton grand-père, voudrait échanger quèques mots avec son essellence au Central Palace Hotel. Puis tu te fais dire où est Sonnino. *Cu si vaddau, si savvau*, qui fit gaffe, se sauva, merde!

Au rez-de-chaussée, pendant ce temps, Mlle Niscemi est en train d'apporter le café à Pippino. Elle tient le plateau à la hauteur des nibards, comme ça Pippino a querque chose de mieux à mater. Pippino prend la tasse sans détacher le regard d'une vitrine où un chariot sicilien miniature, avec ses belles images des Paladins de France, tourne en même temps que son chargement débordant de pâtes d'amande Scali. *Tu veux voir que… noooooon, c'est impoooossible…* pense la demoiselle Niscemi tandis qu'elle se dirige vers le siège de l'entrée.

Ce matin, Cettina s'est réveillée d'un bond

Ce matin, Cettina s'est réveillée d'un bond si brusque qu'elle a failli cogner le crâne contre le plafond. C'est toujours comme ça, depuis qu'elle s'est mariée Tony.

Les jours suivant immédiatement le babbequiou, d'habitude, sont pires encore que le babbequiou lui-même, étant donné qu'il y a les restes à finir.

Tony s'est acheté à la foire de Messine une espèce de baldaquin démontable et remontable, lui, il l'appelle la tente arabe, et après le babbequiou, il le fait monter dans le jardin avec tous les coussins, les narguibullés et les clochailles, parce que Tony pense que le sens de l'hospitalité, les Siciliens l'ont hérité des Arabes, parce que, pour les Arabes, étaient sacrés, justement, les chevaux et les hôtes. Il le pense tellement qu'une nuit, il s'est réveillé d'un coup et, les yeux écarquillés, a dit à Cettina : "Mais *secunnu ttia*, d'après toi, Cettina, nous autres, les chevaux, on doit les inviter ?" Puis il s'est endormi à nouveau.

Dans les jours immédiatement consécutifs au babbequiou, jamais, doux Jésus ! pour le babbequiou, Tony se fait aussi appeler le *catering*. Et pour se faire entendre des garçons du *catering*, tandis qu'il reçoit ses hôtes dans la tente arabe, il utilise un sifflet.

Et comme ça, Cettina s'est aréveillée ce matin au son du sifflet.

Cettina se lève et cherche les *tappine,* les pantoufles. Puis elle sort dans le jardin dans sa robe de chambre trouée, avec les pantoufles aux pieds et les cheveux embroussaillés.

Tony s'est mis le caftan et les chaussures à pointe avec les initiales dessus.

Cettina voit passer devant elle un garçon du *catering* à la veste blanche trop serrée sur les flancs et le plateau de café à la turque à la main.

Cettina, désormais, s'est convaincue que les garçons tendance jaquette flottante finissent tous par travailler dans les *catering* parce que les restaurants ne les veulent pas, ceux de la jaquette flottante, étant donné qu'on sait jamais, ça pourrait déplaire à certains clients. Ce qu'elle ne sait pas, c'est que Tony, aux garçons du *catering*, il fait passer le *casting*.

Le garçon pose le plateau devant Tony en se baissant avec trop de grâce. A côté de Tony est assis Felice Romano, le carrossier, en pantalon à la grecque et – Cettina en jurerait – chemisette piquée à sa femme, en compagnie d'Angelo Colombo, *'u custurieri*, le couturier, en pantalon gris perle, gilet bleu à boutons dorés et une casquette blanche de capitaine de vaisseau.

Quand Tony aperçoit Cettina, il se dresse devant elle, la prend par le bras, l'emmène à la cuisine.

A la cuisine, il y a de la musique *dance* et trois autres garçons du *catering* qui, bras en l'air, se dandinent en mesure en préparant le café.

Tony lui chuchote quelque chose à l'oreille. Et Cettina, en réponse, lève les bras elle aussi et se dandine en rythme pour lui faire comprendre que la musique est trop forte et qu'elle entend rien, merde.

Tony mate la cuisine, la reprend par le bras et l'emmène au salon. Il ferme la porte et lui fait :

– Mais putain de putain de ta mère, mais *comu ti cummini*, comment tu t'arranges ? Mais ça te semble des façons de t'aprésenter dans la tente arabe, qu'on dirait que tu t'es échappée de l'asile ?

– Bof, comme si Felice et Iancelo m'avait jamais vue en tenue de la maison !

Tony commence à agiter les mains à côté de l'oreille comme s'il s'éventait. Cettina pense : *merde, maintenant il se fout en rogne.* Mais Tony se fout pas en rogne.

Cettina le mate et déjà Tony a entre les doigts la première cigarette au menthol de la journée, allumée pour se calmer, et il regarde au-dehors, dans le jardin.

Et d'où il l'a sortie, cette cigarette ?

Tony fait une tête de gros bébé.

– Putain, Cettina, dit-il, un génie je suis !

Cettina lève les yeux au ciel.

Tony s'assied dans le fauteuil et croise les jambes.

– Alors, l'oncle Sal se mit dans la tête de mettre Mindy avec Nick. Et *nuàutri*, nous autres, on sait, poursuit-il en croisant les jambes dans l'autre sens, que non seulement Mindy s'en fout, de Nick, mais qu'en plus, y'a Valentina qui perd la tête pour lui.

Tony jette les cendres en l'air. Cettina se traîne jusqu'à un fauteuil mais à l'instant où elle s'assied Tony se lève, s'approche du buffet et s'y appuie.

– Maintenant, toi, Cettina, sans offense, t'y comprends que dalle à ces trucs. Mais moi, je te dis qu'au babbequiou, Mindy dévorait des yeux le 'méricain.

Elle le dévorait des yeux ? Mais elle le découpait en morceaux, putain !

– Et l'Américain aussi manifestait un intérêt occulistique envers Mindy.

Intérêt occulistique ? Le 'méricain, il y fit la radiographie, et peut-être l'échographie, à Mindy.

– Et donc..., poursuit Tony, et donc, toi tu y arrives pas, à la conclusion, mais moi, comme je t'ai dit juste là, je suis un génie et maintenant, ton mari, y te fait voir.

Cettina n'a pas le temps de dire : *combine pas de couillonnades*, que déjà Tony attrape le téléphone.

– Mademoiselle Niscemi, passez-moi le 'méricain !

Cettina fait non avec la tête et elle ne l'entend même pas quand il dit :

– *Sugnu Tony*, je suis Tony, *mister* Sciortino… Tony… *Do you remember? Can I invite iou* pour un babbequiou dimanche soir ?

Cettina fixe encore le vide quand Tony revient s'asseoir, le visage souriant.

Mais qu'est-ce qu'il est bbête, des fois.

– Et maintenant, dit Tony, demain soir, grand babbequiou de fin de saison ! Et voyons si, avec une belle fugue amoureuse siciloméricaine, on va réussir à mettre l'oncle Sal devant le fait accompli !

– Et puis, ça finit que l'oncle Sal fait disparaître aussi le 'méricain et Nick y doit se marier Mindy avec la surprise dans le ventre… dit Cettina.

– Et non, chère femme, parce que *nuautri*, nous autres, on fait faire aussi la fugue à Valentina avec Nick, et l'oncle Sal peut faire que dalle passque sinon y se retrouve avec un petit-neveu en trop ! Mais maintenant, arrange-toi et aprésente-toi dans la tente arabe !

A l'Eden Billards, l'oncle Sal est arrivé avec le costume de gabardine

A l'Eden Billards, l'oncle Sal est arrivé avec le costume de gabardine gris clair que *'u custurieri*, le couturier, lui a remis cinq mois après la commande. Pavone voulait lui faire un truc de pédé, les manches genre chemise ("en haut d'un costume clair, ça va que c'est un *bijou**", avait-il dit). L'oncle Sal se l'était fait faire et puis, une fois le costume prêt, il s'était regardé dans le miroir et il avait même aimé le froissement sur les épaules. Puis il s'était imaginé à marcher arrangé comme ça sur la via Etnea et il avait changé d'idée.

A l'Eden Billards, en tout cas, l'oncle Sal, dans son costume neuf, était d'excellente humeur. Il sentait que l'habit lui allait comme un gant et, assis dans le fauteuil, il avait les gestes lents et larges du type très élégant.

– Vossellence, sûr que vous voulez pas que je vous accompagne ? a demandé à un certain moment Tuccio.

– Sûr, a dit l'oncle Sal en souriant. Puis, comme quand il est de bonne humeur, il est aussi généreux de paroles, l'oncle Sal a ajouté : officiellement, ma visite est une visite de courtoisie, et adoncques je peux pas m'aprésenter avec un gars.

Mais Tuccio a fait la tête de qui peut pas s'ôter un doute.

– Pourquoi tu fais cette tête ? a dit l'oncle Sal, que quand il a ses motifs d'être de bonne humeur, il supporte pas que les autres doutent de ses motifs.

– Non, c'est que… *secunnu mia*… d'après moi… le vieux Sciortino *si è mangiata la fogghia*, il a senti l'embrouille.

– Il l'a sentie ? Y a senti passer toute la salade, tu parles d'une feuille !

– Comment ça, y a senti passer toute la salade?

– Aréveille-toi, Tuccio! C'est un coup de cul! On est en train de baiser *'u niputi*, le petit-fils, et y s'aprésente aussi *'u nannu*, le grand-père, comme ça, on baise les deux!

– Oui, mais maintenant, qu'est-ce qui veut vous dire, *'u nannu*, qu'il vous a fait appeler?

– Qu'est-ce tu veux que je te dise, *secunnu mia*, y m'a fait appeler pour me menacer.

– Mais comment!? Et vosseigneurie s'aprésente sans gars?

– Et bien sûr! Moi, de bonne foi je suis! a dit l'oncle Sal en faisant *aumma aumma* avec la tête, en la hochant. Comme disent les Romains, *piritazio non sentita, a culazio manifesta**. Si je me présente avec les gars, ça veut dire que j'ai pas la conscience tranquille. Moi, au contraire, je me présente comme un vieil ami et à peine celui-là y me menace, moi j'y fais la tête ébahie, comme ça!

L'oncle Sal ouvre grand la bouche et les bras et fait la tête ébahie.

Dans la suite du Central Palace Hotel, où don Lou l'attend en compagnie de Pippino, l'oncle Sal entre bras ouverts et le sourire sur les lèvres.

– Don Lou, don Lou! Mais quel plaisir immense que vous m'avez fait, quelle magnifique surprise!

– Donne-moi encore un petit peu de vin que j'ai la gorge sèche, dit don Lou à Pippino.

Assis sur un fauteuil de cuir rouge, sans lever le regard sur Sal, don Lou tousse puis agrippe le verre de blanc et ajoute, toujours à l'adresse de *'o ciantru*:

---

* Détournement burlesque en parler romain de l'expression: *excusatio non petita, accusatio manifesta* (excuse non demandée, manifeste la culpabilité). Ici: pet non entendu, révèle le cul. Le sens général est qu'il ne faut pas se trahir par des excuses non demandées.

– Tu la vois, cette tête de nœud qui est arrivée ? J'y devrais ouvrir un beau sourire sur la gorge et, étant donné que ce monsieur est un type élégant, j'y devrais tirer la langue du sourire et la lui faire pendre comme une cravate avec un beau nœud papillon fait de mes propres mains. Et en fait, vu que je suis un *babbasunazzo,* moi, je dialogue.

A l'oncle Sal, c'est comme s'il lui était arrivé une mornifle en pleine poire. Il s'y attendait mais pas de but en blanc... Il s'assied très lentement, fait la tête ébahie.

– Don Lou... qu'est-ce qui fut ? Que se passa-t-il ? *Cuntàtemi, cuntàtemi !* Racontez-moi, racontez-moi ! Me foutez pas la frousse !

– Qu'est-ce que c'est, merde, cette histoire que tu m'as envoyé *me niputi,* mon petit-fils, à te rendre un service ?

L'oncle Sal se met les mains dans les cheveux, frappe du poing de la main droite dans la gauche. Et il parle en dialecte :

– Écoutez-moi, don Lou, écoutez-moi... toutes mes affaires se sont embrouillées. Ce pourri de Sonnino m'a fait chier... et puis Nickeu... mon futur gendre... qui m'a combiné une couillonnade chez le père Mimmo ! Qu'est-ce que je devais faire... qu'est-ce que je devais faire ! Vossellence comprend, non ? J'ai pas fait confiance à aucun de mes gars pour les envoyer... j'ai les serpents réchauffés dans mon sein... j'ai ! Alors, je me suis convaincu que votre petit-fils était le seul... le seul ! Béni soit Dieu quand Il l'a fait !

– Et comment ça se fait que Frank Erra est à Catane ?

– Qui ?

– Frank Erra, *'a testa 'i minchia,* la tête de nœud que les La Bruna m'envoyèrent à la place de mon petit-fils.

– Qui ?

Don Lou lève lentement le regard vers Pippino.

– Putain ! Frank Erra ! dit l'oncle Sal en se donnant une violente mornifle sur le front. Bien sûr ! Ceux que les La Bruna vous envoyèrent à la place de votre petit-fils... Et qu'est-ce qu'il vient faire à Catane ?

– Écoute, faisons comme ça, dit don Lou en regardant toujours *'u ciantru*. Moi, je me prends des belles vacances à Catane, je reste querques jours à me promener un peu partout, je vais à la foire, je vais à San Ciuanni Li Cuti, je m'en vais là où ça me chante, putain. Mais s'il devait se passer quèque chose, moi, sans ademander rien à personne… on s'est compris ?

– Vous faites bien, don Lou ! Vous faites bien !

– *Ppi mmia ti nni po' iri*, pour moi, tu peux t'en aller.

– A c'te Frank Erra, don Lou, propose l'oncle Sal en se levant, vous voulez que j'y colle quelqu'un au train ? Eh ? Eh ?

– *Ppi mmia ti nni po' iri*, je t'ai dit.

– Bbien ! Bbien ! dit l'oncle Sal en s'éloignant. Bbien ! Bonjour à tout le monde, alors, portez-vous bbien, salut Pippino ! Bbien ! Bbien !

Don Lou se lève avec peine du fauteuil. *Putain*, pense-t-il, *tu veux voir que la cellule qu'on baise, c'est moi* ! Pour ne pas chanceler, il s'appuie à l'épaule de Pippino.

– Moi, je vais me coucher un petit moment, dit-il. Ce vin m'a donné un coup à la tête.

Aujourd'hui, Frank s'est aperçu avec horreur

Aujourd'hui, Frank s'est aperçu avec horreur que la salope fait plus la salope mais l'épouse. Greta était assise, en fait, sur le fauteuil, non plus bien droite, cuisse croisée et nichons pointés, mais avachie, *a culo chiatto*, cul aplati, toute détendue, *Cosmopolitan* en main et deux pinces à cheveux sur la tête. Alors, Frank s'est rappelé cette pouffiasse de Jenny Elemento, une *lapdancer* que Jack Gravagnuolo avait épousée, à la stupéfaction générale. "Oh, les gars, disait Jack aux amis les plus intimes, qu'esse-j'ai fait, Jenny est entrée sur la pointe des pieds et puis elle s'est bien installée."

– Prépare-toi, que *we are going out*, a dit alors Frank, énervé, à Greta.

Greta a pensé : *il fait comme ça parce qu'il est amoureux. Tous les amoureux sont ronchons. Les maris, par exemple, sont tous ronchons… Of course, it's better de ne pas les laisser exagérer, les maris !* Donc, elle a dit :

– J'ai mal à la tête, Frank !

– Mais comment ça, a dit Frank. Tu as tellement insisté pour aller voir ce pont de la Capinera et maintenant t'as mal à la tête…

– Je sais, Frank, mais c'est pas ma faute si j'ai la tête qui va exploser. Vas-y avec Chaz, hein, *darling* ?

Darling, dis-le à la putain de ta sœur ! a pensé Frank tandis qu'il s'installait sur le bras du fauteuil et lui caressait la tête. *Mais pétard, combien de laque elle s'est mise sur la tronche, c'te conne !*

– La petite tête de ma petite chérie, a dit Frank. Maintenant, on lui donne une bonne *pill*, hein ? Comme ça, ce méchant *headache* disparaît, hein ?

– Laisse tomber, Frank, peut-être que je vais déjà un peu mieux.

Frank a bondi hors du fauteuil de la grosse pute comme si ça brûlait.

– *Va bbuo'*, ça va bien, alors *let's go* à la Capinera !

Greta s'est regardé les ongles des mains, s'est étiré les sourcils avec la pulpe du médius de la main droite, a frotté quelques traces de rouge à lèvres aux coins de sa bouche puis a dit en soupirant :

– Ok, Frank, *let's go.*

Petit, chauve, habillé en blanc... une grande bringue qu'on dirait une jument pute : un des paparazzi posté via Crociferi n'a pas de doutes, les gens qu'il attend, c'est ceux qui viennent juste de déboucher de l'escalier Alessi, suivis par le classique *bodyguard* américain. Alors il shoote d'abord, exactement à l'instant où Greta s'arrange les nichons parce qu'elle a l'armature métallique du soutien-gorge qui la pique. Puis, c'est toute une mitraillade de clics et de flashs.

Pétard ! T'as compris le Ceccaroli, pense Frank, *il a dû prendre les Yellow Pages de Catane à la rubrique Weddings !*

Et puis, va savoir pourquoi, Frank s'émeut... de la situation, de lui habillé élégant, de la pouffiasse de luxe qu'il a à ses côtés, du *bodyguard* que même pas Robert De Niro, il en a un comme ça ! Et il se souvient du Sarago, quand Carmine Quagliarulo appelait James Filogamo, le carrossier qu'avait un appareil photographique divin et il le faisait venir au restaurant où lui, Frank, était chef de salle, et Carmine draguait les effeuilleuses. Il disait que les strip-teaseuses étaient dingues des flashs, qu'elles se sentaient tout de suite dans la jet-set et qu'elles te faisaient des *blow jobs* avec plus de passion. Carmine, il en avait rien à cirer du rouleau : "Qu'est-ce que j'en ai à foutre, des photos, moi, ça me suffit que tu déclenches c'te bordel de flash !" Mais James, *c' 'o metteva 'o stess'*, il le mettait quand même, le rouleau, et comme les putes, le lendemain, elles faisaient chier Carmine pour voir leurs photos dans le journal, Carmine téléphonait au service de publicité du *New York Daily News*, où il s'achetait des *advertisements* pour la chaîne de blanchisseries, et il se mettait d'accord avec eux pour que sorte un entrefilet. Quelquefois, sur ces photos, il s'y retrouvait aussi, Frank, le plat de bar au sel en main, ou debout au garde-à-vous pendant que Carmine farfouillait entre les cuisses de quelque pute. Une fois, ils l'emmenèrent même au night-club et ils prirent une photo de lui, Frank, assis sur le petit canapé, pendant qu'il versait du champagne dans le verre de Carmine, sauf que Carmine était vautré sur Linda, une fille à peine arrivée de San Giorgio a Cremano, et on aurait vraiment dit que Frank, le verre, il se le remplissait à lui-même.

Et moi… moi, pense Frank, *je suis arrivé là ?*

Pour tenter de ne pas trop s'émouvoir, Frank fait ce qu'il faisait quand il était minot, il pense à un truc puant.

Quelle merde de pont, c'te pont de la Capinera, un bridge qu'est pas un bridge mais un putain de couloir suspendu en l'air où on te fait même pas entrer, et toi t'es dessous et tu penses : et alors, maintenant que je l'ai 'gardé, qu'est-ce que j'en ai à cirer !

– *Look at it !* dit-il ensuite à Greta, en souriant toujours aux photographes. Là, Zeffirelli a tourné une des scènes les *cchiù* belles, les plus belles du film.

Greta voudrait sourire de bonheur et, en effet, elle sourit de bonheur, mais elle sent que son sourire n'est pas *complètement* heureux. Cameron lui a dit une fois que quand t'es là, au *center of things*, où c'est pas toi qui tournes perdue à travers le monde, mais le monde qui tourne radieux autour de toi, il te vient parfois de la tristesse et tout te semble étranger et lointain, même *your man* et tes *parents*.

Greta est en train de regarder Frank qui regarde ce *bridge* qui n'est pas un *bridge* et elle sent que quelque chose ne va pas. Bien sûr, elle est en train de regarder Frank de profil et dans le profil de tout être humain il y a toujours quelque chose qui ne va pas. Je ne sais pas s'il vous est jamais arrivé de regarder de près le profil de quelqu'un à qui vous tenez. Il y a toujours une sensation d'étrangeté, comme pour dire : *c'est ça le profil de la personne que j'aime ?* Puis, bien sûr, on se remet à regarder en face et tout semble normal.

Greta a donc détaché son regard du visage de Frank et elle s'est remise à le regarder en face. Mais, *damn*, ça continue à lui paraître une *strange face*. Frank a la main gauche sur le front.

Alors, Greta dit ce qu'on dit quand on ne sait pas quoi dire : *"It's wonderful, Frank!"* ou *"Nice!"* ou une autre connerie de ce genre.

Frank lui met une main sur le sein droit et le lui serre puis il lui agrippe le soutien-gorge et chuchote : "Oh, Sainte Mère !" et il s'agenouille, là, en public ! Greta pense : *oh, God, mais qu'est-ce qu'il veut faire, là, devant tout le monde !* Puis, elle n'a plus le temps de penser à rien parce qu'elle tombe, lentement, tirée par les doigts de Frank agrippés à la tige du soutien-gorge. Frank a un truc qui lui sort du front, un truc qui gicle, comme des coucous suisses, mais plus genre fontaine.

A Greta, il lui vient de faire aaaahhhh avec la bouche, elle se met la main dans les cheveux et sent que quelque chose lui effleure le nez, se tourne et voit Chaz avec le visage totalement ensanglanté qui tombe lui aussi, lentement.

Une fois à terre, un instant avant de s'évanouir, Greta se rend compte que Chaz a perdu un œil.

Nuccio rit en relevant la vitre de l'automobile. Il tient le fusil encore fumant entre ses jambes. Bruno Parrinello rit aussi en démarrant la Mercedes accidentée et, faisant crisser les roues, il prend la montée vers la via Garibaldi. Une minute n'est pas passée qu'ils sont déjà place de San Cristoforo. Ils rayent l'autre côté de la voiture (celui qui était resté en bon état) en pénétrant, dans un virage serré, à l'intérieur d'un garage ouvert et sombre. Le rideau de fer se referme derrière eux. Nuccio, Bruno et les deux autres sortent par une petite porte et montent dans un fourgon blanc sale plein de légumes. Le fourgon démarre en crachotant. Il s'arrête devant un camion à l'arrêt qui vend des sandwichs aux saucisses de Strasbourg et des frites. Le chauffeur tend une main.

Le type des saucisses lui donne sandwichs et bière.

La Jaguar de don Lou avance en silence sur les dalles du centre historique de Catane, rempli de jeunes bruyants. L'automobile tourne dans une ruelle étroite et, soudain, plus de jeunes. Encastré dans la pierre, au coin, à quelques mètres de hauteur, un petit autel avec photos et fleurs fraîches porte l'inscription : "Francesco Spampinato 1967-1985." La zone s'appelle San Berillo.

Il y en a beaucoup, des autels, ici, entre via Pistone, via delle Finanze et place delle Belle. Des règlements de comptes entre macs et barbots, à tous les coups. Dans la Jaguar, les vitres relevées, l'air conditionné et l'arbre magique maintiennent à l'extérieur la forte odeur d'urine qui flotte partout. Les radasses exercent dans des *bassi** sans eau courante et les liquides sont jetés par seaux dans la rue. Deux négresses à gros cul, en soutien-gorge et culotte, vacillent sur leurs talons, penchées en avant comme si elles avaient mal au dos. Elles ont le visage tailladé : cicatrices tribales ou vitriol tribal, on y coupe pas.

On tourne le coin et… putain, qu'est-ce qu'il y en a !

Des putes à chaque porte dans une rue longue de deux cents mètres. Un Marocain en caftan pousse un chariot de supermarché chargé de bières et de thermos de café, un vendeur de cassettes de musique se tient immobile dans un coin, le regard attentif et le pied appuyé au mur.

Une pute noire (elle doit peser un bon quintal et a sur le visage des points noirs gros comme des mouches) se replie

* *Bassi :* minuscules appartements ouverts de plain-pied sur la rue.

vivement dans sa chambre et ferme la porte de bois à triple tour dans un fracas de cadenas. Elle est peut-être en retard dans ses paiements pour que, à peine pointe une grosse voiture, elle soit forcée de s'enfermer.

La seule putanasse à peau blanche est assise en combinaison de nylon rouge sur une chaise de bois en train de lire un hebdomadaire rose un peu ancien. A côté de ses pieds sales garés dans des pantoufles défoncées, un plateau de plastique contient des restes de poulet. La pute se nettoie les dents du petit doigt de la main droite et regarde passer la Jaguar avec un air de défi.

Pippino tourne lentement à droite, traverse la via San Giuliano, poursuit par la via Casa del Mutilato et débouche sur la place du Teatro Massimo. Le théâtre lyrique sur sa droite, il s'arrête au bas de l'escalier du palais des Finances, là où architectures mussolinienne et baroque se font face.

Pippino descend vivement de la voiture en se boutonnant la veste, puis il fait le tour et ouvre la portière à *nannu e niputi*, grand-père et petit-fils. Puis ils se mettent en route, Pippino dans son complet marron, don Lou et Lou en costume sombre. Pippino devant, tête basse.

La grande porte est ouverte, Pippino passe devant.

Au premier étage, le rassemblement des gars. Les chaises installées sur le palier. Eux aussi portent des costumes sombres. C'est dimanche, et puis ils attendent les 'méricains.

Depuis quelque temps, les gars amènent sur le palier les cartes siciliennes et puis ils jouent à la *briscola*. Avant, en revanche, il y avait des allées et venues de jeunes en moto : des courriers qui faisaient la navette avec San Berillo, à prendre l'argent comptant dans les chambres.

Mais depuis le jour où Sonnino, après avoir tabassé une radasse qui gardait entre les nichons une médaille du padre Pio, sentit le même parfum de violette que celui qui flottait dans la chambre de sa mère, très dévote adoratrice du saint et miraculeusement réchappée à la mort après une grave maladie, les choses avaient changé. Ses radasses avaient fermé boutique. Elles besognaient maintenant comme ouvreuses de cinémas, serveuses dans les discothèques, les pubs. Et la seule occupation des gars maintenant, c'était de recevoir les doléances. Des dizaines de putes tombées de leur province qui venaient là à pousser des cris. Elles avaient l'intention de mettre assez de côté pour s'acheter un appartement au pays, s'ouvrir un compte en banque et se trouver un mari. A l'improviste, elles s'étaient retrouvées employées. Aux prises avec les traites. "C'est quoi c'te putain d'emprunt?" "Là, y'a écrit résidence, qu'est-ce que je dois écrire, merde?"

Y'a aussi celles qui veulent la Mécédesse.

Cette histoire de Mécédesse, c'est vraiment une obsession, pour les putes qui viennent de la cambrousse.

"A quoi ça sert que je fasse la pute, merde, si je peux pas sortir avequeu la Mécédesse." "Mais toi, tu fais plus la putain, essaient de leur expliquer les gars, maintenant, t'es une travailleuse qui s'est mise en règle." "Et *a mia*, à moi, qu'esse-ça peut bien me foutre, bordel de merde! Au pays, ils savent que je fais la pute et le week-end je dois me pointer en Panda? Et comme ça, *'u* mari, vous me l'atrouvez, vous?

Sonnino avait essayé de les contenter. Il pensait que ce serait facile de trouver des maris pour des putes repenties avec emploi stable. En fait, dans cette pourriture de ville de pourris, il semblait vraiment que les maris voulaient des femmes riches et putains.

Alors, pour qu'elles lui lâchent la grappe, Sonnino s'était mis dans le commerce des Mécédesses. Au moins, il y recyclait un peu de liquide. En échange, quand même, elles devaient se comporter convenablement.

Et telle était l'unique tâche qui subsistait.

S'il venait à savoir qu'elles essayaient d'exercer dans les cinémas, dans les discothèques, dans les pubs, alors il les tabassait comme au bon vieux temps. Et même, il tapait plus fort. “Faites-en de la chair à pâté, disait Sonnino aux gars. Maintenant, l’éthique est de votre côté.”

Les gars bondissent sur leurs pieds quand ils voient arriver Peppino suivi des ’méricains. Ils les fouillent avec mille courbettes et excusez-nous, puis ouvrent la porte.

– Je vous en prie, entrez donc, *i’ siggnò* Sonnino, monsieur Sonnino vous attendait. Je vous en prie, je vous en prie, par ici.

Le bureau de Sonnino semble celui d’un élégant concessionnaire auto, meubles de métal, fauteuils de cuir, sur la table l’ordinateur allumé et des factures, un modèle réduit de Mercedes qui sert de presse-papiers.

Les murs sont couverts de photographies. L’une d’entre elles montre Sonnino, manifestement soûl, entouré de filles en bikini, un truc à éblouir machin, là, Heffner, un nom comme ça, merde. Sur la photo, Sonnino porte un costume aux couleurs criardes et une cravate orange. Dans la main droite, qui pend de l’épaule d’une des jeunes filles topless, il porte un bout de métal qui lui barre quatre doigts, plein de pierres bleues et rouges qui brillent à la lumière du flash. Lou connaît ce type de bijou : un coup-de-poing de collection.

Sur une autre photo, Sonnino est en slip, trempé et transparent, au bord d’une piscine. Il tient quelqu’un sous l’eau de la main droite. Il rit. De la main gauche, il fume. Une main masculine lui tend un drink.

En chair et en os, Sonnino est très différent, le visage est nettement plus creusé et une ombre de barbe grise lui souligne encore plus les traits. Les lunettes de soleil rondes et rouges semblent encastrées dans les globes oculaires. Il est assis au bureau et a le combiné du téléphone appuyé à l’oreille. Il ne bouge pas un muscle. Il porte une veste légère noire sur un T-shirt noir, la veste a l’air d’une de ces couillonnades de styliste à mille euros et plus. Le bureau est trop petit pour quelqu’un de sa taille : par-dessous dépassent ses jambes dans un jean râpé et des bottes aux boucles dorées.

Dans l'ensemble, il a l'air d'un psychopathe qui a pris en otage une maternelle et, assis à un des bureaux de classe, est en train de négocier la libération des petits otages.

Le gars qui les a fait entrer se démène sur les fauteuils de cuir. Il les époussette avec un mouchoir avant de faire asseoir les 'méricains. Don Lou et Lou se regardent dans les yeux. Pippino a son expression habituelle, comme si tout était absolument normal.

– Non! dit Sonnino au combiné. Puis il l'éloigne et le regarde avec lenteur et perplexité, comme s'il n'avait jamais vu un truc de ce genre dans toute sa vie. Il le raccroche d'un air dégoûté. Croise les mains sur le bureau. Regarde ses hôtes.

Puis il se lève lentement, avec peine, et s'incline:

– Don Lou, très honoré de faire votre connaissance, vous devez m'excuser, j'étais au téléphone et je me serais jamais permis de vous faire attendre dehors. Franciscu, prépare *i'* café.

– On m'a dit beaucoup de bien de toi, dit don Lou en regardant autour de lui.

Sonnino hoche la tête:

– Et çui-là, ça serait le fameux Pippino, *'u ciantru*, pas vrai?

Pippino le regarde comme s'il avait déjà en poche sa condamnation à mort.

– Putain, exactement comme on me l'a décrit. Vous savez quoi, don Lou? Quand je me marrais encore, comme vous pouvez le voir sur les photos, de l'Ucciardone m'est arrivé un cadeau, un chiot de pitbull que, la première chose qu'il fit, à quatre mois, ce fut de mettre trente points de suture au mollet de Maria Annunziata Conception Marletta, une casse-couilles de suceuse de Calascibetta, qui voulait passer de San Berillo aux bordels du bord de mer et qui se rendait pas compte qu'elle avait le cul totalement énorme. Et, faut me croire, vous savez comme je l'appelai? Je l'appelai Pippino, parce que ce que fabriquait *'u ciantru* chez vous en Amérique, était célèbre chez nous aussi à Catane.

Pippino ne change pas d'expression.

– Et lui, continue Sonnino en montrant Lou, c'est votre estimé petit-fils. J'ai beaucoup entendu parler de lui. Et je suis très honoré qu'un producteur hollywoodien m'ait donné le plaisir de la confiance de venir à mon bureau. On m'a raconté beaucoup de choses, et il me semblait vraiment bizarre que quelqu'un comme Lou Sciortino Junior se mette à faire le gars de Sal Scali.

– Nous sommes là à propos de ça, dit don Lou.

– Je sais, je sais. Et moi je suis ici pour vous servir. Même si je dois encore dépatouiller cette histoire. Le schisme est en cours, et on est tous pareils, à chercher d'y comprendre querque chose. Là, il faut comprendre qui suit Virtude et qui en fait est un modèle de parrain comme on peut en acheter pour rien. Mais tant que le schisme n'est pas accompli, jusqu'à ce que ce soient eux qui aient fait une couillonnade, nous, on doit rester là à attendre. L'organisation est grande, et nous devons faire attention à l'opinion publique. Ceux-là, ils sont forts pour changer les cartes sur la table. C'est plus comme autrefois, que les blancs étaient blancs et les noirs, noirs. Nous autres, on suit Virtude et on peut pas se mettre à leur niveau. Mais qu'est-ce que j'en sais, putain, c'est peut-être Internet qui les rend tous dingues, c'est peut-être la modernité, peut-être qu'y sont nés têtes de nœud et nous, on s'en est pas rendu compte tout de suite. Bien sûr, moi j'y pense aussi à ces trucs, *i' detemminismo*, le déterminisme, la relativité, les théories sociales, *i' nummero*, les nombres, *i'* nombres cardinaux, *i'* nombres premiers, parce que les mathématiques aussi, elles peuvent servir à Virtude. Vous voyez qui c'est, Hobbes ? C'était un philosophe. Il disait *homo homini lupus*, en somme qu'y se dévorent tous entre eux s'y se mettent pas d'accord, bordel ! Vous voyez, don Lou, moi, avant d'agir, je pense. Donc, je pense aussi tant de choses sur Sal Scali et sur ce fumier de Giorgino Favarotta. Mais eux aussi pensent beaucoup de choses sur moi. Moi, je peux les tuer à eux, et eux, ils peuvent me tuer *a mmia*, à moi. Mais y'a aussi le pacte social : moi, je te casse pas les couilles à *ttia* et toi, tu me les casses pas à *mmia*. Et moi, j'en sais rien combien de temps va durer c'te putain de pacte social. Maintenant j'ai ici, dans mon bureau, en personne, don Lou, et je sais que Sal Scali a cassé les couilles à son petit-fils, et je sais qu'ils sont en train de préparer le schisme. Et moi, j'arrive pas à trouver *abbento*. *Abbento*, le repos, vous me comprenez, don Lou ?

Sonnino lève les yeux au plafond et soupire.

– Toi, tu te tais et tu me laisses parler, moi, est en train de dire Tuccio à Nunzio Aliotro. Sauf que Nunzio Aliotro n'est pas là. Et où il est, putain ?

Nunzio Aliotro est hypnotisé par la Jaguar garée devant l'escalier du palais des Finances sur la place du Teatro Massimo.

– Putain, mais quel *babbasunazzo* ! dit Tuccio en revenant en arrière. Qu'est-ce que tu fais, merde ?

– Eh ?

– Tu veux bien monter ?

– Eh ?

Tuccio regarde le reflet de Nunzio sur la vitre de la Jaguar. Le visage bombé par le reflet, Nunzio Aliotro semble encore plus *babbasunazzo*.

Franciscu arrive avec le plateau du café. Il le pose sur le bureau en regardant les 'méricains avec curiosité.

– Du sucre ? demande-t-il.

– Laisse tomber, Fanciscu. Je vais les servir, ces messieurs.

Franciscu s'incline, vers Sonnino, vers les 'méricains, et se retire sans jamais tourner le dos.

– Il faudra bien que quelque chose se passe, don Lou, dit Sonnino. Il faut l'avoir, la foi. En attendant, prenons ce café.

Sur l'escalier, Tuccio se retourne et voit Nunzio qui regarde les marches, immobile.

– Mais qu'esse-tu fais, merde ?

– Eh ? Je monte les marches.

– Non, dit Tuccio en redescendant les marches. Tu restes à regarder les marches, tu les montes pas.

Il mime l'acte de monter les marches avec l'index et le médius de la main droite.

– Et si tu me laisses pas le temps...

– Le temps ?

Tuccio donne une bourrade à Nunzio et le fait avancer.

Les gars entendent du bordel venant de l'escalier. Ils se regardent en face. Non, ils n'attendent personne. Des complets du dimanche émerge l'artillerie comme des tubes de *cannoli* à peine sortis du four de Caprice, via Etnea.

Nunzio se retrouve avec sur le nez la pointe argentée d'un canon de Beretta 96 Steel, *full size*, qui, sous cette angle, semble encore plus gros.

– Allez, arrêtez ça ! hurle Tuccio dans le dos de Nunzio. On est là pour faire une commission et on est pas armés ! Salut, Franciscu, comment va ta tante ?

– En Amérique, Virtude, ils se le sont oublié, très cher don Lou, dit Sonnino en aspirant bruyamment son café dans la tasse. Putain, comme il le fait bien, le café, Franciscu ! Et le bordel qu'est en train de se passer ici vient de là. Y'a trop d'argent qui circule, vous le savez, et les gens, y perdent la boule. Mais pour déplacer les équilibres en Amérique, vous le savez, il faut aussi les déplacer en Sicile. Parce que Virtude est au trou, mais il a encore des papiers qui pourraient faire exploser le Parlement américain. Ces pourris de La Bruna ont pensé juste et à Giorgino Favarotta, ça lui plairait d'adevenir le chef de la Coupole sicilienne, lui petit, tordu et artériosclèreux. Et *d'àutru bbestia*, l'autre animal, de Sal Scali... M'y faites pas pinser, autrement je dois reprendre du

Prozac. Ça serait le troisième de la journée, don Lou! *Secunnu voi*, d'après vous, ça va bien avec l'anticholestérol? Mon médecin dit que non, mais moi je me les prends quand même! Mais moi, pour le moment, qu'esse-je peux faire, don Lou? Ici, la couillonnade, ça doit être eux qui la font d'abord. Votre petit-fils, avec tout le respect qui lui est dû, il alla traîner dans Catane à poser des questions. Maintenant, vous arrivez vous, et déjà tout le monde le sait. Les gens ne font pas confiance, si vous demandez à droite et à gauche, il paraît que c'est vous qui avez combiné tout ce bordel. Il était bon, *i'* café?

– Vous permettez?

– Qu'esse-tu veux, Fanciscu?

– Y'a Tuccio Caramella et Nunzio Aliotro. Y disent qu'y doivent transmettre de la part de Sal Scali.

– Pippino... dit don Lou.

Pippino se met debout.

– Fais-les entrer. Pippino peut rester comme ça. A vous et à votre petit-fils, ils peuvent pas vous reconnaître, de dos.

Pippino regarde don Lou. Don Lou ne hoche pas la tête. Si don Lou avait hoché, le premier à être égorgé aurait été Sonnino. Puis Franciscu, qui n'aurait pas eu le temps de réagir.

– Et maintenant, essayons de comprendre de quoi il s'agit, dit Sonnino. Au grand jour.

– Entrez, dit Franciscu quand les gars ont fini de les fouiller.

Tuccio et Nunzio entrent dans le bureau d'un air bravache:

– Bonsoir, vosseigneuries.

Sonnino reste immobile. Les mains jointes. Les lunettes rondes et rouges comme des couchers de soleil australiens.

Ça entame un peu le petit sourire de Tuccio, qui regarde Pippino et regarde les deux hommes, assis de dos, immobiles eux aussi.

– Nous aurions deux mots à vous transmettre, dit Tuccio en regardant les deux types comme pour dire: *qu'est-ce que t'attends pour les foutre dehors*?

Tout le monde reste immobile.

Tuccio regarde Nunzio avec une tête qui dit: *mais ils sont tous crétins?*

Nunzio aussi est immobile.

Tuccio s'impatiente.

– Allons-nous-en vite, dit-il.

Le téléphone sonne.

Sonnino regarde le téléphone. Il doit avoir un rapport étrange avec le téléphone, ça se voit à sa façon de le regarder. Il prend le combiné très lentement, l'appuie contre l'oreille et oublie de dire "allô".

Tuccio regarde Nunzio. Nunzio est encore immobile. Les jambes écartées. Les mains le long des flancs. La veste de cuir deux mesures au-dessus. Il regarde légèrement vers le haut. *Putain, qu'est-ce qu'il est babbasunazzo, Nunzio!*

Don Lou se passe une main sur le visage.

Lou croise les jambes.

Pippino regarde les photos.

Sonnino est pétrifié. Il a une drôle de manière de tenir le combiné: le coude relevé.

Sur le palier, les gars sont en train de s'endormir. Après le déjeuner du dimanche, un petit pénéqué, ça s'impose.

Sonnino regarde le combiné. Puis, lentement, comme auparavant, il clôt la communication. Il regarde en bas vers la droite, se baisse pour chercher quelque chose.

Tuccio le regarde.

Sonnino a disparu.

De derrière le bureau leur parviennent des bruits bizarres. On dirait que Sonnino sort quelque chose d'un carton. Il ressort avec un fusil militaire pour mission spéciale PA8 E à pompe et poignée de pistolet.

Tuccio, on comprend pas pourquoi, sourit, juste avant que la décharge, tirée à deux mètres de distance, lui efface totalement le visage.

Sonnino regarde le fusil d'un air satisfait, réarme avec douceur.

Les gars viennent à peine d'entrer dans la pièce quand ils voient Nunzio reculer en arrière d'un mètre et demi, deux, droit et tendu comme il a toujours été.

– Le repos arrive, don Lou. Via Crociferi, on vient juste de flinguer *'u 'miricano*, Frank Erra. Et cette connerie, nous, on va pas se la prendre sur le dos. A ce point, il faut faire à l'ancienne. Pippino, te frappe pas à ce point. Moi, je suis pas rapide comme toi, donc, pour compter sur l'effet de surprise, je dois utiliser c'te putain de fusil qu'on les fait toujours plus compliqués. Si je me présentais avec le calibre 22, j'avais pas le temps de t'expliquer que tu m'aurais déjà détaché la tête avec le coupe-chou. Et t'aurais eu tort. Passque moi, don Lou, je le respecte autant que toi.

Les gars accourus dans la pièce ne savent pas quoi faire.

– Nettoyez, non ? Ils ont voulu le schisme ? Et nous, on va leur en donner. Et maintenant, ils vont voir ce qui se passe quand on casse les burnes à Sonnino ! dit-il en se levant. Je vous en prie, don Lou, après vous.

L'oncle Sal et don Giorgino sont assis sur le siège arrière de la Mécédesse

L'oncle Sal et don Giorgino sont assis sur le siège arrière de la Mécédesse, garée place Umberto qui en fait s'appelle place Vittorio Emanuele mais comme elle est sur la via Umberto, tout le monde l'appelle place Umberto.

Le gars qui fait le chauffeur à don Giorgino s'en est allé sur le trottoir du palais Cappellani se fumer une cigarette et mater le passage des gonzesses.

Tandis qu'il lui parlait, don Giorgino, tout à coup, s'est tu. L'oncle Sal le regarde et ne comprend pas s'il s'est endormi ou pas.

De temps en temps, à don Giorgino, il lui vient ce truc qu'il s'assoupit au milieu d'une conversation. L'oncle Sal ne sait pas quoi faire parce que don Giorgino porte toujours les lunettes de soleil et c'est tout un boulot de comprendre quand c'est qu'il dort et quand c'est qu'il pense.

Puis don Giorgino, appuyé au bâton, commence à pencher vers la gauche. L'oncle Sal se déplace vers la portière parce que ça lui semble pas bien que don Giorgino s'endorme sur son épaule. Parce qu'après, les gens passent, matent et Dieu sait ce qu'ils peuvent pinser.

Don Giorgino a fait savoir à l'oncle Sal qu'il voulait le voir tout de suite. Et quand l'oncle Sal a su que don Giorgino voulait le voir *dans la voiture*, il s'est précipité place Umberto parce que la convocation *dans la voiture* se fait seulement quand quelque chose de très grave s'est passé, que t'es pressé de débrouiller la situation et que t'as peur des écoutes.

– Mais *secunnu tia*, d'après toi… dit don Giorgino que, mon cul, oui, qu'il était en train de s'endormir, mais *secunnu tia*, à celle-là… ça lui plaît, le sperme ?

Don Giorgino éclate d'un rire que l'oncle manque de peu de sauter en l'air. Puis, d'un coup, il mate à l'oncle Sal et se fait sérieux. L'oncle Sal devient attentif et tendu. Don Giorgino se remet à rire.

A l'oncle Sal vient le demi-sourire de qui comprend que dalle à que dalle.

– Le sperme..., dit don Giorgino qui après le rire a un accès de toux, la purée! et il tousse et se racle la gorge.

L'oncle Sal continue de rien comprendre, merde. *Qu'est-ce que ça vient faire, maintenant, le foutre?*

Don Giorgino finit de se racler la gorge et le regarde très sérieusement. On comprend qu'il est très sérieux parce que, même s'il a les lunettes de soleil et qu'on ne voit pas son regard, sa bouche devient très mince et un filet de bave lui glisse sur le menton.

Iè cchi dissi di sbagghiato? Qu'est-ce que j'ai dit qu'il fallait pas? pense l'oncle Sal.

Don Giorgino, cette fois, il est pris d'un rire qu'on sait pas s'il rit, pleure, gueule, jure ou meurt. Toussant, catarrheux, il racle, crache, ravale et siffle: y se passe de tout avant qu'il s'arrête d'un coup.

Putain! pense l'oncle Sal.

Don Giorgino ouvre la portière et projette un glaviot sur le marchepied.

– Et donc, j'étais en train de raconter, dit-il, enfin libéré, que la suceuse est encore vivante.

– Qui?

– Comment, qui? Comment elle s'appelle, bordel?! Celle qu'a un nom allemand! Tu le dis là, à l'instant, celle qui aime le foutre...

– Mais qui... Greta... la radasse de Frank Erra?

– Nuccio est 'ne tête de nœud qui doit remercier *so matri,* sa mère, cette brave femme, d'être encore vivant... Je te le racontai que *so matri* venait nous voir quand on était au trou et qu'elle nous la suçait à tous chacun son tour?

– Bien sûr que vous me l'avez raconté. Mais qu'esse-vous me dites, que la radasse est encore en vie ? Impossibbole c'est !

– Maintenant je vais te balancer des mornifles deux par deux jusqu'à ce qu'elles deviennent impaires. Oui, je te dis qu'elle est vivante, vivante !

Don Giorgino soulève les deux mains, les paumes tournées vers le ciel.

– Dès que je chope Nuccio… dit l'oncle Sal, le visage empourpré, dès que je le chope…

– *Cammati*, calme-toi, qu'après il te vient la thrombose… dit don Giorgino. Faut pas t'énerver parce que les suceuses, elles sont comme ça, elles meurent jamais, elles sont pires que les *bratti*, les cafards ! Elle a été chopée de côté. Ou plutôt, elle a pas été chopée du tout. Elle a un pertuis dans les cheveux.

– Un pertuis dans les cheveux ? !

– Oui, on m'a raconté qu'elle a une espèce de truc… (Don Giorgino mime une espèce de trou dans la coiffure.) En somme, elle mourut pas…

– Et maintenant, *unni è*, elle est où ?

– Ils l'emmènent au Central Palas.

– *'O* Central Palas ?

– Il m'a raconté, c'te gars du Garibaldi, que les professeurs lui ont dit qu'elle devait rester en ossebbation pour vingt-quatre heures, passqu'en tombant, elle s'est cogné *'a* tête. Quand on lui a dit qu'il y avait pas de place et qu'elle devait se coucher dans la civière dans le couloir, elle s'est mise à brailler qu'on aurait dit une harengère… Alors, ils y ont donné le balium… ils disent qu'elle avait la crise hystérique… alors, pour qu'elle leur lâche la grappe, ils ont amené le registre, ils l'ont fait signer et ils l'ont envoyée se faire foutre. Puis les policiers lui ont dit qu'ils devaient l'emmener à la questure pour l'interroger. A la questure, arriva *'u* juge d'instruction, *'a* DIA*, *'u* questeur, *'a* presse, *'a* télévision et

* DIA : *Direzione investigativa antimafia*, direction d'enquête antimafia.

tout le bordel des barbots du continent, et elle, elle se met à gueuler encore une fois. Ils lui ont donné encore un bon peu de balium et l'ont envoyée se faire foutre aussi à la questure. Ils lui ont dit que si elle arrêtait de bramer, ils l'accompagnaient à l'hôtel et on verrait après.

– Putain, don Giorgino, j'y envoie tout de suite Nuccio.

– Arrête-toi et combine pas d'autre couillonnade. Taléphone à Turi.

L'oncle Sal fait une tête effrayée.

– A Turi ?

– Je t'ai dit, taléphone à Turi.

A l'oncle Sal, il lui vient l'envie de se faire le signe de la croix. Pas tant pour l'autre, mais quand même, l'oncle Sal a des nièces et donc avec Turi, y veut rien avoir à faire.

– *Chi ci sta aspittannu ?* Qu'est-ce que t'attends ?

– Oui, voilà, tout de suite...

Don Giorgino hoche la tête.

L'oncle Sal prend le tribande immigré, et en jurant avec les yeux, il fait le numéro de Turi.

– Mais y pouvait pas s'en occuper, Nuc... Allô, Turi ? dit l'oncle Sal d'une voix qui tremble comme la tulipe caressée par le vent.

– Oui ? souffle une voix.

L'oncle Sal hoche la tête à l'adresse de don Giorgino.

On sait pas si don Giorgino dort ou pas.

– Ici Sal Scali...

– Bonsoir...

L'oncle Sal se force à parler :

– Écoute, Turi, j'aurais besoin d'un service...

– Oui ?

– Au Central Palas, tout de suite, une Américaine qu'est arrivée de Rome avec un qui s'appelle Frank Erra...

– Je dois besoigner aussi çui-là ?

– Non, lui, il est déjà étendu... *'A* 'méricaine s'appelle Greta, le nom, je le connais pas...

– A votre disposition, oncle Sal.

L'oncle Sal entend une espèce de suçotement et s'apprête à conclure la conversation quand don Giorgino dit :

– Passe-le-moi.

L'oncle Sal donne le tribande à don Giorgino.

Celui-ci regarde à droite, à gauche, prend le taléphone et dit à mi-voix :

– C'est moi. *'I pigghiasti ddì così ?* T'as pris ces trucs ?

Puis don Giorgino coupe, passe le taléphone à l'oncle Sal, s'appuie de nouveau au bâton et éclate d'un rire que, putain, même le gars qui est descendu de la voiture se retourne et qui, à ce moment-là, était en train de mater une nana que, si elle vous chope la bite, faut lui envoyer l'huissier à la maison pour se la faire rendre.

Le téléphone sonne, chez Tony

Le téléphone sonne, chez Tony.

– *Ppi mmia*, pour moi, y peut exploser, j'y réponds pas, dit Cettina.

Cettina a les nerfs parce que la journée a commencé comme ça : avec Tony qui se pointait avec un carton de six bières à la main en demandant : "Tu me les as repassées, les chemises ?"

Tony, il a ce truc que les chemises, c'est la *mugghieri*, l'épouse, qui doit les repasser parce que quand c'est la bonne, on voit qu'elles ont pas été repassées avec amour.

– Oui, Tony, elles sont en bas, dans le panier du linge repassé.

– Toutes, toutes ?

Pour le babbequiou, il porte des chemises de soie indienne et tous les quarts d'heure il doit les changer parce qu'elles ont la tache de sueur sous l'aisselle.

– Oui, Tony, toutes, toutes.

– Je crois pas que tu aies mis l'amidon ?

– Non, je l'ai pas mis, Tony.

– Non, parce que, a dit Tony aux filles venues donner un coup de main pour la préparation du babbequiou, le col de la chemise de soie indienne doit être mou.

– Et moi, je l'ai fait mou, Tony.

D'abord, Tony a fait *bien* avec la tête et puis, un instant plus tard, il a encore changé d'expression et il lui demandait :

– Et ces bières, pourquoi elles sont pas au frigo ?

Cettina a regardé les bières.

– Parce qu'elles y entraient pas, Tony. Le frigo est plein de bières.

– Toujours l'excuse prête, pas vrai ? Comme si elles y entraient pas ! Je te l'ai dit des milliards de fois, les bières, dans le frigo, tu dois les mettres couchées. (De la main, Tony a mimé les bières couchées.) Comme ça, il en rentre beaucoup plus.

– Et moi, je les ai mises couchées.

– Couchées comment ?

– Tony, il me semble que j'ai pas vu la mayonnaise à la cuisine… dit Valentina.

Tony s'est pris les cheveux comme s'il avait le tournis et s'est précipité à la cuisine.

Cettina a remercié Valentina de lui avoir enlevé Tony d'entre les pieds. Et à ce moment, le téléphone a sonné.

– *Ppi mmia*, pour moi, y peut exploser, j'y réponds pas, dit Cettina.

– Peut-être que c'était l'Américain de l'autre fois, dit Cinzia.

Cettina fait une grimace en pensant aux fugues croisées que Tony s'est mis en tête d'organiser.

– Quel 'méricain ? dit Mindy.

– Celui qui te dévorait toute crue, dit Alessia.

– Moi, personne ne me dévorait toute crue, dit Mindy, le visage rougissant.

– C'est vrai qu'elle le regardait pas ? demande Cinzia à la tante Carmela.

– Si elle dit qu'elle le matait pas, elle le matait pas, dit la tante Carmela.

– Putain, dit Rosy. Si Steve voit un type comme ça, y me flanque des mornifles rien que parce qu'il est jaloux. Moi, je le comprends pas, Steve, d'abord, y veut que je m'habille de manière féminine et puis y me flanque des mornifles parce qu'on me mate.

– Oui, Rosy, mais toi, tu t'habilles de manière trop féminine ! dit Valentina.

On entend un fracas de bouteilles cassées qui provient de la cuisine.

– Je l'avais dit qu'elles rentraient pas, observe Cettina en fixant le vide.

– Merde, j'ai failli me couper, dit Tony en arrivant de la cuisine. Puis il s'arrête, tend l'oreille, regarde les femmes affalées, demande : mille pardons, un renseignement. Vous l'entendez pas, le téléphone qui sonne ?

– Nous avons pensé que tu voulais répondre toi-même, Tony, dit Valentina. Après, tu te mets en colère parce qu'on sait pas répondre au téléphone.

– Et bien sûr que je me mets en colère. Cettina dit allô, qu'on dirait une harengère.

Tony prend le combiné et dit : "Oui ?" Puis il blêmit, en silence, raccroche. Il mate les femmes mais c'est comme s'il matait personne.

Les filles et la tante Carmela se regardent.

– Merde… dit Tony.

– Quoi, merde ? dit Cettina en prenant le décor de table pour le déplacer puis en le reprenant pour le remettre où il était.

– Putain… c'était l'Américain…

– L'Américain ?! dit Mindy en se levant.

– Il m'a dit qu'il nous amène Leonard Trent… Une star chez moi, je peux pas y croire !

Sciacca et Longo, souvent on les fait chier

Sciacca et Longo, souvent on les fait chier, à via Vecchia Ognina. On leur donne la besogne la plus dégueu, garde statique, escortes et conneries de ce genre, sans considération pour l'ancienneté et les mérites (Belmonte Mezzagno, s'ils avaient pas été là, putain merde, ils risquaient pas de le virer de sa zone!).

Sciacca et Longo étaient en train de se prendre un amaro chez Caprice, obligatoire parce que, à Sciacca, sa sœur lui avait préparé les pâtes aux aubergines et à Longo, sa femme avait fait les pâtes aux sardines, quand de la via Vecchia Ognina, on leur a ordonné d'aller prendre *'a* 'méricaine hystéro pour l'escorter jusqu'à l'hôtel.

Imaginez comme l'échange d'un amaro contre une Américaine hystérique a fait plaisir à Sciacca et Longo.

Dans l'ascenseur, ils étaient à deux doigts de s'endormir quand Greta a hurlé *bastard* à Longo et *son of a bitch* à Sciacca.

Normal, a pensé Longo. *Ils viennent juste de lui buter son mac, et on sait que les radasses font toujours comme ça quand on leur flingue leur protecteur.*

A l'étage, Sciacca a pris Greta par le bras et la radasse s'est mise à faire comme celle de la pub. *"Don't touch me!"* elle a crié.

En tout cas, Sciacca et Longo l'ont escortée jusqu'à la chambre. Greta les a regardés et puis elle leur a claqué la porte au nez.

Sur le palier, Longo a sorti un petit flacon de Sambuca pris à la caisse du Caprice et ils étaient en train de se le biberonner béatement quand est apparu un casse-couilles en costume sport gris et bleu, avec des pellicules sur le col.

– Bonsoir, a-t-il dit.

Longo et Sciacca se sont entre-regardés et ont répondu d'un signe de la tête.

Le casse-couilles avait les cheveux roux et le visage tout tendu, comme ceux qui se sont fait faire la chirurgie esthétique. Sauf que là, ce type, on aurait dit que des interventions, il en avait trop subi. Il avait l'œil presque en amande à force de s'être fait retendre la peau.

– Mais qu'est-ce qui fut ? D'abord, j'entends une femme qui pousse des cris. Maintenant, deux policiers dans le couloir. Je dois m'inquiéter ?

– Rin, rin, un assassinat, la dame y a été mêlée et elle est sous le choc, a dit Longo.

– Un meurtre ? Ici, à l'hôtel ?

– Non, dehors.

– Rin de grave, j'espère... a dit çui-là en se référant à l'assassinat. Mais la dame, elle y est vraiment vraiment mêlée ou elle passait là par hasard ?

Longo et Sciacca se sont matés de nouveau.

– Circulez, circulez... a dit Sciacca en agitant la main qui tenait le flacon de Sambuca.

– Bien sûr, bien sûr, moi, je disais ça pour vous. Si la dame passait par hasard, ce sont des choses qui arrivent. Mais si la dame est vraiment impliquée et qu'elle se sauva, je veux dire, si ça se trouve, ils vont encore essayer, non ? Je vous salue bien.

Le type en costume sport s'est mis la main en poche et s'en est allé.

– Un casse-couilles de première catégorie, a dit Sciacca.

– Première catégorie de bistouri, tu veux dire, a rétorqué Longo.

Sciacca et Longo ont éclaté de rire. Sciacca a repassé le flacon de Sambuca à Longo et Longo se l'est fini d'un coup, d'une gorgée rapide.

– Qu'est-ce qu'il t'a dit, le chef? a demandé Sciacca.

– Putain, Licciardello était tendu comme une corde de violon! Le FBI nous a communiqué qu'un des deux morts de la via Crociferi est un *mammasantissima*, un gros bonnet mafieux!

– Et nous, on doit rester ici? a dit Sciacca en se mettant les mains dans les poches pour se soulever les burnes.

– On commence à sentir le froid, eh? Avec cet air conditionné de merde! a dit Longo.

– Putain, il rentra un de ces froids! Écoute-moi, Longo. Licciardello te dit: "Accompagnez-la à l'hôtel et surveillez-la", ou bien "Accompagnez-la et surveillez l'hôtel"?

– J'ai l'impression que c'est la deuxième phrase, a dit Longo en riant.

– Alors, on peut descendre au bar de l'hôtel et se prendre un autre Fernet-Branca?

– Moi je dirais que oui, a répondu Longo.

Dans l'escalier, ils ont croisé le casse-couilles à tête de minot asiatique qui recommençait à monter.

Comme toujours, Turi se trimballe un magnétophone en poche pour écouter ensuite les gémissements. Greta est sortie de la douche et Turi l'a agrippée par les épaules, lui a bâillonné la bouche, l'a étendue sur le lit, lui a mis le couteau sur la gorge. Turi a senti la panique monter chez la radasse, avec le cœur qui faisait boum boum et le souffle qui devenait haletant. Il a commencé alors à faire je pousse-je me retire, je pousse-je me retire. Quand il lui appuyait la lame, la salope criait, quand il relâchait la pression, elle se détendait, quand il pressait encore, elle se crispait.

A un certain moment, la putasse est restée immobile, en essayant de l'aider. Dans sa vie, Turi a vu de tout mais jamais une salope avec le couteau sur la gorge qui commençait à faire j'ouvre-je ferme avec le cul.

C'te truc, Turi, ça l'a pratiquement rendu dingue. La suceuse masochiste a accéléré les montées et les descentes et à

Turi, la bite s'est gonflée, parce qu'en plus, la femme frottait contre la fermeture à glissière de ses brailles.

La seule chose de libre que Greta avait, c'était le bras droit qui pendait hors du lit. Du bout des doigts, elle a tâté la moquette, cherchant quelque *hairgrip**, quelque *hatpin*, ou quelque autre merdouille de ce genre. Et la seule chose qu'elle a trouvée, ce sont les chaussures Prada avec leurs *stiletto heels* que Chaz, sur ordre de Frank, lui avait achetées sur la Fifth.

Quand il s'est pris de biais le talon dans le nez, c'te truc, d'abord, ça l'a abasourdi. Il a vu tout blanc et ensuite, d'un coup, il a senti que son nez grossissait. Et il s'est rappelé une fois quand il était encore un chiard et l'après-midi, tout d'un coup, il s'était senti que le prépuce lui démangeait et grossissait. Alors, il s'en alla aux chiottes se le tripoter et il sentit comme quand il se pressait les boutons. De la bite tendue lui sortait une espèce de pus très blanc. Turi, alors, s'est détendu, avec une expression de quasi-jouissance sur le visage.

Greta a rassemblé ses forces, a serré le *stiletto heel* dans la main droite et l'a planté avec violence dans l'œil de tantouze béate de Turi, puis elle a fait comme faisait sa grand-mère, dans le Maine, quand elle passait l'après-midi à *kneading bread*. A ce point, elle a entendu un bruit, ou plutôt non, un *whispering*, et même une espèce de *pleasure's whispering* qui provenait de la bouche de Turi. Puis, plus rien. Alors seulement, Greta a regardé en face son agresseur. Et a vu sa chaussure à mille dollars *hammered* dans l'œil du type, étendu et désormais muet. Et, à la base de la chaussure, une tache grumeleuse de sang qui se répandait sur un visage plus lifté que celui de Cher.

---

* *Hairgrip*: pince à cheveux. *Hatpin*: épingle à chapeau. *Stiletto heels*: les talons aiguilles. *Kneading bread*: pétrir le pain. *Pleasure's whispering*: gémissement de plaisir. *Hammered*: enfoncé.

Pour trouver un noir d'Avola

Pour trouver un noir d'Avola comme le voulait don Lou ("l'achète pas *all'unn'è e gghiè*, n'importe où, et pas à la barrique, j'insiste"), Pippino arpenta la moitié de Catane, parce que, au Central Palace et autour de l'hôtel, du noir d'Avola ils en avaient, mais embouteillé en Vénétie et c'était comme, avait dit don Lou à Lou, acheter du verre de Murano fabriqué à Carrapipi. Maintenant, assis dans le fauteuil de la suite du Palace, don Lou était en train de le siroter lentement.

– Putain, ça oui, que c'est un vin qu'en a !

Assis lui aussi dans un fauteuil derrière don Lou, Pippino hoche la tête, satisfait. Il vient juste de commencer à lire un livre dont on lui a toujours parlé en Amérique et le début lui plaît : *In my younger and more vulnerable years my father gave me some advice...** Putain, son père aussi fit la même chose avec lui quand il était minot !

– Moi, j'ai bu un blanc en barrique vraiment bon, grand-père, dit Lou, la voix pâteuse de gin et de cigarettes.

Sur le divan devant le fauteuil de don Lou, Sciortino *'u nicu*, le jeune, est en train de s'envoyer le troisième gin de la journée.

– Moi, dit don Lou en dialecte, je dis que le vin en barrique est pas bon. Je dis que c'est un truc de Français, et chaque barrique donne que le vin qu'elle a. Puis, sur un ton agacé peut-être à cause de ses hémorroïdes enflammées : mais putain, qu'esse-tu fais encore ici ? Je t'ai dit de te montrer en ville !

* Première phrase de *Gatsby le Magnifique* de F. Scott Fitzgerald.

– T'inquiète pas, grand-père ! répond Lou. Je me suis fait inviter au barbecue de Tony, le neveu de Sal Scali, où je m'aprésenterai avec une veste rouge comme celle du petit-fils de Russotto et en compagnie de cette tête de mule de Leonard Trent ! Si on me remarque pas comme ça !

– Un barbecue ? demande don Lou. Un barbecue à Catane ? Ils ont dû te dire *arrust'è mangia* !

– Barbecue, ils m'ont dit barbecue.

– Alors, c'te Tony est un *babbasunazzo*, dit don Lou, c'est encore mieux ! Puis, regardant par la fenêtre, qui donne sur la via Etnea : mais c'est quoi, c'te *sgrusciu*, cet embouteillage ? C'est la *fire siren* que j'entends ou bien celle de la police ?

– Si vossellence le permet, je vais voir, dit Pippino en posant le livre sur la moquette. Don Lou hoche la tête, Pippino regarde autour de lui, mate la bouteille de gin et, suivi par le regard hargneux de Lou, la remet dans le frigobar avant de sortir de la chambre.

– Putain ! dit don Lou. Toute la Sicile est changée ! Même la sirène de la police !

Lou hoche la tête même s'il n'a pas la moindre putain d'idée de ce qui a changé dans la sirène des *cops*.

De la main droite, don Lou serre le verre de noir d'Avola, de la gauche le bras du fauteuil et, du pied droit, il commence à tapoter le pied gauche du fauteuil.

– Je peux pas y penser à ce que nous a dit Sonnino ! "Faites vous-mêmes les comptes, avec le brigadier qui s'explose la tête, les Américains qui font comme chez eux et qui flinguent via Crociferi, parce que c'est clair que pour tous, ce furent eux, qui flinguent un célèbre producteur sous l'œil des photographes, qu'est-ce qu'elle peut faire la Coupole, sinon s'ademander : c'est comme ça que Virtude se contrôle le territoire ?" *Do you understand,* don Lou ? En Sicile, ils nous ont utilisé pour baiser Virtude et en Amérique, ils veulent utiliser la Sicile pour nous baiser à nous et nous la mettre *'ndo culu*, dans le cul !"

Don Lou donne un grand coup de poing sur le bras gauche du fauteuil.

– Et Sal Scali ?! continue-t-il. Putain, plus y lèchent avant et plus y sont vindicatifs maintenant ! Le fumier, quand ces têtes de nœud de ses gars ont buté *'u* brigadier, il fit deux plus deux font quatre et il te fit faire ce qu'il voulait. Comme ça, toute Catane acommença de se demander : mais, merde, qui c'est, ce Lou Sciortino ? Mais qu'esse-y veut, bordel ? Mais maintenant, le bordel, c'est nous qu'on va le leur faire voir !

Don Lou balance une beigne si violente au bras du fauteuil que le vin se renverse sur la chemise blanche, à la hauteur du cœur.

Quand Pippino rentre et voit la tache rouge sur le cœur, il a une expression si effrayée que don Lou se dépêche de lui dire :

– *Iè nìuro d'Avola*, c'est le noir d'Avola.

Pippino toussote avant de dire :

– M. Trent voudrait parler avec vossellence. Je l'ai rencontré dans le hall de l'hôtel et je me suis convaincu qu'il sait ce qui se passe.

– Et il est où maintenant ? demande don Lou.

– Il attend dehors.

– Fais-le rentrer, alors !

Leonard entre rapidement tandis que Lou essaie d'essuyer avec une serviette mouillée la tache sur la chemise de son grand-père.

– *Oh Lord*, dit-il en s'arrêtant d'un coup. Le tueur est passé ici aussi !

– *Iè nìuro d'Avola*, dit don Lou, piqué. Et maintenant, c'est quoi, cette histoire de tueur ?

– Seigneur, vous n'avez pas entendu !? L'hôtel est sens dessus dessous, ambulances, police, *judges* ! Leonard s'assied sur le canapé, soupire et croise les jambes : je peux avoir un peu de ce vin, Pippino ? demande-t-il. Merde, j'ai perdu mon producteur et j'ai failli aussi perdre la maîtresse du producteur !

– Mais qui ? demande don Lou. La radasse de Frank Erra ? Mais ils l'ont pas descendue via Crociferi ?

– Ils lui ont juste démoli l'*hair set* sous le pont de la Capinera, don Lou ! Après une demi-journée d'interrogatoire, les *bacons* l'ont réexpédiée sous escorte dans cet hôtel de merde. Une escorte de bras cassés, comme disait mon père ! Le tueur a eu le temps de trouver la *room* de Greta, d'ouvrir la porte et de l'agresser sous la douche !

– Putain, ils l'ont flinguée ici, à deux pas de ma chambre ! s'exclame don Lou en donnant une autre beigne au bras du fauteuil.

– Merci, Pippino, dit Leonard en agrippant le verre de noir d'Avola. Non, elle est pas morte, don Lou, c'est le tueur qui est mort.

– Comment il est mort, le tueur ?

– Séché avec un *stiletto heel* signé Prada, *hammered* dans l'œil gauche. Maintenant, Greta *is crying out* contre les *bacons* et les *judges* parce qu'elle veut récupérer la chaussure. Elle dit qu'elle coûte plus d'un million de dollars !

– Putain, dit Lou en levant le verre de gin en guise de toast. Tu devrais utiliser cette scène dans ton *next movie*, Leonard, *it's flawless* !

– Mais pourquoi t'es pas né normal, hurle don Lou le visage écarlate, comme les petits-fils des Gabella, des Gagliano, des Cultrera ?! Bordel, tu te mets à galéjer dans une situation pareille ?

– Si tu veux, grand-père, je fais comme Jack Gagliano ! dit Lou, vexé.

Don Lou émet un grognement incompréhensible.

– *What did Jack Gagliano ?* demande Leonard.

– Pour baiser Anthony Fumeri, explique Lou, il prit *'u frati*, le frère d'Anthony, lui coupa une main, et le reste, il l'a dissous dans l'acide, il a envoyé la main dans un beau paquet avec des glaçons pour qu'elle pue pas et dans un petit billet il a écrit : “Nous, une main, nous vous l'avons tendue, maintenant, nous attendons que vous veniez vers nous, et si vous êtes discourtois au point de ne pas accepter notre invitation, nous, en bons chrétiens, nous tendrons l'autre joue et nous vous en enverrons une autre, de main." Je pourrais faire comme ça aussi, avec Sal Scali. Peut-être *I could kidnap* Tony.

– *Who's Tony?* Celui de la *party*? demande Leonard.

– *Exactly*, celui du barbecue, le neveu de Sal Scali, dit Lou.

– Toi, tu fais que dalle, merde! dit don Lou, très sérieux. Tu restes *bonu bonu*, bien sage, et tu vas faire le tour de Catane avec Leonard. Aux barbecues des *babbasunazzi*, aux *party* de mes couilles, sur la via Etnea, dans tout Catane, dans toute la Sicile, bordel! Et que tout le monde voie que vous vous promenez. C'est compris?

Lou et Leonard se regardent, perplexes.

– Et même, le mieux, c'est que vous acommenciez maintenant à vous promener! dit don Lou avec un regard encore plus sévère.

Lou opine du chef à l'adresse de son grand-père et fait signe à Leonard de changer d'air. Leonard pose à contrecœur le verre de noir d'Avola sur la *coffee table*, se lève, agite les pieds pour s'ajuster l'ourlet.

– *Bye*, don Lou, dit-il.

Don Lou soulève légèrement la main gauche.

Resté seul avec don Lou, Pippino fait ce qu'il évite soigneusement de faire en pubric: il prend une *blanket* et la dispose amoureusement sur les jambes de don Lou. Celui-ci, comme d'habitude, feint de ne pas apprécier et repousse la couverture de côté en marmonnant:

– Putain, *'u* barbecue à Catane! Si ça se trouve, y jouent aussi au baseball, ces connards! Puis, il ajoute sur un ton plaintif: prends le *cell* sûr, Pippino, et appelle-moi John La Bruna, que moi, je peux pas me lever!

Pippino sourit, lui remonte la couverture sur le côté découvert, se dirige vers l'armoire, prend un sac, en tire un téléphone cellulaire, compose le numéro de John La Bruna, dit : *"Wait a minute"*, et passe l'appareil à don Lou.

– Salut, John, dit don Lou, c'est Lou Sciortino.

– D'où t'appelles, Lou ?

A l'autre bout du fil, la voix de John La Bruna a quelque chose de sombre.

– T'inquiète, John, l'appareil est sûr.

– *Where are you ?*

– *In Sicily*, John, et je voulais te dire que ce truc que vous m'avez envoyé à la Starship, y s'est pas passé un mois qu'y s'est cassé.

Pippino s'assied sur le divan, tout au bord, prêt à bondir.

– *Don't worry*, Lou, on peut toujours t'envoyer une pièce de rechange. Tu le sais, non, que nous, les La Bruna, on fournit toujours avec la garantie.

– Écoute, John, la vérité, c'est que *I'm tired*, je suis vieux, désormais, j'ai l'artériosclérose et mon petit-fils est une personne correcte. Donc, tu sais ce que je te dis ? Que ces affaires de *movies*, elles sont plus *ppi mmia*, pour moi.

John La Bruna se tait pendant cinq ou six secondes. Puis il dit :

– *I understand*, Lou ! On s'est fait vieux pour ces choses...

– *Exactly*. Écoute, John, faisons comme ça, moi, je m'en retourne à New York, je m'emmène mon petit-fils et on fait un beau petit contrat, noir sur blanc, que moi, la Starship, je te l'ai vendue...

– Mais tu es sûr que je veux l'acheter, Lou ? Pétard, en ce moment, j'ai des tonnes d'impôts à payer !

– John... disons que le prix, tu le fixes toi, ça va ? Et si pour le moment, t'as pas de liquide, sois tranquille, que de toute façon, l'avocat, je te l'envoie pas.

John éclate d'un rire bruyant.

– Mais bien sûr, Lou, bien sûr... Alors, qu'est-ce que tu fais, tu te retires dans la vie privée ?

– Plus ou moins, John, plus ou moins.

– J'ai compris, tu veux te consacrer à l'opéra… Qu'est-ce que tu fais, tu prends des cours de chant ? Tu veux faire comme Salvatore Mineo qui s'est exhibé sous la coupole de la cathédrale de Monreale ? Ouh, mais comment ça se fait que nous, les Italiens, on a c'te faible pour l'opéra !? Moi, je dis qu'on doit s'en débarrasser, Lou ! Des Pavarotti, y'en a qu'un, les autres, pétard, quand ils chantent, ils chantent faux !

– Ah non, John, moi, si je veux chanter, je chante ! dit don Lou. L'opéra est une passion trop grande *ppi mmia*. Il faudra me tuer s'ils veulent pas que je chante… mais ça, je le conseille à personne…

– Ça me semble juste, Lou, ça me semble juste. Mais t'as pas d'autres passions ?

– Je pourrais me consacrer à l'agriculture.

– Et pourquoi tu le fais pas ?

– Parce que dernièrement je me mis à planter des fèves et elles sont venues petites, tristes et fripées… Alors, j'ai essayé avec les amandes… *ma 'u sai cchi mi succidiu*, mais tu sais ce qui m'est arrivé ? Elles se sont desséchées ! Les amandes se sont desséchées ! Je devrais éliminer les quatre fèves brisées qui me sont restées et les amandes… Mais toi, qu'est-ce que t'en dis, John ?

– C'est une très bonne idée, Lou, élimine, élimine, et tu verras que la terre renaît !

– Tu es sûr, John ?

– Pétard, Lou. A moi, c'tes fèves et c'tes amandes, elles m'ont jamais plu. C'est une obsession que vous avez, vous les Siciliens. Comprends-moi, Lou, pour moi, elles peuvent crever, toutes les fèves et les amandes du monde ! Si tu savais ce que je m'en tape !

– Comment va Carmine Iacono, John ? Et Salvatore Fumeri ? Dis-leur que c'est des pourris de plus besogner avec don Sciortino !

– Y vont bbien, Lou, et se rappellent toujours de toi avec affection.

– Ok, John, c'était un plaisir de parler avec toi.

– Pour moi aussi, Lou. Alors, je t'attends à New York… Moi, pendant ce temps, je fais préparer un petit contrat à Charlie Cacace, c'est un brave garçon et…

– Fais comme tu crois qu'il faut faire, John.

– Ok, Lou, *bye.*

– *Bye,* John.

Don Lou jette *'i cell* sur la *coffee table* et prend le verre de noir d'Avola. Il ne le boit pas. Il reste comme ça, la couverture sur les jambes, légèrement penché en avant, à fixer l'intérieur du verre. Puis il soulève légèrement la tête et rencontre le regard de Pippino, tendu. Don Lou baisse de nouveau la tête et puis, hoche. Pippino bondit sur ses pieds et s'arrange les brailles.

La pièce est mal éclairée

La pièce est mal éclairée par une lampe à gaz de camping. Une veste de cuir est accrochée à un siège défoncé et un portable sonne dans la poche. Le son se superpose quelques instants à un grincement de ressorts.

– Et merde! dit Nuccio. Il se lève, nu, et va prendre l'appareil. Putain qui... don Scali!

– Où t'es, bordel?

– On a crevé. Parrinello est en train de changer le pneu du fourgon.

– Et toi, pour tuer le temps, t'es allé aux putes.

– Mais non, don Scali, dites pas c'tes choses...

– Merde, comment ça se fait que chaque fois que tu besognes querqu'un, après tu dois aller baiser?

– Mais non, don Scali, qu'esse-vous dites... *iù sugnu*, je suis... dans un bar.

– Oui, bien sûr. Tu besognes sur querqu'un, tu te manges le sandwich avec la Strasbourg, tu te descends ta petite pillule et tu vas tirer un coup et après tu te pointes que tu sens la négresse, comme si je t'aconnaissais pas! Si tu te pointes pas ici disons tout de suite, je te coupe les couilles et je te les accroche aux oreilles... *'u capisti*, t'as compris... je te les coupe et je t'en fais des boucles d'oreilles!

– J'arrive, don Scali, putain, avec le pneu crevé, je m'en fous, je vais dire à Bruno de laisser tomber, je me finis mon Fernet et j'arrive... même, tiens, je le finis pas... allô... allô...

Aujourd'hui, à l'embouchure du Simeto, le soleil qui se couche n'éclaire pas seulement les roseaux, les oiseaux de l'embouchure, les sacs-poubelles, quelques baraques sans droit ni titre, de vieilles godasses, des eaux d'égout, mais aussi les cadavres de Tuccio et de Nunzio Aliotro. Tuccio est à plat ventre, étendu de tout son long, Nunzio Aliotro est recroquevillé dans une pose entortillée, le bras droit tendu. Vus d'une centaine de mètres, ils ont l'air d'une installation d'art contemporain. La sonnerie du tribande de Tuccio se déclenche : *La vida loca.*

Un paquet de papier d'emballage sous le bras, Nuccio sonne à la porte de la Pâte d'Amande, mais pas avant d'avoir maté à droite et à gauche du cours Italia. Sainte Mère, comme ça lui plaît à Nuccio de trafiquer après s'être fait une bonne baise avec une noire à San Berillo !

L'oncle Sal ouvre la porte de verre et de cuivre, mate Nuccio et lui balance une mornifle qui résonne sur le cours Italia.

– Ça te paraît le moment d'aller niquer ?

– Mais don Scali, je vous le djure, je me suis juste pris *i'* Fernet...

– Le fusil, tu l'as amené ?

– Bien sûr, le voilà... dit Nuccio en soulevant l'emballage de papier. Je l'ai emballé pour pas le montrer...

– Où est Tuccio ?

– *A mmia*, à moi vous le demandez, don Scali ? Il est allé s'occuper de Sonnino, non ?

– Vous vous êtes pas parlé sur les portables ?

– Non.

– Vous vous taléphonez même quand vous êtes ensemble dans la voiture et aujourd'hui vous vous êtes pas taléphoné ?

– Oh bon, mais ça, on le fait pour galéjer, quand on besogne, on galèje pas.

– Salopard, fils de radasse, tarlouze de mmerde et suce-pine !

C'est peut-être parce qu'il est défoncé ou bien parce qu'il y est habitué mais, dans le bureau de Sciortino *'u nicu*, le jeune, Nuccio sourit tandis que l'oncle Sal jure. Et ça fait encore plus enrager l'oncle Sal.

– Grandissime fils de pute, tu le sais, non, que ta mère suçait tous les taulards ! J'ai dû appeler Turi pour qu'elle me lâche la grappe, cette putasse de 'miricaine ! T'as compris, pédale ?!

– Comment c'est possible, don Scali, je la vis atomber en même temps que le 'miricain habillé en blanc !

– Mon cul qu'elle atomba, tantouze de mmerde ! Tu rigoles, eh, tu rigoles comme un bossu !

– Je ris pas, don Scali, je ris pas… dit Nuccio en riant.

– Planque le fusil là-dedans ! dit l'oncle Sal en montrant l'armoire de Lou.

Nuccio se tire les brailles, prend le fusil, se met à genoux, entre la tête dans l'armoire et se met à farfouiller.

– Tu te mis les gants, tête de nœud ?

– Mais bien sûr ! dit Nuccio en pensant à la noire qui lui met le préservatif sur le gland.

– Gaffe que si le coup te part, ta tête de bouffon disparaît.

– Comment ? demande Nuccio du fond de l'amoire.

– Gaffe que si le coup te part, cette tête…

– Qu'est-ce que vous avez dit, don Scali ?

– Va te faire enculer, j'ai dit va te faire enculer !

Nuccio ressort de l'armoire avec les paupières qui se ferment toutes seules et il se dépoussière les genoux.

– Et maintenant ? demande-t-il.

L'oncle Sal fixe le vide. Nuccio fait une tête d'abruti. Il regarde autour de lui, mate une bouteille de gin, mate l'oncle Sal. L'oncle Sal est pris par quelque chose qui lui trotte dans la tête. Nuccio s'approche de la bouteille, contrôle l'oncle Sal du coin de l'œil, dévisse le bouchon, prend un verre, se verse le gin, donne encore un petit coup d'œil à l'oncle Sal, avale le gin, pose le verre, met les mains dans les poches, sifflote.

– Appelle Tuccio, dit l'oncle Sal en continuant à regarder dans le vide. Puis il se dresse sur la pointe des pieds et se laisse retomber sur les talons.

Nuccio prend le téléphone et fait le numéro de Tuccio.

A l'embouchure du Simeto, il y a les couples qui baisent dans les voitures, les sacs de plastique, les dunes de sable avec les bouteilles de plastique à demi enterrées, les cadavres de Tuccio et de Nunzio et *La vida loca* qui joue.

– Aréponds que ça doit être ta femme, dit quelqu'un dans une voiture.

Tout le monde se met à rire. Puis tout le monde se remet à baiser.

– Rien, il répond pas, dit Nuccio qui, ne sachant pas quoi faire, putain, farfouille parmi les papiers, les journaux, les bouteilles de bière renversées. A un certain point, il mate l'arbalète sur le bureau.

– Donne-moi le taléphone ! dit l'oncle Sal.

Nuccio donne le cellulaire à l'oncle Sal et se met à virer dans la pièce. Au bar mobile, il prend la bouteille de gin, dévisse le bouchon et se verse un autre verre. Il l'avale cul sec, regarde l'oncle Sal et se remplit à nouveau le verre. Verre plein en main, il se remet à virer à travers la pièce pour s'asseoir ensuite distraitement sur un siège près du bureau. Il mate le vide et il se met à rire.

– Qu'est-ce t'as, bordel ?

– Eh ?

– Qu'est-ce t'as à rire, merde ?

– Qui, moi ? Je ris pas, don Scali ! dit Nuccio en prenant une gorgée de gin.

L'oncle Sal laisse tomber et fait le numéro de téléphone.

Nuccio appuie le coude sur le bureau, mais il l'appuie mal, sur le rebord et le coude glisse. Alors, il ouvre le premier tiroir en haut à droite du bureau et voit la boîte avec les carreaux d'arbalète.

Nuccio la regarde du coin de l'œil. On dirait une de ces vieilles boîtes de biscuits. Mais dessus est écrit CARREAUX. Nuccio la prend, la pose sur le bureau et l'ouvre.

– Nunzio Aliotro a mis la petite musique, dit l'oncle Sal.

Nuccio sort un carreau et commence à caresser la plume d'oie.

– Eh ? dit-il.

– La musique du téléphone, dit l'oncle Sal.

De l'œil droit, Nuccio regarde de près la pointe de la flèche puis bat des paupières, l'éloigne, la place à côté de l'arbalète et les idées enfin se mettent en place. Il sourit quand il tire la corde et actionne la noix d'acier qui retient la corde et le carreau.

– Où c'est que vous êtes, merde ! Ici Sal Scali ! dit l'oncle Sal dans la boîte vocale puis il se dresse sur la pointe des pieds et quand il va pour retomber sur ses talons, il se retrouve incompréhensiblement, mystérieusement, à terre. Avant de plus voir que dalle, l'oncle Sal a le temps de mater une tache de sang qui descend rapidement, de droite à gauche, sur sa chemise blanche, jusqu'à effacer le SS gothique finement brodé sur le côté gauche de la chemise.

Tony a téléphoné au restaurant chinois de la via Pacini

Tony a téléphoné au restaurant chinois de la via Pacini. Le *babbasunazzo* qui lui a répondu comprenait que dalle puis est arrivé un type plus aréveillé au taléphone et maintenant, au babbequiou, entre les étoiles filantes, les ballons colorés, les lampes allumées et éteintes, un dragon d'une dizaine de mètres voltige au-dessus du jardin.

Le grand babbequiou de fin de saison de Tony, depuis que Tony a pris la license de *coiffeur**, est pour le député Zappulla. Tony y invite des douzaines de gens, de tout *milieu** (Cettina dit exactement comme ça) et le député Zappulla s'y aprésente et offre à tous un sourire et une promesse, parce qu'il sait que chaque caillou crasseux peut servir à construire le mur.

Mais vu que cette fois il y a aussi les Américains, Tony a pensé à quelque chose de particulier, une soirée de *chinoiseries et orientalisme** – c'est vraiment comme ça qu'a dit Cettina – avec une triade d'apéritifs, le Bellini, le Rossini et le Tonini – mousseux sec, réglisse et lait de coco, noir et blanc juste comme le cardinal qui serait, va savoir pourquoi Tony en est convaincu, sicilo-américain –, sushis siciliens, poulpes et petites pieuvres et, au buffet des poulpes, naturellement, Nunzio et Agatino habillés en yakusas : jean de cuir noir moulant, mocassins vernis à pointe carrée et boucle d'argent, tricot de corps serré, veste de cuir, lunettes de soleil miroir.

En matant, content de lui, le dragon, Tony arrête Nunzio qui passe et lui demande à l'oreille :

– Mais il y en a assez, des pâtes d'amande ?

Nunzio, qui est petit, le regarde de bas en haut :

– S'il y en a pas, on va prendre au cours Italia, rétorque-t-il, piqué.

– Bouge-toi et trouves-en, merde! dit Tony en se regardant dans les lunettes de soleil. Puis il s'aperçoit que, sous cet angle, le reflet bombé lui donne un double menton et alors il se fait un lifting manuel, en se passant plusieurs fois très vite la main sur le cou pour le lisser et chasser jusqu'au souvenir de la peau qui commencer à plisser.

Felice Romano, le carrossier, et Angelo Colombo, *'u custurieri*, le couturier, bavardent dans un coin du jardin. Felice s'est mis le caftan avec le pantalon indien, Angelo l'habit de lin blanc qu'il s'est cousu comme celui de Truman Capote en visite à Taormina. Ils bavardent, façon de parler, parce que Felice en a rien à foutre de ce que raconte Iancelo et vice-versa. En réalité, ils friment et ils matent tous ceux qui friment.

La femme de Iancelo, qui faisait le manniquin à la boutique de tailleur avant qu'il l'épouse, se penche à l'oreille de la femme de Felice, habillée d'une robe longue bleue, collants blancs et chemisette à petit col brodé et lui dit à mi-voix:

– Il arrêta de me baiser et il lui vint la logorrhée. Il vous est arrivé la même chose, à vous?

– M'en parlez pas, madame, je suis sérieusement préoccupée.

– Maintenant, je dis, est en train de dire le père Mimmo à deux mètres de là, en se boutonnant sa veste de laine sur la chemise à carreaux, il faut que vous me l'expliquiez, cette démocratie.

Cosimo, Pietro, Turi et Tano hochent la tête. Ils ont été invités au babbequiou politique et donc, il convient de parler politique, comme quand tu vas au théâtre et qu'il convient de parler de Pirandello.

– Putain, au moins, quand y'avait le roi, je veux dire, on savait sur qui on devait tirer. Mais comme ça on comprend plus que dalle. Toi, tu me dis, continue-t-il en s'adressant à Cosimo, qui en fait n'a rien dit du tout, si celui-là, en démocratie, il se comporte mal, tu lui retires ta voix. Le père Mimmo continue, amer : et lui, il s'en branle, il retourne sa chemise, il change de drapeau et toi, tu peux même pas le fusiller parce que la démocratie, c'est comme ça que c'est fait.

Cosimo hoche.

– Putain, en démocratie, les politiques, y courent pire que les lapins.

Mlle Niscemi s'est amené Raffaella, son amie de cœur qui fait le ménage à la Province.

– Tu es sûre que je pouvais venir même si j'ai pas été invitée personnellement ? demande Raffaella, un petit peu embarrassée.

– Mais bien sûr ! Aux babbequiou politiques tu peux amener qui tu veux, merde, et même, plus y'a de monde et mieux c'est.

Mlle Niscemi s'est abstenue de mettre un soutien-gorge et y'a des marguerites sur sa chemisette qui semblent agitées par une tornade de Californie ou de Floride ou de Dieu sait quel autre putain de bled américain avec des palmiers.

Raffaella, elle, s'est mis un soutien-gorge serré qui soulève et relève, et elle aussi elle a belle allure.

– Ah bon, mais moi j'ai honte pareil. Je connais personne.

– Et toi, tu fais comme *mmia.* Quand t'as que dalle à dire ou personne à qui causer, tu te fais la tête snob, comme ça. (Mlle Niscemi relève haut le museau.) Comme ça, on dirait que tu veux causer à personne passqu'y te semblent des *arripudduti*, des parvenus, et que tu veux pas les prendre en considération.

Raffaella relève elle aussi le museau puis elle rit.

– Je te l'avais dit que si tu venais, tu te serais amusée, dit Mlle Niscemi.

– Moi, je la comprends pas, Mlle Niscemi, dit Rosy à Cinzia et Alessia, sur le canapé d'osier du côté opposé du jardin. Si ça se voit à un kilomètre qu'elle veut se faire traire les nichons, pourquoi elle doit faire cette tronche ?

Tony est encore en train de penser à la réponse masquée de Nunzio et aux pâtes d'amande qui manquent, quand il lui vient le tournis en découvrant Lou Sciortino et Leonard Trent à l'entrée du babbequiou. Tony les regarde, s'approche et ne sait par où commencer.

– Cettina ! hurle-t-il.

Quand il sait pas quoi faire, Tony hurle toujours : "Cettina !"

Cettina apparaît, tenant de la main gauche la traîne de la robe rouge et le mousseux sec de la main droite. Plutôt que de tendre la main, elle est contrainte donc de sourire et de faire une courbette. Lou sourit, Leonard, en revanche, fait lui aussi une courbette.

– Et ça, c'est Tony ! dit Tony en se montrant lui-même et en regardant Leonard avec un sourire forcé.

– *Ciao*, Tony, dit Leonard en lui tendant la main. Belle soirée !

– *Thank you*, dit Tony en tendant une main molle qu'on dirait une seiche pêchée de frais.

Puis Tony se tait et Cettina aussi. Lou est sur le point de dire une connerie à propos du rouge de sa veste et de celui de la robe de Cettina quand Leonard regarde fixement dans la direction d'Agatino.

– *Marvellous !* dit-il.

– Qui ? demande Tony, ahuri.

– Le poulpe, dit Leonard.

– *l'* poulpe ? demande Tony encore plus ahuri.

– Oui, la pieuvre, l'*octopus… how do you say* ? !

Leonard se dirige vers Agatino et, à deux mètres de la table des apéritifs, montre une pieuvre d'un mètre en pâte d'amande avec des petits parasols colorés plantés dans la tête et des tentacules comme repose-verres.

– Ah… dit Tony, soulagé. C'est joli, hein ? Incroyables les trucs qu'on peut faire avec de la pâte d'amande ! Puis il fait un signe à Agatino. Un apéritif?

Agatino bombe le torse, remonte les épaules et bat des cils sous les lunettes de soleil.

– Un Bellini, un Rossini ou un Tonini ?

– Un Tonini, *thank you*, dit Leonard.

Tony montre de la paume de la main les poulpes et les petites pieuvres :

– *Sicilian sushi, do you like?* Toi aussi, Lou, tu en veux ?

– Merci, Tony, dit Lou en regardant autour de lui. Peut-être que je vais manger et boire plus tard.

– Mindy… va arriver, dit Cettina timidement.

– On pourrait pas avoir un peu de cette… de cette.. pâte d'amande ? demande Leonard.

Tony blêmit, mate Cettina, se racle la gorge.

– La pâte d'amande va pas tarder à arriver aussi… dit-il. Bien sûr, c'est dommage de pas pouvoir se la manger, cette pieuvre, pas vrai ?

– *Don't worry*, je prends un peu de *sicilian sushi*, dit Leonard en souriant.

Tony se ranime, jette à Cettina un regard de minot content puis pose une main sur l'épaule de Leonard.

– Baretta… dit-il d'une voix aiguë, c'est vrai que c'est Baretta qui a tué sa femme ?

– Non, merci, le poulpe non… je prends seulement de ça. (Leonard ne détache pas son regard de l'assiette.) L'avocat affirme que c'est Christian, le fils de Marlon Brando, qui avait une relation avec sa femme.

– Avec la femme de l'avocat ? demande Tony, inquiet.

– Non, avec la femme de Baretta.

Tony sursaute comme s'il avait peur :

– Sainte Mère !

Leonard hoche la tête puis regarde à droite et à gauche :

– Mais c'est toute la thèse de la défense qui est erronée.

Tony hoche lui aussi la tête.

– Ils étaient au restaurant, continue Leonard, Baretta avec la femme, puis ils sortent et vont au parking. A ce point, dit Baretta, il revient au restaurant parce qu'il a oublié le pistolet, il rentre dans le restaurant, prend le pistolet et quand il revient au parking sa femme a déjà été abattue. Toi, tu le vois, un type qui s'oublie le pistolet au restaurant ?

Tony fait non avec la tête.

– Putain, ils l'ont coincé ! Pour moi, c'est le fils de Marlon Brando qui l'a fait parce que déjà, y'a dix ans, il a tué l'amant de sa demi-sœur parce qu'il la cognait, ce qui est pas normal, parce que tu peux tuer l'amant de ta sœur, pas de ta demi-sœur, parce que si tu tues l'amant de ta demi-sœur, ça veut dire qu'elle te plaît...

– *Don't forget* Duffy Hambleton, Tony, le *stuntman* qui d'abord a accusé Baretta de lui avoir commandé le meurtre de sa femme...

– Et qu'est-ce qu'il en avait à foutre, Baretta, de la femme de Duffy ?

– Non, sa femme à lui, Baretta...

– Ah, oui...

– Et maintenant, en fait, il a changé de version et il accuse le fils de Brando... Et puis, il y a Kevin London, le braqueur des parkings, l'avocat de Baretta dit que ça pourrait être lui...

Tony et Leonard Trent se mettent en marche, laissant Lou et Cettina seuls.

Mme Zappulla serre dans la main droite le *vintagghiu*, l'éventail que son mari lui a acheté à Cordoue et elle en tapote nerveusement la paume de sa main gauche. Putain, Tony, il a failli lui dire même pas bonsoir ! *Y serait pas en train de tourner sa veste, le salopard !*

A quelques mètres de distance, Mme Falsaperla est en train de se pourlécher à l'idée que Tony est en train de lui maltraiter son député, à la dame. Mme Falsaperla, au bras de son mari, qui a le bide qui déborde de sa chemise rouge aux boutons de perle et le visage rougi par l'après-rasage, n'en croit pas ses yeux de voir la Zappulla avec un museau de cheval et les cheveux comme ceux de Farrah Fawcett mais après qu'on lui a claqué le beignet. Et comme ça, elle décide d'appuyer un peu.

– Madame, dit-elle en s'approchant, vous voyez quel beau babbequiou, y'a même des invités 'méricains.

– Ceux-là, ils s'en vont à Hollywood, y cassent les couilles et puis après y viennent ici à faire les malins. A propos, poursuit Mme Zappulla en se tournant vers M. Falsaperla, votre femme m'a dit à la boutique de Tony que vous voudriez vous lancer en politique.

Le visage de M. Falsaperla s'empourpre encore davantage, parce que c'est une chose de parler d'une ambition politique à une poignée de clients pendant qu'on empaquette la saucisse et c'en est une autre d'en causer devant le député Zappulla. Qui, lui, dit :

– Excellente idée, excellente idée. Le pays a besoin d'entrepreneurs comme vous.

Le visage de Falsaperla, que personne n'avait jamais appelé entrepreneur, est sur le point d'exploser de bonheur tandis que la rougeur gagne jusqu'à la pointe des oreilles.

– Ça, c'est la démocratie, mate ! dit le père Mimmo à Tano en lui donnant un coup de coude et en montrant Lou du regard.

– Putain, çui-là qu'est venu demander les sous de la protection ! dit Tano.

– Qui ? hurle Cosimo.

– Hurle bien, hein ? dit le père Mimmo, qu'il t'a pas encore entendu !

Cet après-midi, Mindy a appelé Valentina, elle l'a conduite dans la chambre à coucher de Tony et de Cettina, a ouvert l'armoire et a montré les robes de la femme de Tony à Valentina. Cettina lui avait dit de s'en choisir une et Mindy avait pensé : *qui mieux que Valentina peut choisir une robe ?* Parmi les affaires de Cettina, Valentina a vu tout de suite une robe années 70, simple, blanche avec des pois bleus, qui paraissait faite exprès pour Mindy. Cettina est plus petite mais a le même tour de poitrine, alors la robe lui va comme un gant et lui arrive à mi-cuisse.

Valentina a fait ensuite un saut chez elle et est revenue avec des sandales à talons aiguilles achetées via Etnea.

– Quand une femme a de beaux pieds comme toi, elle doit les montrer, Mindy, a décrété Valentina tandis que sa sœur se regardait dans le miroir.

Maintenant, Mindy avance renfrognée et vacillante sur la pelouse du babbequiou. Elle marche avec une grâce maladroite, son sein blanc s'agite dans le décolleté.

– Mindy ! lance Cettina en agitant la main.

Mindy se tourne et voit Cettina en compagnie de l'Américain dans une veste rouge ouverte.

Lou la mate longuement tandis qu'elle s'approche.

– Bonsoir, dit Mindy quand elle est devant Lou, genoux serrés pour mieux planter les talons dans le sol, la voix ferme, comme le regard, qui fixe les yeux de Lou.

Lou incline la tête, le visage empourpré.

– Qu'est-ce que tu fais, tu me regardes les pieds ? lui demande Mindy.

– *What ?* dit Lou, brusque.

Cettina sourit et regarde Mindy d'un œil qui dit *t'es très belle*. Puis elle fait un signe à Agatino qui est en train de virer et tourner parmi les invités avec un plateau plein de verres de la triade. Agatino s'approche et lui dit à l'oreille :

– Madame, regardez là, y'a votre mari qui vous cherche comme une aiguille dans une botte de foin !

– Vous vous prenez quelque chose, les jeunes ? dit Cettina. Je dois vous laisser. Paraît que mon mari me cherche.

Mindy hausse la hanche droite pour tenter de libérer le talon enfoncé dans la pelouse.

– Un Branca menthe, demande-t-elle à Agatino sur un ton légèrement agacé.

Putain, pense Lou, *comme mon grand-père !*

Ça fait depuis toujours qu'elle fait la sainte nitouche et maintenant, regardez-la, cette putasse, est en train de penser Agatino.

– Amenez-en deux, s'il vous plaît, dit Lou en plantant ses yeux dans ceux de Rosamunda, Mindy ou comment qu'elle s'appelle, merde.

Sì, principessa, ascoltami ! Tu che di gel sei cinta, da tanta fiamma vinta, l'amerai anche tu ! La voix de Violetta Leonardi, soprano du Teatro Massimo, résonne, puissante et cristalline, aux quatre coins du babbequiou. Il n'a pas été difficile au député Zappulla d'accorder à Tony l'honneur d'avoir au babbequiou la Leonardi, Pippo Del Gaudio, le ténor, les deux premiers violons, un violoncelliste et une pianiste du Massimo. Ils exécutent un programme de *chinoiseries et orientalisme**, selon les indications de Tony : *Turandot* et *Madame Butterfly* surtout… *Tu che di gel sei cinta, Bimba dagli occhi pieni di malia, Un bel dì vedremo, Il cannone del porto, Tu, tu piccolo Iddio…***

Ils pourraient donner une prestation correcte, si Salvatore Attigliano, le premier violon, ne s'était pas bâfré toutes les pâtes d'amande du buffet et n'avait pas un certain mal à suivre le rythme.

** *Turandot*, acte III : Oui, princesse, écoute-moi ! Toi qui es ceinte de glace, vaincue par tant de flammes, tu l'aimeras toi aussi ! […] Toi qui es ceinte de glace, Enfant aux yeux pleins de maladie, Un beau jour nous verrons, le canon du port, Toi, toi, petit Dieu…

Nick regarde à droite, à gauche, et puis retourne se planquer derrière le portail du jardin. Putain, de l'opéra, des Américains et des dragons chinois ! Manque plus que le baldaquin avec la sainte !

Nick est terrorisé parce qu'il s'attend que, à la seconde où il entrera, le babbequiou s'arrête et que tout le monde applaudisse le fiancé, merde !

Parce que, c'est une chose de prendre à part Mindy, qu'il a pas encore réussi à comprendre comment elle est faite, merde, parce que quand on la lui a présentée, il s'est évanoui, en somme, c'est une chose de se prendre Mindy à part et de lui dire : "Désolé, Mindy, mais vaut mieux pas", c'en est une autre de lui dire : "Non, merci, vaut mieux pas", avec les parents qui applaudissent, les invitations imprimées, l'église réservée, la maison meublée et l'oncle Sal tout heureux.

Et puis, il lui manquait plus que cette allergie de merde qui lui tape sur les nerfs ! En plus de l'oncle Sal, y'a aussi les plantes qui le font chier !

Nick est en train de tousser, de cracher à n'en plus pouvoir quand il perçoit une présence dans son dos. Il se retourne d'un coup et voit Valentina.

– Nettoie-toi le nez, catarrheux ! dit Valentina en souriant et en lui tendant un mouchoir en papier.

Tony s'approche des filles sur le canapé d'osier.

– Vous avez vu les pâtes d'amande ? demande-t-il sèchement, furieux.

– Eh ? répond Rosy.

Tony croise les bras et tapote du pied.

– Bien sûr qu'y en a, Tony. Y'avait les bonbonnières, dit Alessia.

– Ah, y'avait les bonbonnières, dit Tony qui se tourne, jambes écartées, mains sur les hanches et parcourt du regard la totalité du babbequiou.

– Vous avez vu Cettina ? demande-t-il encore plus agacé.

Cinzia écarquille les yeux :

– Putain, Tony, tu poses des questions par rafales. On l'a pas vue mais demande à Nunzio qui est en train de passer.

Tony donne un coup d'œil à ses énormes auréoles de sueur sous les aisselles, jure, chope Nunzio par un bras.

– T'as vu Cettina ?

– Tout à l'heure, elle causait avec l'Amiricain et votre nièce Mindy.

Tony regarde en se mettant la main au-dessus des yeux et aperçoit Lou qui parle avec Mindy. De Cettina, pas l'ombre.

– Écoute, t'as vu les pâtes d'amande ? s'enquiert Tony en plissant bien serré les paupières.

– Non. Y'en avait une boîte mais je parle d'y a une heure.

– Co… comment, y'a une heure ? Le réalisateur m'ademanda des pâtes d'amande et maintenant qui les lui amène, pute borgne ?

Nunzio sourit, malin :

– Va savoir où elle les a planquées, votre femme ! Bien sûr, si on les retrouve pas, vous devrez aller les prendre au cours Italia !

Putain, qu'est-ce que ça lui plaît, à Nunzio, de semer la zizanie entre Tony et sa femme !

L'orgeat de don Giorgino est un rite somptuaire. Il se le prenait aux kiosques de la place Umberto, quand il était minot. A l'époque, son pantalon était déchiré, mais des brailles déchirées, alors, il y en avait beaucoup. La chaussure, en revanche, devait être bien brillante. Et l'ongle du petit doigt très long pour attirer l'attention sur l'anneau avec un rubis, parce qu'alors, s'en aller au kiosque avec l'anneau bien en vue signifiait au prochain : *vous êtes des crève-la-faim et moi, au contraire, je peux me permettre de me prendre l'orgeat, et je me le prends avec l'anneau au petit doigt passque Gioggino Favarotta est pas un crève-la-faim comme vous autres, et il a pas besoin de mettre son rubis en gage.*

L'anneau est toujours là. Avec un rubis, monture de femme. Il l'avait pris au mont-de-piété. Il venait d'une baronne dont les caroubiers avaient brûlé en 1926 et qui l'avait mis en gage parce qu'elle devait donner un dîner.

Mais maintenant, son orgeat, don Giorgino se le prend à l'Hollywood, un bar de la place Europa avec les tables dehors, où à l'heure de l'apéritif viennent les cacous à décapotables. Et où on garde l'orgeat exprès *ppi iddu*, pour lui.

Don Giorgino arrive avec un gars, s'assied et, appuyé au bâton, reste immobile à fixer, derrière les lunettes de soleil, les radasses avec le nombril à l'air, pendant que le gars commande pour lui.

Place Europa, on peut y arriver par le bord de mer, où se presse une foule de gens qui reviennent de la mer, ou par le cours Italia, qui traverse la ville et qui le dimanche est désert, ses boutiques fermées.

Pippino arrive du cours Italia.

A pied, avec son costume marron et son polo noir. D'un pas vif, résolu. A dire le vrai, Pippino n'est pas le genre qui a besoin de marcher d'un pas rapide pour avoir l'air résolu. Pippino ne sait même pas ce que c'est, d'être résolu. Lui, il est né comme ça, et comme tous ceux qui naissent querque chose, il sait même pas qu'il l'est. Pippino marche vite parce qu'il doit arriver tout suant.

Merde, qu'est-ce qu'elles sont putes, les putes, est en train de penser don Giorgino en attendant l'orgeat. *Mate-les, qu'elles ont les nichons de plastique, les chaussures à la mode, elles s'en vont au salon de beauté et elles veulent la sucer à ceux qu'ont la décapotable!*

Don Giorgino éclate d'un rire cassé. Le gars assis à côté ne bronche pas. De temps en temps, ça lui prend, à don Giorgino, de rire comme un *babasunazzu.*

Pippino est en train de marcher tête basse. Toujours plus rapide. Il sent les premières gouttes de sueur lui descendre du front. Mais le ventre n'a pas encore commencé à suer.

Quand Pippino est tendu, le temps pour lui se ralentit et alors il mate tout: il mate si une mouche te passe près de l'oreille, si tu as menti à ta femme, si tu as les pieds suant dans les chaussures, en somme un matage général. Mais quand il se détend, comme maintenant qu'il marche rapidement, alors le temps devient pour lui très rapide et Pippino ne mate que ce qu'il veut mater et rien d'autre.

Le garçon apporte l'orgeat et don Giorgino semble dormir, immobile, la bouche à demi ouverte, la pointe de la langue dehors et sa respiration, comme un râle, lui monte de la gorge. Le garçon dispose l'orgeat devant don Giorgino sur un sous-verre d'argent.

Pour le gars, rien. Il est là pour besogner et pas pour se prendre un café.

Don Giorgino que, mon cul, oui, qu'il dormait, il lui faut une heure pour se prendre l'orgeat. La main tremble et il prend des gorgées qu'on dirait un oisillon. De temps en temps, il rit... de son rire habituel, cassé.

Pippino arrive place Europa. Il se dirige vers l'Hollywood. Mate les clients du bar. Mate don Giorgino. S'approche de la table. Trébuche. Renverse l'orgeat.

Le garçon voit un monsieur tout transpirant qui s'excuse auprès de don Giorgino, appuie la main sur l'épaule du gars et s'excuse aussi auprès de lui. Le garçon s'approche en courant.

– Excusez, excusez, dit Pippino. Sainte Mère que je suis désolé ! Apportez tout de suite autre chose, qu'est-ce que c'était, je paie moi, je paie moi, excusez, excusez.

Les cacous à décapotables et les suceuses rient.

Le garçon ne sait pas quoi faire. Il court à l'intérieur pour dire ce qui s'est passé et prendre la serpillière pour nettoyer par terre.

Pippino entre en courant dans le bar.

– Sainte Mère que je suis désolé... Donnez-moi un verre d'eau, je vous prie, Sainte Mère que je suis désolé. Je paie moi, je paie moi... qu'esse-c'était, un orgeat ? Je paie moi, je paie moi.

Pippino met la main dans sa poche et en sort un rouleau de billets de cent euros. Nancy, la caissière, chemisier blanc à dentelles et quatrième taille de seins refaits, le regarde avec attention : costume marron aux manches longues, ourlet large du pantalon... un paysan de quelque bled pourri, descendu en ville pour aller aux putes.

– Ne vous inquiétez pas, dit-elle en souriant.

– Il faut m'excuser, sainte Mère que je suis désolé. Écoutez... y'aurait une station-service ouverte dans les environs ? Je suis tombé en panne avec la Mécédesse place Trento.

– Mais bien sûr. Place Trento, il y a le self-service ouvert vingt-quatre heures sur vingt-quatre. Vous l'avez pas vu ?

– Sainte Mère, place Trento ! Et moi qui croyais qu'elle était fermée. Sainte Mère, un self-service. Sainte Mère… Vous m'attendez que je reviens, d'accord ?

Pippino sort en courant tandis que Nancy le fixe en souriant.

– Remue-toi, dit-elle au garçon.

Nancy n'est pas la propriétaire du bar, elle n'est que caissière. Mais elle aime bien dire "remue-toi" au garçon. Ceux qui ne le savent pas la prennent souvent pour la femme du propriétaire.

Le garçon a en main un plateau avec l'orgeat, dans l'autre le seau avec la serpillière. *Sale pute, remue-toi, toi, et suce-moi la bite !* pense-t-il. Puis il pose l'orgeat devant don Giorgino, ramasse les restes du verre cassé par terre et se met à nettoyer.

– Excusez-moi, don Giorgino, si je nettoie, mais autrement, les mouches arrivent.

Les cacous à décapotables et les suceuses continuent à ricaner en fixant la table.

Le garçon essore la serpillière dans le seau. Il voit que don Giorgino saigne du nez, la bouche à demi ouverte, la pointe de la langue sortie. *Ce vieux, y sort par cette chaleur.* Mais ça lui semble mal de dire à don Giorgino qu'il a du sang qui lui sort du nez. Alors, il touche l'épaule du gars qui baisse lentement la tête, jusqu'à appuyer le front contre la table. Le manche de nacre d'un coupe-chou d'une vingtaine de centimètres lui sort de sous l'aisselle.

Pippino a senti quand le couteau a touché le cœur du gars, comme il a senti l'os mou du vieux en haut du nez céder d'un coup. Une main entraînée est vraiment un couteau, qui sent et qui pense.

Pippino descend sur les rochers de la place Europa. Il retire ses chaussures, son costume, son polo, et se jette dans l'eau sans hésiter un instant.

Cettina, disgrâce de cette maison et aussi de l'autre!

– Cettina, disgrâce de cette maison et aussi de l'autre!

Tony a le babbequiou qui bat son plein et donc il veut, il prétend être compris au vol. Cettina essaie de le comprendre. Elle y met du sien. Parce que, si Cettina ne le comprend pas, alors Tony s'énerve. Et quand Tony s'énerve, Cettina ne comprend plus que dalle.

– Quelle autre maison? demande Cettina tandis que tout autour le babbequiou se déchaîne comme la mer sous la tempête.

Tony lève les yeux au ciel:

– Celle de ta mère qui en pouvait plus d'attendre qu'on dégage... Putain de merde, où c'est que t'as caché les pâtes d'amande?

Cettina regarde autour d'elle:

– Comment ça, ou je les cachai? Je les ai pas cachées!

Tony vacille. Il lève les mains, tourne la tête de tous les côtés.

Cettina s'affole.

– C'est-à-dire que tu es en train de me dire que les pâtes d'amande ne sont pas cachées!? T'es en train de me raconter que toutes les pâtes d'amande qu'y a dans cette maison ont déjà été bouffées?

Et le voilà qui *s'impupa*, qui s'énerve! Et quand Tony *s'impupa*, c'est pas une façon de parler: comme un *pupo*, une marionnette, il part, il dit une chose et se ravise, revient en arrière, jure et repart. Les fils invisibles d'un démon le font bouger.

Pippino est en train de fumer une cigarette sur les rochers, en attendant que le soleil le sèche. Le solarium de la place Europa est déjà démonté. Pour lui tenir compagnie, affalées sur les rochers, il y a deux mouettes estropiées.

Tony est assis dans sa voiture. Il regarde dans le vide. En montant dans l'auto, il a claqué la portière de la 127 amarante avec violence et la soucoupe volante de gomme parfumée se balance maintenant sur le rétroviseur. Tony a traversé en courant le périphérique, en regardant à droite et à gauche, en faisant halte de la main aux automobiles, même s'il n'y avait pas une putain de bagnole à l'horizon. Mais Tony sait qu'on traverse pas le périphérique, c'est dangereux, on a construit les passages piétons surélevés pour ça.

Appuyé au volant recouvert de peluche bleue, il répète : "Je peux pas y croire, je peux pas y croire, les pâtes d'amande finies, les pâtes d'amande finies..." Puis il tourne la clé de contact et part sur les chapeaux de roues.

Pippino se lève. Il vérifie que le slip est sec. Regarde la montre. Prend les brailles sur le rocher et se les enfile en essayant de ne pas perdre l'équilibre.

A la Pâte d'Amande Scali, Nuccio, incliné à quatre-vingt-dix degrés, avec les brailles qui glissent, marche à reculons. Il traverse le deuxième étage de l'immeuble en tirant par les pieds l'oncle Sal pour le cacher quelque part. L'oncle Sal a l'air salement flingué parce qu'il a un carreau d'arbalète dans le cou, à la hauteur de la jugulaire, mais surtout parce qu'il se laisse tranquillement trimballer.

Tony se gare devant l'immeuble du cours Italia sans même décélérer, en biais sur le trottoir. Il reste immobile deux minutes à regarder dans le vide en faisant non avec la tête puis se penche à droite pour chercher le trousseau au porte-clés en forme de *liotru*, l'éléphant portant l'obélisque. Enfin, il descend de la voiture et, en cherchant la bonne clé, se met en route vers la porte en cuivre et verre coloré. Sur le verre est gravé un double S entrecroisé.

Tony se penche vers la serrure. Il ouvre. Entre. Passe rapidement devant le bureau de Mlle Niscemi. S'immobilise. Revient en arrière. Regarde à droite, à gauche. S'approche. Saisit un poudrier. L'ouvre. Renifle. Sourit. Agrippe un flacon de vernis à ongles. Le regarde à contre-jour. Prend une lime à ongle. La mate longuement. Puis pense aux ongles de Mlle Niscemi et la jette sur la table.

A l'étage du dessus, Nuccio entend le bruit sec de la lime jetée sur le bois. S'immobilise. Mate à droite et à gauche. S'arrange les brailles.

Tony se dirige rapidement vers la cave. Allume la lumière, descend les marches. Des montagnes de boîtes de pâtes d'amande sont empilées dans l'ordre. Il en prend une, deux, trois... Puis prend une dizaine de boîtes et, en essayant de les garder en équilibre, se remet à monter les marches. Il éteint l'interrupteur avec le nez et, à petits pas, se dirige vers la sortie.

– *Cu si' tu?* Qui t'es, toi?

Tony prend peur et fait voler les boîtes. Il se tourne et voit Nuccio.

– Nuccio...

– Oh, m'sieur Tony.

Qu'est-ce qu'il fout, Nuccio, à la Pâte d'Amande, le dimanche?

– L'oncle Sal est en haut?

– Qui?

Nuccio s'approche à pas lents.

Comment qui? T'es dans la maison de ma famille et tu me demandes qui? Tony se tait. Recule à pas lents.

Nuccio continue à s'approcher.

– Ah... don Scali? Ah, oui... y va revenir. Il est allé régler une affaire et il revient.

Y va revenir. Mon oncle qui te laisse seul ici dedans ? 'O contaccillo a to soru, beddu ! Va le raconter à ta sœur, mon beau ! Tony continue à reculer.

– Ah, ben bon... dis-y que j'avais besoin de pâtes d'amande pour le babbequiou.

– Dès qu'il arrive, j'y dis.

– Alors, je m'en vais...

– Et les pâtes d'amande, vous les prenez pas ?

Tony mate les pâtes d'amande.

Nuccio se précipite soudain sur lui et le renverse sur le bureau de Mlle Niscemi.

Pippino arrive à la Pâte d'Amande Scali. Il mate à droite et à gauche sur le cours Italia, puis regarde la serrure et y découvre accroché un trousseau avec le *liotru*. Il tire son coupe-chou et se glisse silencieusement à l'intérieur.

La scène qui s'offre à ses yeux flanquerait la frousse à n'importe qui mais pas à lui, Pippino *'u ciantru* de don Lou Sciortino. Sur le bureau de Mlle Niscemi, Tony est assis à cheval sur Nuccio et, d'une main, il lui tire les cheveux et de l'autre le poignarde à répétition en criant comme une harengère :

– Noooon... me tue pas... nooon... qu'est-ce que j'ai fait... Non... s'il te plaît... j'ai une femme et des enfants... j'ai une femme et des enfants !

Tony voit Pippino et s'arrête.

Pippino s'approche.

Tony descend de dessus Nuccio. Il mate le coupe-chou de Pippino et la lime à ongles qu'il tient à la main. Puis tombe à genoux, tout souillé de sang et commence à chialer :

– Nooon... qu'est-ce que je vous ai fait, moi ? Qu'est-ce que je viens faire là, moi... pitié, pitié !

Pippino se penche pour regarder Nuccio. Buté.

Il contourne Tony sans lui accorder un regard et monte à l'étage. Il trouve l'oncle Sal immobile, étendu par terre, les bras en croix, le carreau planté dans le cou.

Pippino se baisse et aperçoit le carreau.

Putain, c'est quoi ce truc?

Puis il se relève, s'époussette le pantalon et redescend.

Tony est encore agenouillé en train de s'arecommander son âme à Dieu.

– Et toi, qui t'es, bordel? demande Pippino.

– Non, s'il vous plaît, non... je devais seulement prendre des pâtes d'amande, des pâtes d'amande... Moi, j'ai rien à voir avec mon oncle... J'ai rien à voir!

– Lève-toi.

– Hein?

– Lève-toi. Allez.

– Comment?

– Lève-toi, je t'ai dit!

Tony se lève. Mate Nuccio trucidé sur le bureau de Mlle Niscemi et lui demande:

– Qu'est-ce qui fut? Qu'est-ce qui se passa?

– Pourquoi t'as tué ton oncle?

– Comment?

Pippino mate Nuccio.

– Laisse tomber. Allons-y.

Tony y comprend plus rin.

– Les pâtes d'amande.

– Comment?

– Les pâtes d'amande. Tu venais pas pour prendre les pâtes?

Tony regarde les boîtes.

– Oui...

– Et alors, prends-les.

Une fois, chez Tony's, était entré le mari de Mme Lo Jacono. Tony lui avait dit bonjour et lui avait indiqué où s'asseoir pour attendre tandis qu'on s'occupait de sa femme. M. Lo Jacono, pour toute réponse, lui avait balancé un pain sur la gueule que Tony s'était aréveillé au bout d'un quart d'heure.

Assis sur le fauteuil zébré, il avait ensuite passé tout l'après-midi à fixer le vide pendant qu'Agatino essayait de le secouer en jurant et criant comme un *tarantolato**.

Maintenant, Tony se sentait plus ou moins dans le même état.

– *Secunnu mia*, d'après moi, vossellence n'y est pour rien, est en train de dire Pippino qui est passé au vouvoiement.

Affalé sur le volant de la 127 amarante, Pippino conduit lentement et change de vitesse avec attention car la voiture n'est pas à lui.

– *Secunnu mia*, même, il s'est rien passé et vous, là, vous y êtiez même pas.

Tony le regarde avec les paupières qui papillotent, une tête de *babbasunazzo*.

Pippino, alors, plante un coup de frein qu'à Tony, toutes les boîtes de pâtes d'amande lui dégringolent.

– Parce que sinon, un an, deux ans peuvent passer, dix peuvent passer, mais moi je viens vous chercher, je vous trouve et je vous bute une fois pour toutes. On s'est compris ? Vous, vous nous dérangez pas, à nous, et nous, on vous dérange pas, à vous. Parce que sinon, je dois aussi niquer femmes, filles, petites-filles et tantes !

Tony ajoute la trouille à son expression de *babbasunazzo*.

– Elle a pas de pot d'échappement ? continue Pippino. On en fait plus, des voitures comme ça, merde ! Vous le savez, vosseigneurie, que j'ai aussi le permis pour conduire les bétonnières ?

Pippino passe la première avec précaution et repart tout doucement.

---

* *Tarantolato* : personne dans un état d'agitation attribué, traditionnellement, dans le sud de l'Italie, à la piqûre de la tarentule. L'exorcisme de cet état prenait, lui, la forme d'une musique et d'une danse devenues parties intégrantes de la culture méridionnale.

– Et là, où je dois aller ? lui demande-t-il en s'arrêtant, attentif, à un croisement.

– Là, sur le périphérique… murmure Tony.

Quand ils sont arrivés devant le jardin de Tony, Pippino se gare avec beaucoup de précautions. Il descend, s'ajuste la veste et s'en va à pied comme il était venu. Tony le mate tandis qu'il disparaît à l'horizon du périphérique comme Tony Baretta dans les ruelles de la Sodome new-yorkaise.

– Mais qu'est-ce qui fut ? C'était qui, çui-là ?

Tony se retourne d'un coup et découvre Cettina penchée sur la vitre

– Allez, tu les as prises, ces putains de pâtes d'amande ? Allez, bouge-toi, qu'y a les invités.

– Cettina, murmure Tony, rends-moi un service, va me prendre des brailles et une chemise.

– Mais qu'esse-tu fais, tu veux te changer dans la voiture ?

Cettina regarde à droite et à gauche pour voir s'il y a des gens.

– Cettina, je t'en prie, ne te mets pas à discuter maintenant, je t'ai dit, s'il te plaît, de me prendre des brailles et une chemise.

– Mais alors, t'es idiot. Entre, amène les pâtes d'amande et après, tu montes et tu te changes à la maison.

– Cettina ! hurle Tony.

Cettina se met en marche en jurant avec les mains :

– Et putain, *ci staiu iennu, ci staiu iennu*, j'y vais, j'y vais. Et putain, qu'est-ce qu'y devient nerveux avec ces putains de 'miricains !

Quand elle revient avec les brailles et la chemise, Tony a une expression grave sur le visage :

– Assois-toi.

– Dans la voiture ?

– Assois-toi, je te dis.

Tony fixe le vide devant lui.

– Assoyons-nous. (Cettina fait le tour de la voiture et s'installe à côté de Tony.) Allez, maintenant, *cchi bboi*, qu'est-ce que tu veux ?

– Ils ont tué l'oncle Sal, dit Tony sèchement.

Cettina écarquille les yeux, ouvre grand la bouche et puis reste muette.

– Tout à l'heure, à la Pâte d'Amande.

– Pendant que t'y étais ?

Cettina a peur. Tony hoche la tête.

– Et qu'est-ce que tu fis ?

– Et qu'est-ce que je fis. J'entrai dans le magasin, je pris les pâtes, je sortis et y'avait Nuccio qui voulait aussi me descendre !

– Nuccio voulait te descendre ?! Et pourquoi ? C'est lui qui tua l'oncle Sal ?

Cettina s'agite sur le siège.

– Et qu'est-ce que j'en sais, Cettina, c'est comme ça !

– Et qu'est-ce que tu fis ?

– Et qu'est-ce que j'en sais, ce que je fis. A un certain moment entra un autre, et après, ce que je sais, c'est que Nuccio aussi était buté.

– Buté ? Et qui c'était, cet autre ?

– Çui-là que t'as vu à l'instant. Cettina, si je te dis que je sais que dalle, ça veut dire que je sais que dalle. Mate ça comme je suis arrangé !

Tony déplace les boîtes et montre à Cettina la chemise tachée de sang.

– Mais t'es blessé ?!

Cettina se porte une main à la bouche.

– Non.

– Change-toi tout de suite !

Tony fait une tête comme pour dire : *et qu'est-ce que je suis en train de faire, merde* !

– Et çui-la qui tua Nuccio, il te raccompagna à la maison ?

Cettina mate la rue.

– Exact.

Tony enlève ses brailles sales.

– Et pourquoi ?

– Qu'est-ce que tu veux que je te dise ?

– Et pourquoi y t'a pas tué aussi *a ttia*, toi ?

– Il dit que s'il me tuait moi, après il devait vous tuer aussi toi, Rosy, Alessia, et Mindy et tous les parents. Donc, il me dit de me taire, que si je me tais pas, il revient et il finit la besogne.

– Mais pourquoi il te raccompagna à la maison ?

Tony s'arrête. Il mate sa femme :

– Va le lui demander, Cettina.

Cettina se mord les mains puis hoche la tête. Cettina est comme ça, il faut du temps pour la convaincre.

– Putain, je le savais, que ça finirait comme ça !

– Cettina, je dois te dire une chose...

Tony s'attache la ceinture.

– Une autre chose ?

– J'ai l'impression que c'est moi qui tua Nuccio.

– Qu'esse-tu fis ?

Cettina écarquille les yeux.

– Et qu'esse que j'en sais, merde !

– Qu'est-ce que ça veut dire, merde, qu'est-ce que j'en sais, merde ?

– Putain, Cettina !

– Putain, Totò !

Tony mate sa femme. Ça faisait une éternité qu'elle l'appelait plus Totò.

– Il me sauta dessus. Qu'est-ce que je devais faire ?

Tony commence à se changer de chemise.

– Et l'autre ?

– L'autre, il entra après...

– Et comment tu le tuas ?

– Et qu'est-ce que j'en sais, merde, Cettina. Je sais même pas si ça a été l'autre qui l'a fini avec le coup de grâce.

– J'ai envie de vomir, Tony !

– Attends, c'est pas le moment. (Tony finit de s'aboutonner la chemise. Il cherche dans la boîte à gants de la voiture et prend une cigarette. Il se l'allume et regarde au-dehors.) Et maintenant, qu'est-ce qu'on fait ?

Cettina soulève les sourcils :

– Et qu'est-ce que tu veux faire, merde ? On le savait déjà, qu'à l'oncle Sal, tôt ou tard, il lui arriverait quelque chose…

Tony jette la cigarette par la fenêtre.

– Écoute-moi, dit Cettina en le matant dans les yeux. Nous autres, on est des braves gens, et eux ils le savent. Si tu es vivant, c'est parce qu'ils n'ont pas intérêt à compliquer les choses. Et s'ils n'y ont pas intérêt, nous ne l'avons pas nous non plus. Moi, je suis née pauvre, tu le sais, et toi aussi, ça fait une éternité que tu te crèves à couper des cheveux. C'est notre faute si ton oncle s'est acoquiné avec certaines personnes ?

Tony regarde encore au-dehors.

– Mais qu'est-ce que tu fais, tu chiales ?

– Non, dit Tony sans se retourner.

– Maintenant, on a le jardin plein de 'miricains, des gens bien du cinéma qui savent que dalle de ces trucs. Tu sais quoi ? Y'a même le photographe de la *Sicilia* qui est arrivé parce qu'ils veulent faire un article.

Tony regarde Cettina du coin de l'œil.

– Y'a Mindy qui est en train d'avoir un béguin pour ce type, là. Y'a Valentina qui fait faire tout le tour de la maison à Nick en lui montrant les photos de quand elle était petite.

Tony ne peut retenir un demi-sourire mélancolique.

– Et maintenant, tu voudrais détruire la vie de tous ces *nunsunteddi,* ces braves gens ? Penses-y, Tony ! Tu es le chef de famille. Tu as la responsabilité. (Cettina lui fait une caresse sur la tête.) Maintenant, ce qui fut, fut. Nous, qu'est-ce qu'on en sait, de ces choses ? Ceux-là, y se chopent, y se tuent, y se font la guerre ! Et nous autres, on est des braves gens. Un de ces dimanches, on devrait aller à l'église. Hein, Tony, ça t'irait ?

Tony hoche la tête en continuant de regarder au-dehors.

– Ce type dit que j'ai rien à voir…

– Mais peut-être que ça a été lui, Tony. Et puis, crois-le, excuse-moi, je l'ai vu, moi, qu'il te raccompagnait à la maison. Et toi, qu'est-ce que tu crois, qu'un type qui entre à la Pâte d'Amande le dimanche, c'est pour s'acheter des pâtes d'amande ? Tony, celui-là, il avait raison. Toi, t'y es pour que dalle. Maintenant, tu veux bien faire un truc ?

– Quoi ? demande Tony en se frottant les yeux.

– On descend de la voiture et on va à notre babbequiou. Y'a les invités qui nous attendent. Et toi, tu fais comme si l'oncle Sal, on l'avait tué y'a dix ans. Tu te souviens quand ils lui firent un guet-apens au péage de l'autoroute ?

– Il disait… il disait qu'ils s'étaient trompés de cible, dit Tony en se mouchant.

– Tony… continue Cettina sans cesser de lui caresser la tête.

Tony mate sa femme et hoche la tête.

Cettina lui caresse toujours les cheveux.

– Cettina… *ti vogghiu bene*… je t'aime beaucoup…

– Totò… dit-elle en l'attirant avec la main et en fermant à demi les yeux.

– Putain, dit Tony en la fixant, t'as raison, Cettina ! Allez, on y va !

Tony se précipite hors de la 127 amarante sans même fermer la portière. Cettina reste la main en l'air, puis se lisse la jupe de l'ensemble rouge, s'arrange la traîne, descend de la voiture, mate le jardin et claque la portière si fort que la soucoupe volante sur le rétroviseur prend enfin son envol.

Aujourd'hui, à Marzamemi

Aujourd'hui, à Marzamemi, la mer est d'huile et l'île de Brancati apparaît applatie dessus. Il fait encore chaud mais à l'ombre de la véranda de don Mimmo, le vent qui souffle est frais.

Don Mimmo marche sur les planches de bois et ses pas résonnent dans le silence. La seule table dressée est celle de don Lou. Les trois autres sont vides, dépourvues même de nappes. Les étrangers ne viennent plus et don Mimmo ne met plus les toiles cirées à carreaux rouges, vu que le vent, après, il les emporte.

Pippino est en train de se rhabiller sur la plage. Il a nagé jusqu'à l'île, aller et retour, pendant que don Mimmo leur préparait la sauce pour les spaghettis du pêcheur. Don Lou a entendu le bruit des brassées.

Assis, le dos tourné au squelette de ciment armé pour ne pas le voir, il boit maintenant du vin rouge. Quand Pippino se ramène de la plage et s'assoit devant lui, don Lou dit :

– C'est du ciment, Pippino, rien que du ciment, suffirait d'une bombe…

Pippino y pense, puis se met la serviette au cou, baisse les yeux et hoche la tête.

Putain, pense don Lou, *où sont passés les braves et crasseux paysans d'autrefois, les messieurs généreux et ceux qu'étaient ombrageux, les hommes d'honneur et les fouteurs de merde ? Où est passé le temps où il suffisait d'un anneau au petit doigt et de savoir se débrouiller avec le patois, dire et ne pas dire, même si ce que tu disais et ce que tu disais pas voulait dire que dalle ? Et la fête de saint Sébastien, la ricotta dans le seau, la taille des* *caroubiers avec les fosses à charbon, les olives rôties à la braise, les chaussures brillantes et les cercles des nobles, les yeux baissés et les mauvais garçons avec le poinçon dans la ceinture, les duels au couteau et la salade d'oignons, le carnaval avec les baraques de foire et la partie à moins de quatre-vingt-dix, la chaleur qui rendait fou, l'eau au citron, l'après-midi doux et les gonzesses qui se jettaient sur le lit, les cheveux noirs et l'œil bleu, la brillantine et les cravates courtes, l'Opéra des Pupi et les récits des conteurs, les hommes qui battaient le chanvre et les femmes qui ramassaient, la faim et l'aumône, le soleil et la rage, la dignité et le respect, les nous vous baisons les mains et les que votre excellence soit bénie, les cercles et les Beati Paoli, les brigands, les prêtres avec un pistolet, les comptables, les égorgeurs, la bouteille de parfum, le jasmin dans le tiroir, les soutiens-gorges noirs, le coucher de l'après-midi et le lever du soir quand tout le village s'aréveillait, les revues et les sciantose*, les contrats et les condamnations, la parole qui était sacrée et le baiser sur la croix, les costumes, les boutons de manchette aux poignets et la loge au théâtre de Catane, où sont-ils? Où sont les conneries qui servaient à jouer la comédie et les amis qui vous couvraient?*

– *'U 'ssaggiassi*, goûtez-le. C'est du vin de Pachino. Ça fait du bon sang.

Pippino est en train de verser un autre verre de vin à don Lou.

– Hein?

– *'U 'ssaggiassi.* C'est du vin de Pachino, répète Pippino.

Don Lou, le vin de Pachino lui plaît pas tant que ça mais il se le boit, parce qu'un Sicilien, le vin de Pachino, il doit le boire.

– Maintenant qu'on rentre, dit don Lou, il faut qu'on pense aux La Bruna. Moi, la Starship Movies, je la laisse pas aux mains de ceux-là!

Pippino hoche.

---

* *Sciantose*: chanteuses de café-concert.

– Qu'est-ce que t'en penses, de mon petit-fils, Pippino ?

Pippino fixe l'île de Brancati :

– Ce qu'en pense vosseigneurie. Moi, je le vois pas se taire.

Don Lou hoche la tête.

– Quand il était minot, il avait ce truc que quand il combinait querque chose, il se mettait devant le poêle avec la tête de celui qui a rien fait. D'après toi, il le fit exprès ?

– Peut-être qu'il voulait obéir à son grand-père comme dans le bon vieux temps.

– Passons la commande, dit don Lou.

Pippino fait un geste à don Mimmo.

Celui-ci s'approche d'un pas incertain.

– Asseyez-vous, don Mimmo. Vous aussi, vous vous faites vieux, dit don Lou.

Don Mimmo se prend une chaise, la débarrasse du sable avec sa serviette et s'assoit.

– Vous vous en souvenez, du bon vieux temps, don Mimmo ?

Don Mimmo sourit :

– Quel bon vieux temps, don Lou ?

– Exact, dit don Lou. Rends-moi un service, Pippino. S'il devait arriver quelque chose en Amérique, prends-toi mon petit-fils à part et dis-y que le bon vieux temps n'a jamais existé, qu'on se dépatouillait hier comme on se dépatouille aujourd'hui, que maintenant c'est pareil qu'avant, que la Sicile que j'y ai racontée existe seulement dans ma coucourde. Et qu'il n'y a jamais eu de règles ni de lois, d'honneur ni de dignité, de justice et de Beati Paoli. Dis-y aussi, à mon petit-fils, que tout ce que je lui racontais doit encore arriver.

Épilogue

Dans la 127 amarante, pour marquer le rythme, Tony donne des beignes au volant recouvert de peluche bleu. Le CD est en boucle et, quand les Shocking Blue attaquent le refrain, Tony et Agatino se partagent les tâches. *She's got it, yeah baby she's got it,* chante Tony. *I'm your Venus, I'm your fire at your desire,* lui fait écho Agatino.

Tony roule doucement. Assis derrière lui, tu notes que tous ceux qui tournent à gauche se retournent pour vous mater.

Après trois Branca menthe et deux gin tonics, au babbequiou, Mindy t'a dit :

– On y va ?

– On va où ? tu as demandé.

– A Acitrezza, a-t-elle dit. Elle vacillait, et pour tenir debout elle a enfoncé encore plus les talons dans la pelouse. C'est un endroit enchanté. Imagine-toi qu'il y a encore les roches que Poliphème a jetées contre Ulysse après avoir été aveuglé !

La femme de Tony a marmotté des trucs dépourvus de sens quand tu lui as dit au revoir. Vous êtes arrivés à Acitrezza en taxi et sur le bord de mer il y avait un kiosque. Pour diminuer le taux d'alcoolémie, tu as bu un seltz citron-sel. Une connerie ! Il t'est venu le tournis et d'instinct tu t'es appuyé à elle en lui effleurant la hanche droite et un peu du cul. En riant comme une petite fille, elle t'a donné un coup de sac à main sur la tête et s'est mise à courir. Quelques mètres et elle s'est arrêtée, le talon cassé à la main. En continuant à rire, elle s'est retiré les deux sandales et a marché pieds nus sur le front de mer. Vous avez acheté une boule de plastique phosphorescente à un Chinois, un jeune lui a crié "Eh là, 'miricaine!" et a sifflé avec le pouce et l'index dans la bouche. Elle a dit "*'Miricana iè to soru!* Et ta sœur, elle est américaine?", puis elle s'est mise le petit doigt dans la bouche et a sorti un sifflet très aigu et très fort. Devant l'église de Saint-Jean-Baptiste, elle s'est fait deux fois les marches dans un sens puis dans l'autre, très rapide. Et tu as pensé que, peut-être, elle était cinglée. Vous vous êtes assis dans un bar du front de mer et tu t'es descendu une autre paire de gin tonics. Vous êtes allés au marché au poisson et tu as acheté du thon à quatre heures du matin. Le thon enveloppé sous le bras droit, tu as vidé ta poche droite à la réception de l'hôtel, qui s'appelait naturellement Odyssée, pour prendre ta carte d'identité. Dans la chambre, elle est entrée dans la salle de bain en riant toujours et tu t'es étendu sur le lit. Quelques instants plus tard, tu t'es éteint, endormi d'un coup.

Tu t'es réveillé qu'elle dormait encore, sur le dos. Elle avait une chemise blanche qu'elle avait roulée sur son ventre, la culotte, blanche, à bord haut, était complètement visible. Elle dormait les jambes serrées et, entre les jambes, la culotte plissait. Sa peau était très blanche et son cul si rond que le dos ne parvenait pas à s'appuyer complètement sur le drap. Tu lui as mis la main gauche entre les jambes et tu as entendu une espèce de grognement et puis, rien. Avec l'annulaire et l'auriculaire, tu as soulevé la culotte et tu as fait glisser ta main vers le bas. Elle a ouvert les yeux, a serré encore plus les jambes, puis s'est tournée de ton côté, la bouche ouverte.

– En Sicile, Lou, à un certain point, il n'y a plus que la coucourde et la bite, tu comprends? C'est comme si ton ventre disparaissait.

Ton grand-père t'est venu à l'esprit plusieurs fois durant les jours passés dans cette chambre.

Ce matin, le soleil est entré dans la pièce comme une mornifle en pleine gueule. Quand tu as entendu le téléphone, tu as pensé qu'il était midi et que le type de la réception voulait te parler du garçon du petit-déjeuner qui montait. Mais le type marmonnait quelque chose en *italglish.*

– *Sir,* un monsieur... disons comme ça... un monsieur... *is waiting for you.*

– *Unni iè?* Il est où? tu as dit.

– Dans le hall, *sir.*

Tu es descendu en courant, tandis que Mindy dormait encore, dans l'escalier tu t'es arrangé au mieux la chemise dans le jean. Sur la dernière rampe, tu as vu Agatino, tout habillé de noir, costume noir et chemise noire. Un bracelet de pierres bleues brillait à son poignet droit.

Agatino t'a maté, puis il a clos à demi les yeux, a relevé sa moue renfrognée, a croisé les mains sur son giron et, en haussant les épaules, il a dit:

– M'sieur Tony vous attend dedans la voiture.

Dans la chambre, tu as réveillé et averti Mindy. Tandis que vous récupériez vos affaires, la veste rouge, les sous-vêtements, tu lui as demandé si elle avait parlé avec quelqu'un ces derniers jours.

– Non, a-t-elle dit.

En ces instants, tu as réalisé pour la première fois que ça, c'était une fugue amoureuse de merde! *A fucking way of getting married* dans ce pays à la con!

Tony était debout devant la 127 amarante. Lui aussi entièrement vêtu de noir.

– Montez! a-t-il dit d'un air solennel en ouvrant la portière. Tu t'es installé sur le siège arrière avec Mindy. Elle en silence, la tête légèrement baissée, toi les mains moites.

– *Where are we going?* tu as demandé sur un ton dur.

– Chez l'oncle Sal, a dit Tony en démarrant. Il nous attend à l'église.

Fuck you, tu as pensé, *hommes d'honneur de mes couilles! Fuck you, chieurs qui parlez jamais clair! Fuck you cutieddi e capiddi nivuri, couteaux et cheveux noirs! Fuck you toi aussi, nannu, grand-père! Fuck you, Opéra des Puppi, seltz au citron et au sel, pâtes d'amande, nous vous baisons les mains et vossellence soit bénie! Fuck you soleil de merde! Fuck you dignité et respect! Fuck you Italie entière, putain!*

– Qu'est-ce que tu dis, Agatino, a dit Tony au bout de deux minutes de silence, peut-être qu'il vaut mieux qu'il enlève cette veste rouge.

Assis à côté de Tony sur le siège de droite, Agatino était en train de tripoter les CD.

– La reine mère anglaise, à la cérémonie de son palefrenier mort, s'apprésenta en tailleur rouge.

– Mais çui-là, c'est pas la reine mère! Pour un homme, le rouge n'est pas adapté, à un enterrement!

– Un enterrement? Quel enterrement? tu as demandé.

Tony s'est tourné. Un petit sourire sur la bouche.

– L'enterrement de l'oncle Sal, a-t-il dit. Pendant le babbequiou, on l'a descendu à la Pâte d'Amande avec un carreau d'arbalète… Nuccio aussi est mort!

Par pudeur, Tony n'a pas dit comment Nuccio était mort.

Putain, tu as pensé, *Pippino les a tous descendus avec l'arbalète du père Mimmo!*

Au bout d'une minute pile de silence, Mindy a commencé à rire, d'abord doucement puis de manière irrépressible. Agatino l'a imitée presque aussitôt. Et riait et répétait sans arrêt: “Putain… avec un carreau!” Tony a ri lui aussi. A un certain point, on aurait dit qu'il lui sortait de la bouche un râle, tellement il riait. En donnant des beignes au volant, il a dit:

– Putain, Agatino, met un CD, va ! La vie continue !

Agatino ne s'est pas fait prier, il avait déjà en main une compilation des années 60 et, avant que la musique sorte, il remuait déjà.

Maintenant, vous chantez tous ensemble, à gorge déployée : *She's got it, yeah, baby, she's got it. I'm your Venus, I'm your fire at your desire !*

Remerciements

A Marcella “M & M’s” Marini parce que, putain, ils ont de la glycine sur le lac.

A Simonetta Poggiali pour avoir maté le manuscrit et pour la salade de petits poulpes encore meilleure que celle de Cettina.

A Giuseppe “docteur” Russo pour le napolitain de ce livre et, naturellement, pour l’*editing* (*editing*: tu disais *editing* pour quelque chose qui va des déjeuners à Salina à la tentative d’expliquer les rythmes d’un roman).

Et puis merci à qui je sais.

NOIRS ITALIENS

CHEZ LE MÊME ÉDITEUR

Giulio ANGIONI
L'Or sarde

Maurizio BRAUCCI
La Mer détraquée

Andrea CAMILLERI
L'Opéra de Vigàta
Le Coup du cavalier
La disparition de Judas

Massimo CARLOTTO
Arrivederci amore
Le Maître des nœuds
Rien, plus rien au monde
L'Immense Obscurité de la mort

Sandrone DAZIERI
Sandrone et Associé
Sandrone se soigne
Le Blues de Sandrone

Giancarlo DE CATALDO
Romanzo criminale

Piergiorgio DI CARA
Ile noire
L'Ame à l'épaule

Laura GRIMALDI
Le Soupçon
La Peur
La Faute

Loriano MACCHIAVELLI
Les Souterrains de Bologne
Bologne ville à vendre

Grazia VERASANI
Quo vadis, baby?

Cet ouvrage a été composé par
Atlant'Communication
aux Sables-d'Olonne (Vendée)

Achevé d'imprimer sur les presses de

BUSSIÈRE
GROUPE CPI

à Saint-Amand-Montrond (Cher)
en décembre 2006

N° d'édition : 0716001. – N° d'impression : 064191/1.
Dépôt légal : janvier 2007.

Imprimé en France